太阳鸟文学年选

2022 中国随笔精选

主 编 阎晶明

分卷主编 黄德海

文字的无限游戏

辽宁人民出版社

图书在版编目（CIP）数据

文字的无限游戏：2022中国随笔精选 / 黄德海分卷主编 . —沈阳：辽宁人民出版社，2023.1
（太阳鸟文学年选 / 阎晶明主编）
ISBN 978-7-205-10666-9

Ⅰ . ①文… Ⅱ . ①黄… Ⅲ . ①随笔—作品集—中国—当代 Ⅳ . ①I267.1

中国版本图书馆CIP数据核字（2022）第224857号

出版发行：辽宁人民出版社
　　　　　地址：沈阳市和平区十一纬路25号　邮编：110003
　　　　　电话：024-23284321（邮　购）　024-23284324（发行部）
　　　　　传真：024-23284191（发行部）　024-23284304（办公室）
　　　　　http://www.lnpph.com.cn
印　　刷：辽宁新华印务有限公司
幅面尺寸：145mm×210mm
印　张：9
字　数：189千字
出版时间：2023年1月第1版
印刷时间：2023年1月第1次印刷
责任编辑：娄　瓴
装帧设计：丁末末
责任校对：冯　莹
书　号：ISBN 978-7-205-10666-9

定　价：58.00元

让文学闪烁出更加多彩的光泽

◎ 阎晶明

辽宁人民出版社的"太阳鸟"文学年选丛书又要跟读者见面了。我视今年的出版为老品牌加新面貌的呈现。犹记得两年前，"太阳鸟"丛书已出版过十年精选，称其为老品牌亦不过分。而这一次，又是以新组成的编委会完成选编任务，无论类别划分还是选编趣味与原则，都理当具有新的面貌，令人期待。

以体裁划分类别，以年度为选编范围，为正在发生的文学进行优中选优的筛选，这是一件读者需要、文学界人士热心为之的工作。各类年选纷纷推出。它们绝不属于选题重复的原因是，当下中国，每一年发表和出版的文学作品不计其数，只有"海量"一词可以作为"定量"描述。即使再热心的读者，哪怕是专业的文学工作者，要从中立刻识别出优与劣，筛选出有价值、可称上乘的作品，也绝非易事，特别是那些散见于文学刊物及报纸副刊的作品，很多人恐怕连接触的时间和机会都没有，文学的年度选本于是应运而生。从众多报刊中选出若干作品，提供给为工作而忙碌、为生活而奔波，却又愿意为文学腾出一点时间、从文学中享受阅读快乐的人们，就是这种年选工作的目的。通过集中阅读与欣赏，读者又可由此打开一个更大的界面，去阅读、欣赏更广泛的文学作品。辽宁人民出版社坚持做这项工作已逾十年，在读者中建立起了良好的信誉。继续做好这一工作，努力做到优中选优，为读者负责，是编委会的共同责任。

新出版的"太阳鸟"文学年选，分散文、杂文、短篇小说、小小说、随笔共五卷。承担每一卷编选工作的编委，都是从事文学创作、评论、编辑工作的专业人士。他们具有广阔的阅读视野，是文学动态的及时追踪者，对所选门类的创作有较多介入和较深理解。当然，即使如此，要完成好这一任务也非轻而易举。编选者必须对本年度文学创作全局具有广泛了解和全面掌握，同时还必须具有专业眼光，从大量的作品中寻找出确实能够代表本年度创作水准的作品来。他还应具有公正的态度，处理好个人审美趣味与兼顾不同艺术风格的关系，能够在一个选本里多侧面地呈现和反映过去一年中国文学发生的变化及其多样性。出版社也是基于这些考虑而聘请并组成编委会的。我们希望这些选本能够为读者喜欢和认可，让这些浓缩的精华可以最大程度地展现出中国作家取得的最新创作实践，最大程度展现文学创作的新风貌。

我们正处在一个急剧变化的时代，生活总是展现着新的、更新的一面。经济社会在发展，人们的生活方式在变化。中国与世界的联系越来越紧密，同时也出现许多新的复杂现象和问题。科学技术的迅猛发展极大地改变着我们的生活。全面、深入地了解时代，反映现实，饱满地、准确地描摹生活中的变与不变，绝非易事。但我们仍然要相信，文学是最能够形象生动反映时代生活的艺术。作家是时代脉搏最敏感的感应者，是时代生活的生动记录者。作家从广泛的素材积累中凝练题材主题，通过个人的情感过滤来抒怀，从个人的思想出发对所描写的人与事作出评价，表达态度。这一切的过程中，又无不烙印着时代的痕迹，刻写着社会发展的趋势。从小中总会看出大，小我总是交融于大我之中。党的二十大报告指出，文学艺术要"坚持以人民为中心的创作导向，推出更多增强人民精神力量的优秀作品"。"增强人民精神力量"，就成为对优秀文艺作品的本质要求。文学总是作用于人们精神的，根本上应该是积极的、向上的，满怀着理想和执着信念，给人以力量的。在作家创作与读者需求之间，如何便捷地、快速地嫁接起这种沟通的桥梁，让作家的表达和读者的心声形成呼应，产生精神上的共振，编辑在其中发挥着重要的、不可替代的作用。而我们这些从已发表的作品当中再进行筛选的编选者，同样承担着重要职责。我们希望自己的工作能够体现出这样的真诚，能够让读者感受到这种责任意识。当然，我们更希望的是，读者从这些选本中读到一个特定时期中国当代文学的优秀作品，从中看到一个广阔、丰富的人生世界和情感世界，获得广博的知识和信息，得到美好的艺术享受。

太阳鸟在阳光照耀下展现着精美而多彩的羽毛。愿我们的文学闪烁出更加多彩的光泽！

是为序。

2022 年 10 月 18 日

开放的写作尝试

◎ 黄德海

詹姆斯·卡斯（James P. Carse）《有限与无限的游戏：一个哲学家眼中的竞争世界》（Finite and Infinite Games: A Vision of Life as Play and Possibility）开宗明义："世上至少有两种游戏。一种可称为有限游戏，另一种称为无限游戏。有限游戏以取胜为目的，而无限游戏以延续游戏为目的。"

有限游戏是边界确定的游戏，人被封闭其中，只能在规则和边界允许的范围内选择。无限游戏是对边界的不断反思和扩大，面向未来敞开，从而可以让更多的人参与游戏之中，必要时，甚至不得不谨慎地更改游戏规则。

不管情愿与否，肉身的人无往而不在有限游戏之中，久了，难免会失意、沮丧、痛苦。最终，为了避免不时降临的伤痛，人会将自己裹入厚厚的外壳里，几乎不再对外界开放。

从某种意义上说，写作可以让人暂时摆脱有限游戏的桎梏，在文字层面获得向外打开的可能。于是，人们偶然地打破了思维的边界，获得了无限游戏的可能，从而在精神的某个陌生区域，灌溉出生机勃勃的绿洲。

——要给这个年度随笔选定一个主题，我想，在目前的情形下，或许没有比"文字的无限游戏"更切题的了。

第一部分的文章，都与历史有关。《北京中轴线：万宁寺、中心阁与中心台》谈论故都那条具体的轴，试图从断简残篇里恢复当年完整的具体。《考古中国，唤回我们的文化记忆》深入浅出地回顾中国考古百年史，从考古发现和世界文明的双重视角重新打量古代中国。《考古中国，唤回我们的文化记忆》深入浅出地回顾中国考古百年史，从考古发现和世界文明的双重视角重新打量古代中国。《亮亮柴与狐狸火》写的是古书对夜光木的记载，提示今人注意古人对自然世界关注和探索的兴趣。《庶民的胜利》围绕宋代的城市和庶民展开，关心的是社会和文化的繁荣兴盛之因。《自汉代开启的国家防疫日》留心古人对天地和节令的敏感，点出人于其间的调节作用。这几篇文章，每一篇都关注了历史的某个局部，尘封已久的记录伸展出新鲜的枝叶。

第二部分围绕经典展开。《魏晋风度及避祸与贵人及虱子之关系》和《知死不可让》回到经典写作的情景，探讨那些伟大的心灵生活在怎样的时代，又是怎样思考问题的。《红楼隔雨：开口的第一句话》聚焦《红楼梦》几处相关的具体文字，体味这部作品的运笔之妙和细部之美。《咏而归》尝试理解一句经典在岁月里的变迁，苍茫的岁月落实为眼前的生活。《四月之歌》围绕《诗经·小雅·四月》展开，每每能回到具体的书写语境，感同身受于诗作者的每一处情感起伏，并将之放入开阔的社会背景来细细品读，并始终系之于我们置身的现实。正是通过这样的书写，经典一点点走进了眼前的生活。

第三、第四部分，谈的是文学和艺术。《音乐之动》写与音乐的演奏和聆听相关的运动，《静而不寂　默而有声——小津安二郎的艺术视角》讨论小津的电影技艺，《通往圣维克多山的路上》表达个人对塞尚的理解。《"文笔好"的秘密何在?》以具体例证说明究竟何谓"文笔好"，《文学碎语》和《寂静与爆炸：关于短篇小说的随想》致力于思考小说的杰出之因，《〈雪国〉的死亡主题》挖掘《雪国》的深层内涵。以上诸篇，凡有表述，从不悬空理论，而是贴近写作者对具体人物和作品的理解，复原出文学和艺术创造时的鲜活。

第五部分颇难归类。《得书记》是作者回忆偶然得之的几本书，每本书背后都有一个值得珍视的故事。《废墟与狗》围绕废墟与狗观察和想象，与世事关联之巧，每每让人吃惊。《往水里加水》写河水，写钓鱼，却不平铺直叙，每每深思有得。《汪家竹园记》写的是风土，落笔从容细密，乡间景致徐徐展开。以上三篇，虽写个人经历，却避免泛滥的抒情和浅层的浏览，所谈之事，关涉作者个人的遗憾、深思或远虑，并以此提示出我们所处时空某些并非无关紧要的问题，因而归入随笔。

——蒙田最早使用"随笔"（Essai）这个词的时候，取义为"尝试"。不停地尝试，不断地扩大写作的边界，岂不正是"文字的无限游戏"？

这本年选里的文章，不妨都看成某种特殊的尝试。无论所写是历史、经典，还是文学艺术、自身经历，无不试着打开更大的世界，把已经在封闭中变得有限的游戏，重新恢复为接纳新信息的无限游戏。于是，新的时间在文字里生成，新的世界在面前展现："无限游戏的时间不是世界时间，而是游戏内部所创造的时间。由于每个无限游戏都消除了界限，因此它向参与者展开了一个新的时间视界（Horizon）。"

　　自然，受编者视野和精力的限制，任何一个选本恐怕都难免挂一漏万的嫌疑。有心的读者不妨一斑窥豹，自己去发现另外一些向无限游戏敞开的文字。那些出色的写作者思考过的地方，将会在封闭域中凿开一些缝隙，明亮的天光轻轻流泻下来。

目录

亮亮柴与狐狸火

◎罗　新

　　记不确切了，不是1976就是1977年，板栗和橡子都纷纷跌落的仲秋时节。那时我在我家所在林场附近的农村读初中，学校组织勤工俭学，上山捡橡碗。晚上住山里荒弃多年的尖峰庙，全班二十多个男女学生，挤在一间看上去快要坍塌的老房子里。朝门的正墙，原来可能是供菩萨的地方，早已连塑像带桌案都给扔出去了，现在只剩被漏雨刻出多条黑沟的灰墙，多处露出半是青砖半是土坯的墙体。两侧的墙上满是壁画，当然同样叫漏雨给搅拌成了一片乱色。我记得这个场景，是因为我那天比较早就在指定位置躺下了，山里天黑后降温快，穿单衣冷得发抖，于是钻进被子，昏暗中呆呆地看墙壁和屋顶。

　　这时听到了院子里的喧哗。"亮亮柴！亮亮柴！"听清了这句话，我赶紧爬起来，趿拉着球鞋跑出房间。我在林场这么多年，当然早就听说过亮亮柴，可是一直没有见过。事实上就我所知，真正见过亮亮柴的人可能非常非常少，尽管大多数人都听说过。所谓亮亮柴，是山里的一种枯死的木头，可以发出光亮，有的亮度高到可以照明。传说中有人夜里在林子里迷了路，靠一根亮亮柴走回家。和常见的鬼火（磷火）不同，亮亮柴不是飘移不定的气体，而是固体的，是一根木头，和手电筒差不多。据说这种可发光的木头只见于深涧潮湿之地,唯有夜间看得见。我每次在山里进到幽暗湿冷的沟谷,都东张西望,盼着遇到亮亮柴。山里有好多让人神往的传说,亮亮柴是最能点亮小男孩梦想的传说之一。

昏暗的院子里同学们围成一丛,中间一个男生手里抓着块什么,起起伏伏都是惊叹声。我挤到人丛中央,见到了那块引发骚乱的老树根。这截树根长不足一尺半,普通饭碗的碗口那么粗,看上去已枯朽多年,湿乎乎的,滑不溜手。树根中部大节瘤的下边凹陷处,巴掌那么大的一块,发着蓝绿色的微光。原来几个男生到附近山沟捡板栗,遇到了这个宝贝。大家簇拥着这块老树根进到室内,关上门,吹熄了马灯,真正的黑暗中,亮亮柴的微光像是被加强、被放大了,变得格外明亮,色彩也从蓝绿转为黄绿。有人拿着课本凑近去,似乎也可以照见纸上的字画。然而不大一会儿,那片光慢慢黯淡下去。"泼水,泼水!"显得颇有经验的同学大声提示。有人取来一杯水泼上去,可是不仅没能救回那片光,还直接浇灭了它。大家对着老树根叹息。夜里我多次醒过来,向搁亮亮柴的门边探头,然而看不到一点光亮。

那是我唯一一次见到传说中的亮亮柴。这么多年,我几乎没有再想起亮亮柴,正如没有再想起许多在山里听说或见到的奇怪物事。一个原因或许是,我慢慢意识到我生长其中的那片山地并不算什么大山,我曾深深迷惑的东西在别处却相当平常。比如,我最喜欢的山野水果之一是八月炸,我本以为只有我们那里有,后来听说很常见,我自己在日本乡下闲逛,撞见过一大棚架,原来并不稀罕。亮亮柴想必也是如此。很多年过去,我都不知道自己还记得它。直到2020年夏天，读查慎行《陪猎笔记》，忽然见到他在康熙四十二年六月七日（1703年7月20日）日记的末尾，记了这么一件事："内侍传示夜光木，乃山中老树根，为沙水所淘，岁久有光如水精，置暗室中，能烛细字，真物理之不可解者。"

夜光木显然就是亮亮柴！原来查慎行此前从未见过，康熙也是当作稀奇物事让太监拿给扈从诸臣传看，叫他们开开眼。康熙皇帝这次出巡口外，六月初四（7月17日）从古北口内的柳林出发，当天到口外的两间房行宫，在这里驻跸五天。大概就是在抵达两间房三天后，当地官员（不知费了多少人力）献上这种夜光木。皇帝让翰林编修看这等新奇物事，自然不能白看，还会要求他们写作诗文以为纪念。收入《敬业堂诗集》卷三十《随辇集》的《赋夜光木》，应该就是查慎行当时应命之作："积水生神木，俄登几案旁。四时无改火，五夜必腾光。近映藜辉淡，遥分桂魄凉。顿教虚室白，临卷胜萤囊。"

那时燕山南北遍布巨松深林，环境景观与今日可见者迥然不同。查慎行的日记里，说古北口"弥望皆深松茂柏"，两间房一带"林木蓊郁，峦翠湿衣"。那时燕山密林里还有东北虎出没，康熙本人就猎杀过许多头老虎，见于《清实录》等书。燕山至努鲁儿虎山一线的林木历来都是华北最重要的木材资源。也许这样的植被条件使这一地区能够出产夜光木。查慎行游踪广被，阅历极为丰富。连查慎行都没有见过的，大概真是不容易见到了。这次在口外两间房开了眼，给他印象很深，后来他在旅京见闻笔记《人海记》里专列一条"夜光木"："古北口外有老树，根为沙水浸润，岁久发光。以刀削去薄皮，肌理莹彻，大者含抱，小如臂指，皆透明如琉璃水精。夜置暗室中，照见细字，因呼为夜光木。出水半月后，湿气渐干，光亦渐灭，成枯橛矣。真物理之莫解者。此树亦不知名。"

看来，查慎行后来对夜光木做了进一步研究（大概是向别人打听），所以笔记此条的内容远比日记丰富。但他对老树根发光的原理还是一无所知，只得仍旧感慨"真物理之莫解者"。有意思的是，他怀疑这种情况只发生于特定的树种，是树木品种的独特性造成了这种奇异现象，只是他已无从了解那个老树根属于什么树种。

正是读了查慎行，我恍然惊觉，古人（至少是清人）已经记录过亮亮柴，但显然并非等闲可见之物。这激起了我的兴趣。一年来我依靠各种数据库检索工具（如中华书局的"中华经典古籍库"），在自己非常不熟悉的清代文献中还真是找到了不少材料。下面根据阅读和检索所得，加上东查西问，把文献中有关夜光木（亮亮柴）的记录稍作概括。非敢求全，管窥蠡测而已。

跟查慎行一起扈驾至两间房行宫的，还有六个翰林（查昇、陈壮履、励廷仪、汪灝、蒋廷锡、钱名世），他们当然都遵旨传看了夜光木，也一定都曾应制赋诗。比如蒋廷锡的《咏夜光木》应即为此而写："乍见星茫映室中，喜看藜火照窗枕。夜明帘薄来西域，径寸珠圆出海宫。清似晶融还贯月，碎如银散远随风。此身恍入琉璃界，宁羡金莲蜡炬红。"

值得注意的是汪灝，他后来参与主持编写的《广群芳谱》"木谱"十四（卷八十一），新增了"夜亮木"条："夜光木，一名亮木，塞外木经久而枯，其根不休，蟠回连理于土中，水渍木根，光辉透彻，中外一色，有类珠树夜明，焰可以烛物。取者昼日从朽株中，验其渗湿，昏黑往取，去其皮而光发，则是矣。泥沙净尽，竟体晶荧，经月水干，光乃渐减。"

《广群芳谱》此条的重要性，尤其体现在对夜光木的解剖学描述以及对获得夜光木的过程的说明，这两点基本不见于他处。这种知识不会是仅仅传看一次就可以获得的，我怀疑出自康熙皇帝本人。而此条的"集藻"部分所收，正是康熙皇帝所写的《夜光木赋》，前有序云："塞上古木，夜视有光，遇雨益明。移置室中，即之可以烛物。嘉其有异，故赋。"赋的正文说夜光木"外禀巽德，内蕴离精"（八卦巽为木，离为火），"既腾辉于山谷，亦扬彩于檐楹，若乃灵根濯雨，荣枝浥露，芳泽加鲜，澄晖远布……庶含章之可贞，虽在野而靡失"。

查慎行、汪灏这些翰林是第一次见识夜光木，康熙皇帝自己则早就见过了。整整二十年前的康熙二十二年（1683）六月，高士奇扈驾北巡。虽然高士奇刚出古北口就因病折返，但据他记录日程的《塞北小钞》，康熙北巡回京后把他叫到养心殿，给他看自己带回来的两件塞北珍物，一是盘羊，一是夜光木。高士奇这样描述夜光木："夜光木生绝塞山间，积岁而朽，月黑有光，遇雨益甚。移置殿上，通体皆明，白如萤火，迫之可以烛物。以素瓷贮水投之，水光澄澈。雨露日远，则光渐减矣。考之群书，《真诰》良常山有萤火芝，大如豆形，紫华，夜视有光。《述异记》东方朔谓帝曰，臣游东流，至钟火之山，有明茎草，夜如金灯，亦名洞冥草。《拾遗记》祖梁国献蔓金苔，色如黄金，置漆盘中，照耀满室，名曰夜明苔。若夜光木，未有载者。惟《黄山志》载有放光木，殆其类欤？"

清末沈兆褆《吉林纪事诗》有"朽木中宵自放光"之句，自注称所据即高士奇《塞北小钞》所记之夜光木。只是康熙的夜光木并非得自吉林，而得自热河。康熙如此珍视夜光木，应该与他对自然科学的巨大兴趣有关。他北巡见到的夜光木，不大可能是偶遇，必是事先嘱咐当地官员去寻觅的。当然他收集夜光木非为猎奇，而是想探寻朽木发光的原理。陈厚耀以数学奇才为康熙所重，两人切磋研究，关系亲密。阮元《广陵诗事》卷一称陈厚耀得皇上"所赐书籍、仪器、瓜果甚多；又赐热河夜光木，供之几上，光皎如月。厚耀奉敕赋夜亮木诗"。康熙把自己如此看重的夜光木送给陈厚耀，让他"供之几上"，当然是为了让他做些研究。

不过，正如查慎行一再感叹"真物理之莫解者"，夜光木的发光原理在那时是得不到科学解释的。但因为皇帝感兴趣，影响所及，康熙年间有关夜光木的记载（诗作）就特别多。郑銊的长诗《夜光木歌》开篇就是："我闻拘弥之国有变昼之草，岂知兴州直北滦河东，更见夜光之木生蓬葆。"可见他所说的夜光木同样出自燕山北麓及热河一带，与查慎行等人的知识来源一致。他解释夜光木的成因，"乃是万古积雪千年老冰凝结成"，反映了他对塞北的想象，也说明他自己未履其地，更没亲眼见过夜光木。张谦宜在康熙五十一年（1712）写《咏物十四首》（见《絸斋诗集》壬辰年），第十四首即《夜光木》。题注云："朽株也，湿则能照，光如冰雪。"这一年他刚中进士，"时分隶教习班"，故诗称"太史公门最末行"，但这个经历使他接触到有关夜光木的知识。

也许可以说，是康熙创立了珍重夜光木的传统，这个传统的一个重要特征，就是强调夜光木出自塞北。后来诗文，多在这一传统之下。纪晓岚《阅微草堂笔记》卷十一讲发光的鸡蛋时，提到夜亮木："塞北之夜亮木，以冰谷雪岩，阳气聚而附于木萤，不久即死。夜亮木移植盆盎，越一两岁，亦不生明。出潜离隐，气得舒则渐散耳。"虽然纪晓岚说夜光木出自塞北，证明他属于康熙以来的夜光木知识传统，但他对朽木发光原理的解释，肯定大大不同于已具备一定近代科学思维的康熙皇帝。而乾、嘉时代的陈文述同样属于这一传统，其《颐道堂诗外集》卷二有《夜亮木》，题注云："山中枯木根，入土千岁，夜视有光，置暗室中，毫发皆见。以素瓷贮水投之，澄澈通明，略无障碍。雨中益明。"文字依稀与前人雷同，而前后各诗都是有关塞外风物的，可见此诗所咏夜亮木亦出自塞外。不过诗中有"雨中光夺月，暗处耀分星"之句，夸张太甚，似乎他关于夜亮木的知识，都是从前人诗文中得来，非由自身验证。同时代的凌廷堪有《热河八观诗》（《校礼堂诗集》卷八），第六首即《夜光木》。凌廷堪在热河亲眼见过夜光木，也思考过它的发光原理，所以诗中对那些援引旧经的解释嗤之以鼻："腐草为萤海水明，人间万物难臆度。穷理纷纷竞说经，可怜小智徒穿凿。"稍晚的吴振棫《养吉斋丛录》也有一条："夜亮木，古木根茎所化。夜视有光，遇雨益明。盛京山中有之。圣祖有夜亮木赋，高宗有夜亮木诗。"

乾隆为夜光木既写了赋又写了诗，其手书《夜亮木赋》，假托苏轼在黄州时偶遇夜光木的故事以发憬悟之论，似乎是他自己的得意之作。不过我们必须把乾隆算在康熙以来的夜光木知识传统中，因为他对夜光木的兴趣显然只是（在表面上）追随康熙。乾隆时编定的《热河志》卷九十三"物产"二有"夜亮木"条，亦称"生塞外山中"云云。《四库全书总目提要》在《钦定皇朝通志》下称："至于中国所无而产于遐方，前代所无而出于今日，如金莲花、夜亮木之属。"这个断语最鲜明地反映了康熙以来有关夜光木的知识传统，即相信夜光木为前代所不知，因为它出自塞外。

然而这个传统存在一个问题，那就是夜光木并非仅仅出自塞外。光绪《山西通志》卷一百《风土记》（下），先照录乾隆《热河志》有关夜光木的条目，然后注云："内地山潦涨发，湿薪中每有之。乡宁人呼为明火株。"这就否定了夜光木只出于塞外的前提。前引高士奇提到《黄山志》中的"放光木"，见于康熙《黄山志》卷一"物产门"："放光木，出诸岩壑中，其木枯久，复经雨润者，肩归置房中，光焰如昼，稍干则不复见。非老于山者，不能辨而取也。"

有意思的是，乾隆时复修《黄山志》，就删去了"放光木"这一条（当然，删去的不止这一条）。清代文献显示，内地不只山西、安徽有夜光木，湖南也有。修定于嘉庆时期的《龙山县志》卷九"物产门"："夜光木，伐木浸水中，久而将朽，取之置暗室间，炯然有光。久不经雨露，光亦渐减。他处少有。"

清末黄本骥《湖南方物志》卷六亦有"夜光木"条："夜光木，生山岩阴湿处。其材拳曲不中绳墨，置黑暗之所，阴火荧然，毫发悉照，宛如晶帘玉树，削之则星星满地。余于永绥见之。"

乾隆时期的戴延年《吴语》记苏州虎丘传说一条，虽然只是传说，其知识背景却是当地人对夜光木有一定的了解："虎丘剑池，其深莫测。数年前忽浮圜木一枝，有人取之以归，中夜忽然光明满室，异而斧之。后询诸山中老僧，是名夜光木，吴王殉葬时有夜光木二枝，今浮出者，其一也。其人为之慨然而去。然重泉之下，不知何以浮出于外，而殉葬之物，传记不载，老僧不知其何所据也。"

以上数例足以说明，清代夜光木并非仅见于塞外。既然内地也有，那么当然就不会仅限于清代，其他时代都会有，问题只在史料是否提到。的确，前代相关资料是很少的，不过偶尔也可以查到一两条。明代白胤昌《容安斋苏谈》卷九有如下一条，其中所说的夜明柴，应该就是夜光木："天下名山，皆称圣灯，或疑山灵变幻。后见人云，乃木叶湿烂生光，如萤火虫、夜明柴之类，似觉有理。今好事者，诧以得见为奇，不知析城王屋之间，积雨后，山人恒见之。"

元顺帝至正二十三年（1363），歙县人唐桂芳为同乡洪质夫新建的房舍写了一篇《白石山房记》（《白云集》卷六），有一句显然是在说夜光木："山多夜光木，性钟离火，冷焰，夜能烛物。"（凤凰出版社1998年出版的李修生主编《全元文》卷一五八六收此文，上引文标点为"山多夜光，木性钟离火冷焰，夜能烛物"，显然是不知夜光木为何物。）

唐代杜光庭《仙传拾遗》卷四有一条"贯月查"，应该是采自东晋王嘉《拾遗记》："尧登位三十年，有巨查浮于西海。查上有光，夜明昼灭。海人望其光，乍大乍小，若星月之出入矣。"楂即楂。《广韵》："楂，水中浮木。"《拾遗记》讲的故事当然是神话传说，但说浮于海上的巨木可以发光，"夜明昼灭"，多多少少来自真实世界中的夜光木。

我在中文典籍里没有找到中古和古代有关亮亮柴的可靠材料。当然不意味着不存在这样的资料，更不意味着那时的人没有注意到这种现象，只是我自己学力局限，诚望博雅君子有以教我。

夜光木作为一种自然现象，当然也不会仅仅存在于东亚大陆，而必定普见于各大陆与各地区。不同人群、不同语言会赋予夜光木以不同名称，围绕它也会形成各自不同的民俗文化。以现代英语为例，夜光木最常见的英语名称是foxfire（狐狸火）。英语维基百科的foxfire条目说，foxfire还有其他名称，比如fairy fire（精灵火）和chimpanzee fire（猩猩火）。有研究者指出，狐狸火（foxfire）这个名称中的狐狸，来自古法语的faux一词，而faux的意思是"假的"。可见欧陆古人早就用"假火"来称呼这种全无热度的发光现象。

从科技史角度总结和概述古人对各种生物发光现象进行记录与研究的文章中，迄今最重要的一篇，是2008年发表在俄罗斯西伯利亚联邦大学《生物》杂志（总第三期）上的一篇综述性文章，题目是《三千年来对生物发光的研究》（Bioluminescence: the First 3000 Years），作者是美国佐治亚大学生物化学与分子生物学系的教授约翰·李（John Lee）。文章说，欧洲文献最早描述这类生物发光现象的，是古希腊的亚里士多德，他称之为cold fire

（冷焰）。不过他注意到的主要是海上死鱼的发光现象，似乎并非林木发光。古典时代对活体生物发光现象记录最全面最细致的是老普林尼（Pliny the Elder, 即 Gaius Plinius Secundus），他的《自然史》（Naturalis Historia）描述了各种生物发光，包括菌菇发光和朽木发光。根据这篇文章，16 世纪瑞士的医学和自然史学者康拉德·格斯纳（Conrad Gessner，1516—1565），写了第一部研究生物发光的专著，书中对木头发光现象也有讨论。

不过，直到 1823 年，狐狸火的秘密才由几个俄国学者揭开。他们发现，狐狸火是一种生物发光现象，发光原理是某些种类的菌类进入了枯朽过程中的木头，这些菌类所携带的荧光素被荧光素酶催化，由此发生足够多的氧化之后，就出现了这种生物发光现象，所发的光以蓝绿色为主。据研究报告，制造生物发光现象的菌类包括鳞皮扇菇、奥尔类脐菇等。从那以后，许多实验性研究对生物发光原理有了越来越多的推进，最近的一篇重要论文是巴西科学家埃特尔维诺·贝沙拉（Etelvino J. H. Bechara）的文章《生物发光：有内在定时器的真菌夜光》（Bioluminescence：A Fungal Nightlight with an Internal Timer），这篇文章 2015 年 3 月 30 日发表在《当代生物学》（Current Biology）第二十五卷第七期上。

根据这些研究，森林里最常见的生物发光体其实不是树木，而是某些蘑菇。也正因如此，中国古代文献很早就提到发光的菇菌，就不奇怪了。唐代段成式《酉阳杂俎》前集卷十"萤火芝"条："良常山有萤火芝，其叶似草，实大如豆，紫花，夜视有光。"文本似乎有意混淆了"芝"到底是草还是菇菌，不过属于后者的可能非常大。国外网络上可以看到蘑菇发光的大量实例，也许，中国古人对蘑菇发光现象也是早就不陌生了，他们对自然世界关注和探索的兴趣往往超过我们的想象。

（原载《读书》2022 年第 7 期）

罗新，北京大学中国古代史研究中心暨历史学系教授，研究方向为魏晋南北朝史和中国古代民族史。主要作品：《中古北族名号考》《有所不为的反叛者》等。

自汉代开启的国家防疫日

◎ 穆 涛

　　农历五月，依照十二地支的月历次序，属午，因而又称午月。端午，指五月的首个第五天，即五月初五。

　　古代中国人对五月有顾虑，甚至有恐惧。五月不宜盖房子，"五月盖屋，令人头秃"。五月上任官员的仕途，就此止步，不再高就，"五月到官，至免不迁"。这个月，须处处谨慎行事，"掩身，毋躁，止声色"。夫妻房事也暂停，一些地方的民俗，新媳妇要送回娘家住一个月，叫"躲五"，这个月播种出生的孩子，男伤父，女伤母。在古代，五月还称"毒月"，上中下旬的五、六、七日，合称"九毒日"。古代的这些认识，与对瘟疫的恐惧有关联。五月阳气炽盛，同时阴气滋生，阴阳交争易发瘟邪。"九毒日"，用今天的话表述，叫"瘟疫高发期"。端午，是"九毒日"之首，在汉代，这一天要举行国家大祭祀驱瘟。把这一天确立为节日，是唐代之后（此说依据马汉麟先生），这个节日的含义特殊，不是节庆，可以理解为古代的"全民防疫日"。

　　中国古代的四个节日，中秋，春节，清明，端午，都是以对天地的尊重为前提的，是谢天谢地，每个节日各有清晰的内涵和具体的指向。

　　中秋节是丰收节，也是月神节，是向月亮致敬。古代中国人看天过日子，看日头，也看月亮，日积月累，年复一年。中国人的天文历法有"阳历"，有"阴历"，还有通行的"农历"。阳历是地球绕太阳运转的时间规律，阴历是月亮绕地球运转的时间规律，农历是阴阳合历。阴历一年的十二个月，按大小月计算有三种天数，分别是353天、354天和355天，比一回归年相差11天左右。因此要通过"设置闰月"的方式给予"补充"，这样就形成了"农历"。"置闰时间表"是经过缜密计算的，基本原理是"三年一闰，五年两闰，十九年七闰。四百年九十七闰"。公元前104年，是汉武帝太初元年，这一年是中国历法集大成的改革年。颁行新历法，同时开始"置闰"。但汉代的庆"中秋"，是"秋分"这一天，唐代之后，才确定为农历的八月十五。

春节是农历新年，是向太阳致敬。中国古人在对地球绕太阳运行的观测中，把一个回归年的"首日"锁定在"冬至"这一天，"冬至"是天文学概念中的"元旦"，"冬至大如年，纳履添新岁"。这一天，阳气由地心萌发上行，古称"一阳"，"今日交冬至，已报（极）一阳生"，阳气在地下运行四十五天，到"立春（交春）"那天突破地表，万象自此更新。"立春"也称"三阳"，这是"三阳开泰"一词的来头。周朝的历法（《周历》），把"冬至"所在的月定为"岁首正月"，即农历的十一月，就是据此原理。商朝的历法（《殷历》）后置一个月，农历十二月是"正月"。秦朝的历法（《颛顼历》）前置一个月，农历十月是"正月"。西汉立国后，承袭秦制，一直到汉武帝太初元年的一百年间（公元前206至前104年），均实行《颛顼历》，汉武帝颁行《太初历》后，把农历一月确定为"岁首正月"，正月初一是新年首日。

我们读《汉书》，包括《史记》时会注意到一桩"怪事"，记写皇帝一年之中的"大事记"，是从十月开始写起。这是史官在特别强调汉代太初元年实行的这次重大"改朔"。

清明节，是以风命名的，清明风是东南风。中国古人对天地的研究是细致入微的，把一年四季中不同方向的风分别命名，从冬至这一天开始，每隔四十五天转变一种风向，古称"八风"。冬至到立春是东北风，称"条风"；立春到春分是东风，称"明庶风"；春分到立夏是东南风，称"清明风"；立夏到夏至是南风，称"景风"；夏至到立秋是西南风，称"凉风"；立秋到秋分是西风，称"阊阖风"；秋分到立冬是西北风，称"不周风"；立冬到冬至是北风，称"广莫风"。清明风从东南吹来，大地气象景明，万物茂盛生长，"物至此时，皆以洁齐而清明矣"。清明节是祈福节，也是环境保护节，礼敬先人，念祖追宗，同时祈福于天地万物，各地祈福的方式因习俗不同而有差异，如郊祀、春祭、植树、春浴等。

我说说汉代时候，人们对端午的一些认识：

十二地支纪年，从"冬至"所在的农历十一月开始，"冬至子之半，天心无改移。一阳初动处，万物未生时"。子，对应农历十一月，丑是腊月，寅是正月，卯是二月，辰是三月，巳是四月，午是五月，未是六月，申是七月，酉是八月，戌是九月，亥是十月。

十二地支也有具体的含义和指向，子即"兹"，一阳初动，万物由此萌动。丑是"纽"，阳气上通，阴气固结已渐解。寅是"演"，万物衍然而生。卯是"冒"，万物出地表。辰是"震"，蛰伏的动物苏醒，蠢蠢而动。巳，本义是胎儿，引申为后嗣，生机旺盛。午是"杵"，舂米的木杵，引申为"啎"，抵触、忤逆。"五月，阴气午逆阳，冒地而出"。（《说文解字》）"午者，阴阳交"（《史记·律书》），阴气和阳气交相抵触。未是味，万物成长，有滋有味。申是神，"七月，阴气成，体自申束"。酉，本义是盛酒的器皿，引申为"成就"，"八月黍成，可为酎酒"。戌，本义是宽刃兵器，引申为"灭"，"九月阳气微，万物毕成，阳下入地"。亥是"荄"，草根。"十月，微阳起，接盛阴"，"阳气根于地下"。

午，在一天的时辰里，对应十一时至十三时之间，是最热的时候。在一年中，对应五月，是最热的季节。这个月里，有"夏至"，"是月也，日长至，阴阳争，死生分"（《礼记·月令》），夏至，不是夏天到来，而是夏之极至。这一天，白天时间最长，是"阳极"。中国古代哲学讲究辩证法，"阳极"之中藏着"阴变"。这一天，阴气由地心开始上行，称"一阴"，"夏至一阴生，阴动而阳复于静也"（《周易正义》）。"璿枢无停运，四序相错行。寄言赫曦景，今日一阴生。"（权德舆《夏至日作》，此公为唐人）这一天，阴气上行，与阳气抵触，纷相争扰。汉代的《淮南子·天文训》对五月的概括是，"阴生于午，故五月为小刑，荠、麦、亭历枯"。一阴生于夏至，五月已有轻度的肃杀之气，荠菜、麦子、葶苈子等植物枯黄。

五月也称"毒月"，上中下旬的五六七日，合称"九毒日"，再加上五月十四"天地交泰日"，共十天，是传统认识里的"疫情多发期"。进入五月，长江流域是梅雨季，雨多，溽热，潮湿，吃的穿的住的用的易霉变。在黄河流域，蝼蛄（拉拉蛄）、螳螂等害虫现身，而且这个季节，北方最怕干旱，旱则百虫生，秋收基本就没有指望了。端午这一天，是"九毒日"之首，从汉代开始，这一天要举行国家大祭祀，用以南方防疫，北方祈雨。"命有司为民祈祀山川百源。大雩帝（祈雨祭祀），用盛乐（祭祀时多种乐器合奏）。乃命百县雩祀，百辟卿士有益于民者，以祈谷实。"（《礼记·月令》）"乃命渔人伐蛟取鼍（扬子鳄一类），登龟取黿。令潴人（湖政官员）入材苇（湖畔蒲苇）。命四监大夫，令百县之秩刍（有防疫效用的百草），以养牺牲，以供皇天上帝、名山大川、四方之神、宗庙社稷，为民祈福行惠。"（《淮南子·时则训》）今天的民俗里，仍散落着当年国家大祭祀的一些细节，门前悬菖蒲、艾草，苇叶包粽子，雄黄酒涂于孩子额头、手心、脚心等。《礼记·月令》中"乃命百县雩祀，百辟卿士有益于民者"这句话，指各地的祭祀要因地制宜，多挖掘一些有影响的历史人物，"百辟卿士"，以使祭祀免于形式主义，贴近老百姓的生活，"有益于民者"。端午节与屈原的关联，应该是当年这么挖掘出来的。

古人对天地的观察是细致入理的。五月有"芒种"和"夏至"两个节气，各十五天。每个节气又分为"三候"，候，是时令变化后发生的自然界状态，五天为一候。芒种三候：初候，螳螂生；二候，伯劳始鸣；三候，反舌无声。伯劳和反舌是两种鸟，一种开始叫，一种不再发声。夏至三候：初候，鹿角解，鹿是阳物，此时一阴生，遇阴气，鹿角脱落；二候，蜩始鸣，蜩是蝉；三候，半夏生。半夏，中草药一种，生于此时，故名半夏。

《礼记·月令》对五月里人们的行为有具体的规范和建议，归纳一下，大致有七种：

1. "仲夏之月，其帝炎帝，其神祝融。"五月的主宰，天帝是炎帝，天神是祝融。两位均是火神，居南方。五行属水，主色是赤。

2. 命乐师修鞀鞞鼓，均琴瑟管箫，执干戚戈羽，调竽笙埙箎，饬锺磬柷敔（上述均为祭祀乐器）。命有司为民祈祀山川百原，大雩帝，用盛乐。乃命百县雩祀，百辟卿士有益于民者，以祈谷实。

3. 令民毋艾蓝以染，毋烧灰，毋暴布。门闾毋闭，关市毋索。这些是防疫的具体措施，不以蓝草染布，不烧灰湅布，不晒布。家门街户多通风，关隘和市场畅通。

4. "是月也，日长至，阴阳争，死生分。毋或进。"这个月，阴阳纷扰，严禁给君主进献嫔妃。

5. 君子齐（斋）戒，处必掩身，毋躁，止声色。斋，指养斋心，心安是斋。吃素食不是斋，是戒。有些人天天吃素食，但做出的事，比吃生肉的还凶猛，这样就和斋这个字有距离了。止声色，夫妻间房事这个月暂停。

6. 是月也，毋用火南方。可以居高明，可以远眺望，可以升山陵，可以处台榭。这个月，宜登高远望，但登高先要知自卑。知自卑，戒自大，才有自重，这是中国人的生存哲学。

7. 五月，给政府乱作为的警告是：仲夏行冬令，则雹冻伤谷，道路不通，暴兵来至。行春令，则五谷晚熟，百螣（蝗虫）时起，其国乃饥。行秋令，则草木零落，果实早成，民殃于疫。

（原载《人民文学》2022年第3期）

穆涛，中国散文学会副会长，西北大学教授、博士研究生导师。

主要作品：《看左手》《先前的风气》《中国人的大局观》等。

北京中轴线：万宁寺、中心阁与中心台

◎李　零

我是北京长大，十岁前住东城，蒉衣胡同上保育院，白米斜街上小学。近年怀旧，发思古之幽情，打算到儿时住过的地方转悠转悠。

打电话给王军。他说，你的圆梦之旅，我来安排。有些地方，王军陪我转过（如崇礼故居、拈花寺、白米斜街），2021年4月7日的活动是围绕万宁桥、万宁寺和钟鼓楼。

他说，我们是"还乡团"，团员有我有他，还有唐晓峰、王睿。考察回来，在家恶补北京地理。王军送我他的未刊书稿，先睹为快。最近，书在三联出版。2022年1月22日，他请饭送书庆春节，请了很多人。饭吃了，书读了，我想我该写点什么，祝贺祝贺，也讨论讨论，特别是把基础文献梳理一下。话题如题目所示。

有关史料，元熊梦祥《析津志》最重要。《析津志》久佚，清徐维则藏铸学斋本号称善本。北京图书馆善本组编《析津志辑佚》（北京古籍出版社，1983年），可参看。下面，我想以《析津志辑佚》为主，讲一下我对上述话题的理解，供王军参考。

1. 原庙　行香

完者笃皇帝中心阁　正官　正月初八日……（63页）

亦怜真班皇帝愍忌中心阁　二十九日……（64页）

　　此条辑自铸学斋本，与万宁寺有关。《析津志》讲原庙行香，哪些帝后在哪些庙，有很多条，这两条跟万宁寺中心阁有关。观此可知，元成宗（完者笃皇帝）、宁宗（亦怜真班皇帝）的原庙在万宁寺中心阁。"愍忌"是死者生日。

　　古书所谓"原庙"本指太庙以外的副贰之庙。元室本无太庙，只有影堂。如窝阔台的原庙不在北京，在真定玉华宫。元世祖至元十七年（1280）始立太庙于大都（在今朝阳门内朝内大街路北）。太庙供列祖列宗牌位，原庙在京师诸寺分设影堂，影堂是供奉御容（皇帝肖像）的地方。如元世祖、裕宗的原庙在大圣寿万安寺（即白塔寺），元成宗、宁宗的原庙在大天寿万宁寺。万宁寺，《乾隆京城全图》作万福寺，后避道光皇帝讳改万灵寺。万灵寺是1821年后的名字（见侧门未拆前的庙额）。万宁寺是元明时期的旧名。

　　影堂，唐代已有此名，宋代也叫神御殿，元代两种叫法都有。万宁寺在今钟鼓楼广场东侧，成宗、宁宗影堂在万宁寺内，叫中心阁。万宁寺建于大德九年（1305），成宗神御殿建于泰定四年（1327）。

　　元设影堂于寺多在偏殿，如万安寺，成宗御容在西殿，宁宗御容在东殿（《元史·五行志下》）。中心阁，想亦如是。《日下旧闻考》引《图经志书》说中心阁在钟楼东，《析津志》说中心阁在齐政楼东，其实是在钟楼东南、鼓楼东北，即今钟鼓楼广场东侧。我怀疑，中心阁可能在万宁寺西侧邻近今钟鼓楼广场的地方。

2. 天寿寺　在阁街东（78页）

此条辑自《顺天府志》。所谓《顺天府志》，不是明万历本《顺天府志》，而是《永乐大典》中与顺天府有关的《析津志》佚文（有缪荃孙抄本和国家图书馆藏残帙）。

"天寿寺"，即大天寿万宁寺。原文说天寿寺在"阁街东"，街以阁名，顾名思义，即中心阁旁的街。天寿寺既然在阁街东，则阁街必在天寿寺西。我怀疑，阁街应指中心阁西边的街道，最大可能是今地安门大街以北，穿钟鼓楼和钟鼓楼广场，一直北抵豆腐池胡同的那条纵街。学者多忽略这一条，甚至误以阁街为旧鼓楼大街（清代叫药王庙街，药王庙在此街北口）。但中心阁在万宁寺中，万宁寺的位置很清楚，在钟楼东南、鼓楼东北，挪不了，阁街不可能是旧鼓楼大街。

清万灵寺可能只是元万宁寺的东半，旧址在今草厂胡同12号。今12号院，经实测，长约62.8米，宽约33米。其西侧有钟楼湾胡同84号院（石友三旧居），84号院西侧有60号院（原住户姓阎），则可能在元万宁寺范围内的西半。

3. 万宁桥　在玄武池东，名澂清牐。至元中建，在海子东。至元后复用石重修。虽更名万宁，人惟以海子桥名之。（102页）

此条辑自《日下旧闻考》。万宁桥与万宁寺同名，初名海子桥，原来是木桥，至元中改建石桥才改名万宁桥。桥在玄武池

（什刹海）东。桥下有闸叫澂清牐。澂同澄，牐同闸。

石桥有镇水兽四，东北岸石兽，兽首下有题记两行，作"至元四年九月日，刘天一、杜元礼"。至元四年是1267年。元大都南北中轴线穿桥而过，与钟鼓楼相对。据说桥下有线刻子鼠和"北京"二字的石桩，与正阳桥下出土石马构成子午线，如1934年张江载《燕京访古录》、徐国枢《燕都杂咏》所载。靳麟在《漫谈后门大街》（收入文安主编《名街踏迹》，中国文史出版社，2005年，79—108页）中称，1950年什刹海清淤，他曾目睹过这件石桩。

万宁寺，始建年代比此桥晚38年，先有桥，后有寺。

4. 中心台　在中心阁西十五步，其台方幅一亩，以墙缭绕。正南有石碑，刻曰："中心之台"，寔都中东西南北四方之中也。在原庙之前。（104页）

此条辑自铸学斋本，徐苹芳《永乐大典本顺天府志》同，最可信据。

"中心台"，位置"在中心阁西十五步"，可见阁在东而台在西。疑台在钟鼓楼之间。此台既以"中心"为名，可见在当时人看来，中心台是元大都的四方之中。

"中心阁"，阁以台名，在万宁寺内，即元成宗、宁宗的影堂。

"其台方幅一亩，以墙缭绕"，"方幅"是正方形。意思是说，此台四四方方，恰合一亩大小，四周有短墙，如今地坛方泽坛。

"正南有石碑，刻曰：'中心之台'"，"正南"，主语承上省，指中心阁南有石碑，而非中心台南有石碑。上文说成宗、宁宗原庙"在中心阁"，可见中心阁即原庙，下文有"在原庙之前"，即在中心阁前，否则无法理解为什么还要加这句话。

"寔都中东西南北四方之中也"，意思是说中心台乃元大都的四方之中，而不是说立碑之处为元大都的四方之中。这句话未必是碑文。

万历本《顺天府志》卷一《古迹》："中心阁：府西，元建。阁东，碑刻'中心台'。"乃节引旧志，语极简略。"府西"，指中心阁在明顺天府（在今鼓楼东大街北京教育学院东城分院）西，即元大都路总管府所在。"元建"是说中心阁建于元。"阁东"，据上《析津志》第三条佚文，当作"阁街东"，与上"府西"相对，指中心阁在顺天府西、阁街以东，因引文含混脱"街"字，让人误以为碑在中心阁以东而不是它的正南。

《日下旧闻考》有三条引文涉及中心台、中心阁，值得辨析。

第一条讲北中书省的位置，"其地在凤池坊北，钟楼之西，钟楼又在中心阁西，俱见《析津志》。按中心阁址为今之鼓楼……"（卷六四）。"北中书省"，《析津志》作"京师北省""中书省"或省称"北省"，如"北省始翔公宇，宇在凤池坊北，钟楼之西"（《析津志辑佚》32页），即此所本。所言北省、钟楼、中心阁的相对位置大体不误：北省在凤池坊北，隔旧鼓楼大街，与钟楼相望，中心阁在钟楼东南。惟《旧闻考》按语以"中心阁址为今之鼓楼"说乃推测之辞。今世学者把钟鼓楼西移，挪到旧鼓楼大街，实本于此，并非出自《析津志》。

第二条"中心阁：在府西，元建，以其适都城中，故名。阁东十余步有台，缭以垣，台上有碑，刻'中心台'三字。（《明一统志》）"（卷五四），此条出自《大明一统志》卷一《宫室》，"在府西"至"阁东"略同万历本《顺天府志》，下文与《析津志》此条拼凑。修撰者不明"阁东"是"阁街东"之误，竟于"阁东"后加"十余步"，把"阁西十五步"变成"阁东十余步"；"台上有碑"句，亦无视碑"在原庙之前"，妄改原文，把阁南之碑误置中心台上。

第三条"中心台：在中心阁十五步，其台方幅一亩，以墙缭绕。正南有石碑，刻曰'中心之台'，实都中东南西北四方之中也。（《析津志》）"（卷五四），此条亦转引《析津志》此条，对照原文，异文有二，一是"中心阁"后缺方位字，盖惑于阁西、阁东，疑不能定，索性去之；二是删掉"在原庙前"，以不明"正南"实指"原庙"前。其实，元《析津志》在前，《大明一统志》、万历本《顺天府志》和清《日下旧闻考》在后，后者多意引误改，稍加梳理，自可明之。

元万宁寺旧址，原有建筑屡经拆盖，范围、结构不明，除非拆迁后做考古发掘，难以复原，但相对位置可以推定。

5. 钟楼 在京师北省东，鼓楼北。至元中建，阁四阿，檐三重，悬钟于上，声远愈闻之。（108页）

此条辑自《日下旧闻考》，讲钟楼位置和形制。

"在京师北省东，鼓楼北"，讲钟楼位置：京师北省在凤池坊，隔旧鼓楼大街，与钟楼东西相望；鼓楼在钟楼南，与钟楼南北相望。上引《日下旧闻考》云北中书省"其地在凤池坊北，钟楼之西，钟楼又在中心阁西"，据说出自《析津志》，正与此同。可见钟楼在京师北省东，中心阁西（准确讲是西北）。

"至元中建，阁四阿，檐三重"，讲钟楼形制，可见这一位置上的钟楼是元代建筑，不是明代建筑。

注意：旧鼓楼大街在元凤池坊和金台坊之间，西为凤池坊（凤池疑指海子），东为金台坊（金台疑指中心台）。凤池坊在鼓楼西、海子北，这一带是海子周围最热闹的地方，今天仍如此。但此街并不在元大都主体建筑的南北轴线上。元大都的南北轴线是穿钟鼓楼，钟鼓楼一带属于金台坊。此街主要与凤池坊的京师北省和钟楼以西的街市有关。

6. 钟楼之制，雄敞高明，与鼓楼相望。本朝富庶殷实莫盛于此。楼有八隅四井之号。盖东西南北街道最为宽广。（108页）

此条辑自《日下旧闻考》，亦言钟楼与鼓楼南北相望。

"本朝富庶殷实莫盛于此"，"本朝"是元朝。元钟鼓楼南北相望，与明中都、南京城和西安城异。后者均左右排列，体现"晨钟暮鼓"。当时，这一带最繁华。

"楼有八隅四井之号"，"楼"字承上省，兼指钟鼓楼。"八隅"，指二楼围墙作八角形或八边形（四正窄，四隅宽），"四井"，古书查不到这种用法，或与楼基四正有坡道如井字形有关。二楼俯视图作哑铃状，谈晟广说像藏传佛教的金刚杵，很形象。我怀疑，中心台在钟鼓楼之间，相当于"哑铃"或金刚杵的握手处。

"盖东西南北街道最为宽广",指鼓楼居大都之中,瞰制全城:东有鼓楼东大街,西有鼓楼西大街,南有地安门大街,北有钟鼓楼和钟鼓楼背后的街道(现在辟为广场),前抵今豆腐池胡同(合并旧娘娘庙胡同与豆腐池胡同,明代叫豆腐陈胡同)。

7. 齐政楼　都城之丽谯也。东,中心阁。大街东去即都府治所。南,海子桥、澄清闸。西,斜街过凤池坊。北,钟楼。此楼正居都城之中。楼下三门。楼之东南,转角街市,俱是针铺。西斜街临海子,率多歌台酒馆。有望湖亭,昔日皆贵官游赏之地。楼之左右,俱有果木、饼斟、柴碳、器用之属。齐政者,书璇玑玉衡,以齐七政之义。上有壶漏鼓角。俯瞰城堙,宫墙在望,宜有禁。(108页)

此条辑自《日下旧闻考》。"齐政"指日月五星、二十八宿围绕北斗、斗极旋转,与"中心"的概念有关。

这里讲得很清楚:齐政楼即鼓楼。"此楼"承上省,当指鼓楼,而非钟楼(例同上"正南"句),位置在元大都的四方之中,下开三门。鼓楼东南角,"转角街市"有很多针铺,大约相当于今鼓楼东大街西口的东南角。

原文以齐政楼为中心,讲它的四至。

第一,鼓楼东(准确讲是鼓楼东北)有中心阁,中心阁在鼓楼东大街北口的路北,过中心阁(准确讲是过中心阁南),沿鼓楼东大街再往东是元大都路总管府(准确讲是在鼓楼东大街路北),

属灵椿坊。这是讲东。

第二，鼓楼南有海子桥、澄清闸，即上万宁桥。这是讲南。

第三，鼓楼北有钟楼。这是讲北。

第四，鼓楼西有斜街，即今鼓楼西大街。此街斜穿凤池坊，西南是海子北岸，东北是京师北省。这是讲西。

东南西北四至可以卡定钟鼓楼的位置，足见"中心阁址为今之鼓楼"说不可信。王军力辩鼓楼绝非中心阁、万宁寺所在，甚确。

8. 双青杨树大井关帝庙，又北去则昭回坊矣。前有大十字街，转西，大都府、巡警二院；直西，则崇仁倒钞库；西，中心阁；阁之西，齐政楼也，更鼓谯楼。楼之正北乃钟楼也。（116页）

此条辑自《日下旧闻考》，涉及中心阁与周边建筑的相对位置，很重要。"大都府""巡警二院"是两个衙门，辑本连读，今点断。

这里讲得很清楚：双青杨树大井有元关帝庙（在地安门东大街55号和57号），庙以北是昭回坊。昭回坊北有大十字街，即所谓交道口，南北向大街是今安定门内大街（南段即今交道口南大街），东西向大街是今鼓楼东大街和东直门大街（后者即今交道口东大街）。十字路口西拐，路北依次为大都路总管府、巡警二院（即警巡左院）和崇仁门内的倒钞库（在宝钞胡同东）。中心阁在草厂胡同南口的西北，再往西是鼓楼，鼓楼北是钟楼。

总结一下。

今北京城是以明清北京城为基础。明清北京城是继承元大都。元大都是从金中都北郊的苑囿向北拓展，按一个"大十字"全新设计。西苑"二池"（玄武池、太液池，即后来的什刹海和北海、中海）卡在西墙和南北轴线间，居城之半，主体建筑分布在"二池"东岸，恰好让开"二池"又贴近"二池"。

它的东西轴线很清楚，就是和义门到崇仁门的轴线（即今西直门到东直门的轴线），南北轴线存在争论。原因是后者稍稍偏离几何划分的南北轴线，略向东偏。

今世学者论元大都南北轴线，向分两派：一派沿用"中心阁址为今之鼓楼"说，以元大都的几何中心点（城区四隅交叉线的中心点）作为东西南北之中，做总体挪移，把钟鼓楼挪到旧鼓楼大街，把万宁寺、中心阁、中心台挪到今钟鼓楼的位置；一派从元大都城市布局的实际出发，将主体建筑让出"二池"水域，沿丽正门到厚载门，穿万宁桥到钟鼓楼，从南到北一线排列，所谓南北轴线，既是划分东西城的轴线，也是纵贯宫城、青山（今景山）、御苑、海子桥和钟鼓楼的轴线。

前说以侯仁之为代表。他之所以把钟鼓楼放在旧鼓楼大街，与他按四隅交叉线的几何中心点讲元大都的规划设计有关。参看侯仁之《北平历史地理》（邓辉等译，外语与教学出版社，2013年）。侯先生有"明皇城、宫城东墙东移"说，因与考古发现不符，他已放弃。但他的"明钟鼓楼东移"说，至今人多从之。学者认为，元钟鼓楼在旧鼓楼大街，西移后的空白可由万宁寺、中心阁、中心台等建筑来填充。如元大都考古队（中科院考古所和北京市文管处联合组成）的《元大都的勘查与发掘》（《考古》1972年1期，19—28页）就是这样安排。今侯仁之主编《北京历史地图集》（文津出版社，2013年）也仍然保留其最初的判断。

我认为，从《析津志》的记载判断，二说当以后说为是。

前说，不仅与《析津志》不符，且以南北轴线穿越水面，明显不合理。陈平把南北中轴线一分为二，旧鼓楼大街算北中轴线，钟鼓楼以南算南中轴线，就是为了折中二说。参看陈平《古都变迁说北京——北京蓟辽金元明清古都发展轨迹扫描》（华艺出版社，2013年，134—138页）。

元中心阁与万宁寺是一组建筑，位置在阁街以东。阁是附属于寺，元成宗、宁宗的原庙在中心阁，是以中心阁为供奉帝后御容的影堂，位置可能在万宁寺佛殿以西，西邻阁街，与中心台东西相望。

钟楼和鼓楼，四周皆有八角形围墙，钟楼南墙和鼓楼北墙各有两端，四角连线是个近似长方形的场子。今钟鼓楼间距约97.9米，鼓楼北墙宽约30米，钟楼南墙宽约24.2米，广场宽度约25.3米。中心台方一亩，约合15.5×15.5步（以5尺为步，240平方步为亩，240开方，每边长约15.49步）。元代官尺一尺约合35厘米，营造尺一尺约合31.5厘米（参见熊长云《元尺考》，待刊）。今以营造尺计算，台宽约24.4米，加上围墙，宽度可能略大，放在钟鼓楼之间，正合适。钟鼓楼加中心台是元大都的核心建筑，周围街市林立，最热闹。

今钟鼓楼广场，两旁有道，环绕钟鼓楼，1947年叫钟楼湾，1949年叫钟楼湾胡同。今胡同两侧的街面房，东西相距约47.4

米。这一距离，减去广场宽度，还剩22.4米。22.4米两分，还剩11.2米，今道宽3.44米，在11.2米的范围内。据《析津志》，中心台在中心阁西"十五步"，约合23.6米。从距离判断，中心阁约在钟楼湾胡同84号（石友三旧居和它后面花园）和60号院一带，东邻万宁寺，西邻阁街。中心阁是供奉元代帝后御容的影堂。我怀疑，明代复兴，中心台因北城内缩已失去中心的地位，变成街市（1960年代以前一直是个市场），中心阁也因元灭被汉人拆毁，只有万宁寺东半的佛殿保存下来，成为清万宁寺（分前中后三殿）。

我把中心台放在中心阁正西的钟鼓楼之间，王军把中心台放在草厂胡同6号院以南，即今草厂胡同12号院的东南。这是我和王军看法不同的地方。

另外，清周篔《析津日记》云"天寿万宁寺在鼓楼东偏，元以奉安成宗御像者，今寺之前后皆兵民居之。从湢室而入，有穹碑二尚存，长各二丈余。西一碑国书，不可读，东一碑欧阳原功文，张起岩书，姚庆篆额，题曰'成宗钦明广孝皇帝做天寿万宁寺神御殿碑'。其北列明碑四，一为冯祭酒梦祯文，一为焦太史竑文"。"鼓楼东偏"指鼓楼东北。我怀疑，"从湢室而入"，只是因为前门被兵民搭建的屋舍堵占，不得已才从侧门而入。王军提到的山门其实是后开的侧门（有清万灵寺庙额）。两通元碑，原本立在中心阁前。西碑"国书，不可读者"，或即中心台碑。"国书"是八思巴文。元代的国书碑，通常都有对读的汉文，篆额亦为汉文，"不可读者"只是八思巴文。欧阳玄撰文的东碑则是中心阁碑。我们期待，这几通碑文有一天会出土。

总之，元大都的南北中轴线只有一条，就是丽正门到钟鼓楼的轴线。中心台虽稍稍偏离元大都的几何中心点，仍不失为元大都的东西南北之中。

2021年4月7日与王军、唐晓峰、王睿初访钟鼓楼地区，7月3日写于北京蓝旗营寓所，2022年2月14、20日与故宫博物院的熊长云、朴世禺、危文瀚两次踏查实测，2月21日改定。

（原载《读书》2022年第5期）

李零，北京大学中文系教授，从事先秦考古研究及中国古汉语研究。主要作品：《孙子古本研究》《李零自选集》等。

庶民的胜利

◎ 李洁非

《新青年》杂志第五卷第五号卷首登载李大钊《庶民的胜利》，就布尔什维克革命胜利及一战终结献以感言。文短且疏，惟标题极获人心。此五字，实古今一大文章。人类踵继相书，代有其新。刻下我就宋代平民大潮沉吟谋篇，也油然想起，而借以为题。

庶者，众也。"庶民"转作今语，便即"大众"。在中国，"大众"何时露以峥嵘，声音噪于瓦桁，文化擅其胜场，无疑宋肇其端。

具体可借城市文明观之。举欧洲相参照，是时彼之城市亚平宁较早称盛，其中米兰十一世纪初"人口虽然还不到2万"，却已是"西方基督教世界人口最多的城市"，又过二百年，"从大约2万涨到了10万左右"，威尼斯、佛罗伦萨、热那亚等也"达到了10万"。以外如伦敦，"在12世纪末达到4万"，又经百年"翻了一倍"而仍未足10万。巴黎后来居上，1300年人口"逼近20万"。这些便是欧洲屈指可数的"大都会"。然而宋朝呢，无论北宋汴京还是南宋临安，人口规模均逾百万，而于欧洲皆能以一当十。遥想是景，不难绘出此时东西方市廛悬异的画面，从而拈其庶民社会碍难两同之分量。

这导致宋代有关城市的描述陡增群涌。此类篇什，前代有班固《西都赋》《东都赋》，张衡《西京赋》《东京赋》《南都赋》，左思《蜀吴魏三都赋》等，零星可见，而皆状摹宫室规制抑或抒写帝王气象，不及市容，更无笔墨稍涉民间。迨至北朝杨衒之《洛阳伽蓝记》，才以接近散文的语态，依托佛寺故迹，对城市一般面貌有所勾勒，然意义仍仅限在史地层面。想要一览城市众生相，及其人声鼎沸、喧哗嚣扰情状，惟宋人笔下有之。此一方面代表性制作，我们都会想起《清明上河图》。那确是宋代街市最为直观的图景，然求其周详深细，却有更胜一筹者，惟非绘景，而为书籍。此类书集中出现在南渡后。既失北地，宋人满腹酸楚，于往日汴京繁穰追怀不已，遂有孟元老撰《东京梦华录》开城市书写先河。其后效者蜂起，从灌圃耐得翁《都城纪胜》、西湖老人《繁胜录》，而吴自牧《梦粱录》、周密《武林旧事》等，内容体例相仿，对象则由汴京转至临安。这当属世界最早的城市著述群，记叙为主，而于细节及脉络亦不乏研究的意味。

城市于人类有许多惊人的意义，只是习惯生活其间的人们不能注意，更少予思索。

英人彼得·霍尔《文明中的城市》，突出强调城市骨血中含有"创新性质"和非凡"创造力"。此特质是空间属性所致。较之乡村，城市意味着更小的空间、更密的人口。"生活中很重要的一部分就在于寻找解决城市自身秩序和组织问题的方法，创造力也就由此而来。"城市规模每扩大一点，课题数量及难度都成倍增加，逼迫人们以空前和超乎想象的创造力加以解决。彼得·霍尔粗粗提及其中一些，"渡槽和下水道及地铁、收容所和教养所及监狱、法律规章",是皆人间因城市而有的创制。他进而指出,勿以为这些仅仅有关工程技术或法律构设,所有实际课题都关乎"如何在城市更好地生活的方法",亦即城市创新不能只问效率,且应体现和趋近"完善",在解一时之难的同时顾及长远发展。城市就是这样不断为自己制造难题,然后绞尽脑汁、务臻其善使之克服的永恒创新基地。它催生的新生事物,无穷无尽,充天塞地。从自来水到发电厂,从信号灯到斑马线,从托儿所到养老院,从图书馆到电影院,从个人电脑到互联网,从摇滚乐到毒品……乐此不疲,兵来将挡、水来土掩。

不仅如此。德国有民谚:城市的空气使你自由。

城市意味着"解放"。与封闭、束缚背道而驰,是它与生俱来的禀性。虽然封闭、束缚也会在城市中蠢蠢欲动,本质上则将徒劳。因为汇聚性与流动性,注定城市无法真正被封闭、被束缚。人被土地困住一辈子轻而易举,却永远不会被城市所困。城市即变数,就是机遇以及随时随地遭逢意外。不独个体因城市而自由,社会亦将跟随城市化变得开放,20世纪90年代城市化兴起以来的中国可为此作证。

宋代城市文明前所未有的繁荣,正为人类标出了这样一个时代临界点。

从绘画到文字,人类从未如此凝神注目过城市生活。宋人有此态,实在也是被那全新、陌生的情景所惊诧以至惶惑了。《武林旧事》卷六云:

浩穰之区，人物盛夥，游手奸黠，实繁有徒。有所谓美人局（以娼优为姬妾，诱引少年为事），柜坊赌局（以博戏关扑结党手法骗钱），水功德局（以求官、觅举、恩泽、迁转、讼事、交易等为名，假借声势，脱漏财物），不一而足。又有卖买物货，以伪易真，至以纸为衣，铜铅为金银，土木为香药，变换如神，谓之"白日贼"。若阛阓之地，则有翦脱衣囊环佩者，谓之"觅贴儿"。其他穿窬胠箧，各有称首。以至顽徒如拦街虎、九条龙之徒，尤为市井之害。故尹京政先弹压，必得精悍钩距、长于才术者乃可。都辖一房，有都辖使臣总辖供申院长，以至厢巡地分头项火下凡数千人，专以缉捕为职。其间雄駔有声者，往往皆出群盗。而内司又有海巡八厢以察之。

　　是皆"城市犯罪"。城市趋盛，由简入繁，此为特征。城市犯罪的复杂发达，与繁华度成正比。周密笔下临安，英国伦敦须至19世纪方具其状，使柯南·道尔有其素材去讲福尔摩斯故事。细看临安种种，至今不过如此，而它八百年前竟应有尽有，周密为之蹙额疾首心惊肉跳自亦不免。其中临安治安，相较层出不穷的诈术骗行、奸诡狡戾，尤能颠覆人心。农耕故态之纯净无影无踪，混乱暧昧竟使城市已不能事事明乎道德，从而黑白无间、警匪款通。"其间雄駔有声者，往往皆出群盗"，临安此事，顾以芝加哥探员用毒贩为卧底、FBI特工混入黑手党险成"老大"等现代实例，倒也不足称奇，但那毕竟是周遭犹然一派田园牧歌的古代。未知临安居民可怜抑或有幸，总之他们的生活，已过沉舟侧畔、先知春江之暖，早早尝到了未来的滋味。

宋时市容之盛并工商百业、生活日常等，我们都且按下。一来宋人书有详述，近人研讨亦复不少，都可取以径读。二来本文兴趣并非描摹宋代城市样貌，而是探触其文化脉象。

宋社会之变，彰显于两大阶级现象。上有士阶层在统治结构中崛起，下则市人社会从民间急遽壮大。"市人"之词先秦已现，《吕氏春秋》《史记》等皆曾语及，但却有俟宋代才陡然攀升为热词。用上海人民出版社《文渊阁四库全书电子版》检索，《旧唐书》《新唐书》各仅十处，《宋史》则猛然逼近三十处。具体表现可借现实事件以觇——熙宁"变法"，青苗、募役两项都特将"坊郭户"列为征钱对象；尤其青苗钱，仅关稼穑，征诸"坊郭户"毫无理由。此必因全国城市人口已达相当规模，对敛财构成了实际重要意义，虽不合理，亦不顾矣。故知宋代社会已现全局性变异，马克思主义所讲"三大差别"之"城乡差别"初有显露，从以往单一的农民主体中，分化出了独立广泛的城市人群。

新兴市人生态，与农民根本有别。农民付出汗水于土地，收获作物，直接拥有生活资料。市人则不占有任何实物，或以技术、手艺"加工"实物增值而赢，或运用头脑与经验借实物的"买"与"卖"赚取差价，甚至完全无关实物，仅以各种无形服务搵食自奉。城乡谋生差异最终形诸货币——从农民的角度可全无仰乎阿堵，市人则不单依赖金钱，且视为最美之物。后者收入若仅为衣食等实物，实乃下选。他们真正需要的，非任何特定有形之物，而是握之非有补于暖、食之非有补于饱的"泉货"。这原本虚无的符号，可流动、可交换，市人所赖在此。其生存本质即"交易"，惟"交易"能呼吸，无"交易"则如死灰。不仅见诸所

"人"，亦显现于所"出"；获取金钱，然后支出金钱；一面"挣钱"一面"消费"，一出一入都与金钱紧密绑缚。尤其"消费"，典型农耕生态无此概念，市人社会却以之为基础现实。这是宋代文化脱胎换骨的根由。根本来说，宋代文化变异非观念之变，纯属社会经济原因造就"消费"硬需求，进而投射于文化的结果。恰因此，其所向披靡亦为任何观念与权威所不能敌。

文化的蜕迹，可总括于两点。一在分层，一为转向。

分层问题较简明，我们先说它。中国以往文化，层次单一，实仅贵族—精英这一层。虽然周初官方采诗犹于民谣相当注意，但随着"士"集团主导意识形成，对民俗文化加以屏蔽和过滤的倾向不断加强，"郑声淫"即是。到后来，文化垄断、层次单一日益严重，突出表现便是语言。现实口语虽已变迁，贵族—精英文化却强阻书面语随之以变，而固守古态，于是形成"文言"。所谓文言即书面成文之语，凡撰书为文，只能用它。树此壁垒以后，现实的活的语言被挡在书写之外，且贬损性地称之"白话"。中国书面写作与"白话"的天堑何时打破呢？就是宋代。虽然胡适先生《白话文学史》从很早时代讲起，但委实有"强说"痕迹，本意是为"五四"提倡白话文尽量找寻久远根据。如果就事论事，白话之兴只能以宋划界。这字面或语态之变，背后消息是社会文化开始分层。中国的文化生产及产品，从此区分服务对象、接受群体。某些由特殊阶级、教养与身份的人自赏，另一些则广及三教九流，以至贩夫走卒，亦有其精神食粮、视听之娱。这是"文化造反"。过去对社会层面的农民起义足够重视，对市民阶层的文化造反却欠缺认识。后者其实是宋代以来一个更加深刻的变化，随着话语权变动，雅文化一统江山摇摇欲坠，众声喧哗，隐然有多元迹象。

转向表现则较为繁复，光怪陆离、乱花迷眼。士文化秩序，诗文为正统，余兴寄诸琴棋书画"四艺"。舍此以外，壮夫薄而不为。偶俯身低就，稍染指新奇样式，例如长短句，然界限分明，言志惟可入诗，词曲只吟风月，戏谑为之，姑以解颐。而当市人文化狂涛骤掀，种种藩篱随之七零八落。

风起于勾栏瓦肆。

宋代城市旧貌换新颜，在功能变化极大，古典的政治军事轴心意义转淡。无论汴京与临安，虽以国都而显赫，宫城却不复是鹤立鸡群、睥睨所有的存在，城市不断因社会演化划分为愈益平行的多样性空间，功能化趋向显著。孟元老对东都的忆述，此种态势一目了然。汴梁百业荟萃，已经形成各种专门街区，有金融专区、餐饮专区、药铺专区、杂货专区、青楼专区与定点夜市等。其之所生，无一面向宫廷与官府，而皆以芸芸众生为对象。就此言，城市主角已非帝王显宦，业为市民大众。作为城市主人，他们不由分说将所好投向现实。新的文化景观遂尔浮现，内中最具代表性的盖即勾栏瓦肆。《东京梦华录》卷之二"东南楼街巷"：

街南桑家瓦子，近北则中瓦，次里瓦，其中大小勾栏五十余座。

"勾栏"本建筑语，时人李诫《营造法式》曰"其名有八"，

"棂槛""轩槛""阶槛"或"钩阑"等，皆系同指；赵德麟《侯鲭录》卷七"栏楯"："殿上临边之饰，亦以防人坠堕，今言钩栏是也。"故宋代城市娱乐场所称"勾栏"，初乃指代用法，约即陈汝衡先生推想的那样："场子四周围起栏干，用荆棘之类遮拦着，不纳钱的人不许闯入，这是'勾栏'的由来。"然而因此闻名后，"勾栏"建筑语本义竟渐失却，完全衍为"声色犬马"之代名词。"瓦子"亦作"瓦肆""瓦舍""瓦市"等，它的意思宋人有具体解释："瓦舍者，谓其'来时瓦合，去时瓦解'之义，易聚易散也。"不一定是"瓦房"，或为临时简易之草棚亦未可知，重心在"瓦"有聚散无定之意，以表这种去处的氛围情态。汴梁仅"东南楼街巷"，便有"大小勾栏五十余座"，规模十分可观，而它既非惟一，亦非最大。类似所在至少还有五处。这些宋代"百老汇"或"嘉年华"，名头经久不衰。比如"桑家瓦子"，百二十回本《水浒全传》就径直写到它：

　　两个手厮挽着，正投桑家瓦来。来到瓦子前，听的勾栏内锣响，李逵定要入去，燕青只得和他挨在人丛里，听的上面说平话，正说《三国志》，说到关云长刮骨疗毒。

　　要么这说明《水浒》所源甚早，原作出诸宋人，施耐庵仅为润色者；要么便是"桑家瓦子"美誉长存，以至明初人们仍然耳熟能详、津津乐道。

　　声名远扬，隔代流芳，是因意义深远的文化转向在里面发生。每座勾栏瓦肆，那成群连片、鳞次栉比的棚子，所汇聚的一切彻底改变着中国人的精神生活及方式。其间样式品类，诸记所述应接不暇，兹据《武林旧事》为主一窥究竟。

"诸色伎艺人"条下所及种类，大小计逾五十。每一种类，并附出色有声之名家。今依现在的理解，从行业区分可归为七个方面：一、戏剧；二、小说；三、曲艺；四、木偶皮影；五、脱口秀；六、魔术杂技；七、体育竞技。

戏剧。时谓"杂剧"，中国戏剧史杂剧之一页，是宋人而非元人掀开，此点人多有误。周密所列临安杂剧大腕，达四十余位。有些为本名，有些却是艺名，或是观众以其所长而赠送的浑名。如"慢星子""锄头段""唧伶头""猪头儿"等，正如后世京戏名伶有谓"小叫天""麒麟童""芙蓉草"者。除了杂剧，还有"杂扮"，是一单独种类。参《梦粱录》"又有杂扮，或曰'杂班'，又名'经元子'，又谓之'拔和'，即杂剧之后散段也"，可知或为戏剧小品，置于杂剧后上演，以遣观众余兴。善作"杂扮"者亦近三十人，且更多以艺名或浑名出现。其中频见"乔""俏"字样，似乎这种节目，主要靠惟妙惟肖的模仿性演技与戏谑俏皮的风格博取看客。

小说。确言之当为"通俗小说"。中国最早的小说——稗史野记——乃文人余事，不为大众存在。真正视大众为对象的"通俗小说"宋代才有（唐传奇仍用文言），惟当时传播与接受方式，非书面阅读，由说者口头说与人听，一如今天的评书。但现在评书被放入曲艺范围，宋代我们却必须视为小说。首先，这就是中国"通俗小说"的初级阶段；其次，虽采用口头表演方式，说者却都有其创作文本，是即"话本"，而"话本"无疑为"通俗小说"的鼻祖。有三大品种，一曰"演史"，一曰"说经诨经"，一曰"小说"。"演义"专讲旧史传奇，"说经诨经"编排宗教故事，"小说"则铺叙世俗生活。三大品种以后完全延续着，《水浒》《三国》自"演史"来，《西游》乃"说经诨经"余续，《金瓶》则为"小说"一路。临安勾栏瓦肆论以行业，"通俗小说"是最大群体和阵营，从业者甚至多过戏剧，三种艺人合计百十来位。

曲艺。宋时口头演艺统称"讲唱"。"讲"即小说，只说不唱或以说为主。反之另一类，依赖着音乐，借"唱"娱人。我特称之"曲艺"。曲艺，本应无曲不成其艺。今相声、评书、数来宝等都算曲艺，颇非其理。古代有乐无乐，根本是不同事物。例如古诗其实是歌，为文曰"撰"，赋诗曰"吟"，殊途歧路，实非一物，不像现代诗与文都只供纸面阅读。当时勾栏瓦肆中，"讲"与"唱"颇类文和诗，各吃一碗饭。而有乐有韵是更老的传统，故"唱"的品类较"讲"远多，有"唱赚""小唱""嘌唱""鼓板""弹唱因缘""唱京词""诸宫调""唱耍令""唱《拨不断》""清乐""吟叫"等，皆特定声乐形式，惜具体样态今多不明，惟"诸宫调"因《董解元西厢记》而面貌尚存，"唱赚"则《都城纪胜》有所解释，"凡赚最难，以其兼慢曲、曲破、大曲、嘌唱、耍令、番曲、叫声诸家腔谱也"，应是一人多能、文武昆乱不挡。余者仅可借名称揣测，不知"鼓板"是否与如今鼓书有其渊源？"弹唱因缘"是否如苏州弹词那样夹唱夹白？

木偶皮影。勾栏瓦肆两种较为综合的技艺，一为"傀儡"，一为"影戏"，也即今天的木偶和皮影。从观众角度是戏剧，从制作角度是绘画造型，而表演者的功夫又有类杂技，或许幕后还有锣鼓师、拟音师等。一出节目如做到上乘，须汇聚多方高手。木偶另称"悬丝"，临安此中名家有"卢金线""张金线"等，盖以操作手法出神入化、丝丝入扣，乃至手中线绳有如金子制成得此诨名。除了形容其高超，或还指票房优、能赚钱，观众趋之如鹜。

脱口秀。《武林旧事》和《东京梦华录》都有"说诨话"，可见两宋间一直延续。"说诨话"意思清晰，为语言类搞笑方式无疑。会不会就是相声？应该不是。无论孟元老或周密，所列表演者皆独角一人，汴京为"张山人"，临安为"蛮张四郎"。后来形式中，与其说与相声有缘，不如说江浙独角戏较为接近。清末独角戏也独自说笑话、讲故事、学唱戏及方言，或东拉西扯掌故时事，至民国受文明戏影响，才变成两人或多人表演并形成固定剧目、依脚本搬演。宋朝"说诨话"则始终是单人的，且保持临时起意、即兴创作、自由发挥、信口开河特色不变，于今言之盖即"脱口秀"。临安还有一位方斋郎专事"学乡谈"，或与"说诨话"同类，惟特长是以方言土语为噱头。

魔术杂技。汉代谓之"百戏"，砖画可见其情形，翻腾平衡、抛丸顶罐等，但难知具体。在勾栏瓦肆中，各种项目及名称已指述明晰，且多延传至今。属于杂技的有"顶橦"（头顶梁柱维持平衡做各种有难度动作）、"踏索"（高空悬索人行其上）、"上竿"（表演者徒手攀援高竿捷如猿猴）；马戏有"教走兽""教飞禽虫蚁""捕蛇"，内有名"猢狲王"者，显然特善驯猴；魔术有"神鬼""烟火""弄水"等，以及结合了魔术因素的博彩节目，如"头钱"（"用瓦盆，内掷头钱，关扑钱物、衣服、动使"）和"覆射"（即射覆，覆器置物使人猜）。

体育竞技。英语称体育竞技为"游戏"，很合宋代情形。勾栏瓦肆大量"游戏"，在今都是体育竞技。如先前燕青故事中的"乔相扑"属于摔跤，同类又有"角觚"。前者是相扑始祖，而"角觚"则很可能是柔道前身。日本几乎所有非现代产物老根都在中国，且其历史文化以地缘之故，较能保存原态不生质变。"举重"亦宋人所乐见，方式为"掇石墩"等。"蹴球"即蹴鞠，国际足联认定的足球起源，《水浒》高俅善之，而从汴梁到临安，勾栏瓦肆都有高手以此谋生。"射弩儿"（射箭）同属热门，至有职业"女流"争锋其间。更特别的是"打弹"之戏，胡雪冈就宋代剧作《张协状元》第二出"蹴毬打弹谩徒劳"注云"打弹，用棒击毬"，似与高尔夫、曲棍球、棒垒球相通，不知是否有其渊源。武术当然少不了，"使棒"即是，宋代最流行，王进、林冲两位教头与人比试皆用棒，临安个中翘楚一名"朱来儿"，一名"乔使棒高三官人"……

林林总总，将各种"奇技淫巧"过眼一回，今人也难免为之眩晕。但入勾栏瓦肆，何啻乎置身万花筒，故时人记之屡言以"繁胜""梦"，如同幻历。然繁华仅其表象，背后有坚实的社会内容为底蕴。我们知道诸多现代体育项目创自英伦，或经英人改进而带动其兴起。仅球类中，足球、网球、乒羽、橄榄球、曲棍球（冰球为其衍生物）、板球（棒球为其衍生物）等皆是。根本原因，在工业革命推动社会解放，令英伦庶民文化勃兴称早，大众纷纷有其余兴余力投身所谓"游戏"。宋代勾栏瓦肆所实现亦类似景象，热火朝天的娱乐生活和五花八门的方式，令城市背景下的市人文化狂飙穷形尽相。

内中影响最深刻，以致将文化秩序兜底掀翻的，是小说和戏剧。此二者在世界范围普遍属于"近代艺术"，兴起时间多为十六、十七世纪，中国却自十一至十三世纪即已风起云涌。以小说为例，若未建立时间概念，很难意识到中国一骑绝尘曾至何种地步。不妨依次对照：十八世纪英国小说顶尖作家菲尔丁，与同时期曹雪芹相比，艺术水准如何？十四世纪初至十六世纪晚期，中国连生《水浒》《三国》《西游》《金瓶》诸巨制，欧洲可有匹敌者？即便稍后《堂吉诃德》出现，其叙事之巧妙成熟能否等量齐观？继予前览，当宋代涌现《错斩崔宁》《碾玉观音》等生活气息浓郁、技巧细腻从容的短篇佳构时，欧洲"小说"之一物尚在何处？将这些问题逐一排开，分别稽诸事实，不难从时间轴上看清中外小说所处位置与状态。1827年1月31日歌德与爱克曼谈，言及某部中国长篇小说（据信为明末清初《风月好逑传》）时感慨不已，至云"中国人……在我们的远祖还生活在野森林的时代就有这类作品了"。引出歌德此语的，不过是中国的不入流作品而已。"野森林"云云，是诗人的夸张。当时欧洲应谓之田园时代，中国则已市井红尘万丈升起。欧洲小说发展滞后，原因惟在于此。小说戏剧之为"新兴"艺术，系社会变化所决定。社会条件未备免谈繁兴，犹禾苗之赖"气候"，否则无以萌蘖。故其于世界各地绽放有时、花开早迟，皆与城市发展、庶民社会觉醒保持同步。十七世纪莫里哀驱其大篷车领着剧团游走不同市镇的经历，说明了法国戏剧此时趋盛之缘由；而在海峡对岸莎士比亚早上数十年呼风唤雨，则无非是伊丽莎白一世重商主义令英伦市井繁荣稍占先机之故。

但也有例外。古希腊戏剧远早于中国，甚至印度戏剧也更古老，却都并无"庶民时代"支撑。古希腊戏剧虽曰公民文化产物，而所谓"公民"却只是广泛奴隶制下的少数阶级。印度戏剧多半以亚历山大大帝东侵传入，之后作为宫廷娱乐，演于宫廷亦为宫廷所豢养。长远来看，古希腊罗马戏剧昙花一现，制度一经解体，随之无影无踪，欧洲戏剧真正蓬勃与不衰，明显有待近代。印度戏剧起点虽早却后继乏力，不独成就为中国反超，社会影响的深度广度也不能相提并论。所以小说戏剧若要行之久远，最终仍以"庶民社会"为基石。

小说在中国，自《汉书·艺文志》列为先秦一家，至此已有上千年。过往仅堪视为"史部"一种边缘或次要写作，而非体现反映新型社会文化的品种；有之，当自《汉书》"小说"被宋代"小说"替换取代算起。郎瑛《七修类稿》："小说起宋仁宗，盖时太平盛久，国家闲暇……"这里"起"字，是对新旧小说的区分，专就通俗小说兴起而言。至于宋代通俗小说之萌芽，肯定要早一些，绝非仁宗朝始现。突出强调仁宗时代的意义，主要因仁宗接真宗之世，澶渊媾和成果日益显现，内则政治清明，国家一派晏然，经济、文化欣欣向荣，市廛殷阜景象极为显著。针对宋代城市发展进程，有作者说："北宋的城市人口占20.1%，如果以1亿人口计算，即有超过2000万的宋朝人成为城市居民。""作为对比，清代中叶（嘉庆年间）的城市化率约为7%，民国时才升至10%左右，到1957年，城市化率也不过是15.4%。"此说不孤，另有作者同指"北宋城市人口占全国的20%"，以致是整个古代"城市人口比例最高的朝代"，"农业税已经不再是主要的国家赋税，商税、专卖税占到了全国总赋税的70%"。以上数据未提出处，但似有共同来源。而这番突飞猛进，仁宗长达四十年统治自甚关键，"小说起宋仁宗"适与之相映现。考时人笔记，小说风行的谈资正是在此期间趋盛，被津津乐道。《东坡志林》："途巷中小儿薄劣，其家所厌苦，则与钱，令聚坐听说古话。至说三国事，闻刘玄德败频眉蹙，有出涕者，闻曹操败，即喜唱快。"梅尧臣的朋友吕缙叔，因识永嘉一僧"能谈史汉书讲说"，极为击节，而"邀余寄之"，特求梅尧臣赋诗相赠。前者讲顽童调皮家长生厌，辄掏钱打发他们去听小说；后者表明耽迷小说已从儿童到成人、自巷间而雅士，遍世皆然。及孟元老忆述东京诸色伎艺，通俗小说俨然已是勾栏瓦肆第一方阵，缘时推之必于仁宗时经历了一个快速发展。

可惜这段人类小说近代意义的发祥期，保留的作品相当有限。彼时统治阶级及富而有力者，对通俗文化不知珍惜，不屑藏存，故而绝大多数都自生自灭了。现经郑振铎先生认定："宋人词话今所知者已有左列二十七篇之多（也许更有得发现；这是最谨慎的统计，也许更可加入疑似的若干篇进去）。""词话"亦宋代话本一名称，《金瓶梅》还曾沿用。此二十七篇皆短篇作品，《错斩崔宁》《碾玉观音》和以王安石为主人公的《拗相公》即在其中。此外还有鲁迅列为"宋之话本"的《五代史平话》和"宋元拟话本"的《大宋宣和遗事》，以及程毅中先生称之"像是宋刻本"的《大唐三藏取经诗话》。这三部作品，按叙事容量可算长篇小说。话本原作存世情况大致如上。总之，短篇长篇俱备。若依这些幸存作品为凭，则宋代短篇小说明显比长篇优秀。《错斩崔宁》《碾玉观音》《拗相公》等极为成熟，即置明末冯梦龙"三言"之中亦不逊色。而从保存相对完整的《大宋宣和遗事》看，宋代长篇小说的结构较为松散，甚至情节与史料不分，写作方式夹生，更像说话人临场所用"脚本"，而非正式文学创作文本。也因此，《大宋宣和遗事》年代不会太晚，我个人信为南宋中早期作品，少许元代因素当如鲁迅所分析的"抑宋人旧本，而元时又有增益"。

通俗小说作品传世有限，所幸坊间热议，不乏谈说，而于野记留下一些概貌。除《梦华录》《武林旧事》所列知名艺人名单，还有其他材料。理宗端平二年成书的《都城纪胜》曰：

一者小说，谓之银字儿，如烟粉、灵怪、传奇。说公案，皆是搏刀赶棒，及发迹变泰之事。说铁骑儿，谓士马金鼓之事。说经，谓演说佛书。说参请，谓宾主参禅悟道等事。讲史书，讲说前代书史文传、兴废争战之事。

这是有关通俗小说题材和类型的最早细分，共有"烟粉""灵怪""传奇""公案""铁骑儿""说经""参请""讲史"八类，相较北宋粗略三分的"演史""说经诨经"和"小说"，已深入情节构成去区分不同内容、风格、套路，从中可窥进化与传承。比如，"烟粉"隐约有言情身影，"灵怪"当启神魔小说，"公案"或即罪案和侠盗小说渊薮，"铁骑儿"应为《说岳》《杨家将》等武将传奇之先河，加上敷述世事沧桑的"说经"与"讲史"，西风东渐前中国小说类型无非如此，而宋代各有其形。惟一消失的是"参请"，当时禅宗特盛，机锋为人喜爱，遂有此趣味小说流行，时过境迁，渐而式微。此事值得关注。禅风日后发扬光大于日本，各方面无不习染，对整个日本文化具定型作用。其中，镰仓时代"佛教说话集"、室町时代"禅僧的文学"直接或间接关乎小说，十三世纪末有无住和尚的《沙石集》，十四世纪前半有卜部兼好的《徒然草》等；后者"随着心境变迁的无价值的事"，写下二百四十三个片段，加藤周一教授认为已开意识流先河："在詹姆斯·乔伊斯发明小说'意识流'的描写之前，兼好的独创性并不为人所知。"如果宋代"参请"可得延续，中国小说面貌受何影响亦颇引人遐思。

以上情形截至南宋中晚期。又过四五十年，当王朝终末抑或元初，有奇书《醉翁谈录》面世。谓之奇书，因它专为小说而作，通篇只谈小说。以往涉述小说，皆为诸色伎艺之一种，而未有专书。《醉翁谈录》不仅是中国，只怕也是全球首部小说专著。是书中国久佚，日人长泽规矩于本国意外发现，据说传自朝鲜，1941年影印出版。作者罗烨生平无考，有说宋人，有说元人。日本影印时题"孤本宋椠"，从书中若干字句口吻看，亦可断其年代为南宋终末至元初。

学者普遍看重它对小说的分类。这方面承接《都城纪胜》而有更新，亦为八类："有灵怪、烟粉、传奇、公案，兼朴刀、捍棒、妖术、神仙"，前四种与《都城纪胜》同，后四种为新说。惟不知是罗烨重予分析界定的结果，抑或数十年来小说又有新动向。"朴刀""捍棒"字眼《都城纪胜》也曾出现，只是未单独划为类别，眼下拈出标识，莫非"武侠小说"脱颖而出，成为这四五十年一大热门？至于"妖术"与"神仙"，特别之处是明显与道教关联，似乎"说经"题材已从先前主述佛事渐渐移诸符箓巫觋之谈。

　　然而此书还有更高价值。《醉翁谈录》如其书名，一则以"谈"，一则以"录"。"录"即著录，八种分类后面旋举以篇名，使后人一知各类具体有怎样的作品，二可凭借篇名反向理解分类。如《莺莺传》《王魁负心》《卓文君》等在"传奇"之列，《杨令公》《青面兽》等在"朴刀"之列，《花和尚》《武行者》等在"捍棒"之列，《西山聂隐娘》等在"妖术"之列……颇便了解当时小说面貌。反观《都城纪胜》，只有分类未附作品，情形只能揣度。罗烨加以著录的作品多至一百余种，是迄今直接见诸宋人的最全目录。而且搜其篇目以外，按类遴选若干重点作品，不惜篇幅，述其人物和故事梗概。如甲集卷二"私情公案"条下之"张氏夜奔吕星哥"，情节颇具人性光辉，言行尽显宋世风教。经这样保存下来的宋代小说情节梗概，或详或略，计有七八十条，原作俱已湮失，惟此可稍事瞻昑。从中看出宋代小说生活面宽广，角度多样，人情味浓，细腻腴润犹胜欧洲十七、十八世纪小说。这样的"录"，对小说史的研究自是弥足珍贵。

　　作者于"录"不遗余力，无疑有意而为之。他显已料到己之所阅迟早难存，心所不甘，预为绸缪，俾后人拾一叶、见枯荣。"醉翁"之意其在此乎？进亦形诸所"谈"，申白小说价值，见地直抵数百年后。这部分文字不多，仅甲集卷一《舌耕叙引》"小说引子"与"小说开辟"两篇，约占全书1/18，但特别重要，是理论的构建。初由八行诗句引出：

静坐闲听对短檠，曾将往事广搜寻。也题流水高山句，也赋阳春白雪吟。世上是非难入耳，人间名利不关心。编成风月三千卷，散与知音论古今。

强调小说娱乐性和深刻性兼备，貌似鄙俗而骨格清奇，借虚构寓现实，寄兴亡于风月，总之赋予了很高意义。诗前特注"演史讲经并可通用"，亦即八行诗句所咏乃小说共性。嗣后展开论述：

夫小说者，虽为末学，尤务多闻。非庸常浅识之流，有博览该（通"赅"）通之理……烟粉奇传，素蕴胸次之间；风月须知，只在唇吻之上……只凭三寸舌，褒贬是非；略咮万余言，讲论古今。说收拾寻常有百万套，谈话头动辄是数千回。说重门不掩底相思，谈闺阁难藏底密恨。辨草木山川之物类，分州军县镇之程途。讲历代年载废兴，记岁月英雄文武……曰得词，念得诗，说得话，使得砌。言无讹舛，遗高士善口赞扬；事有源流，使才人怡神嗟讶。

视小说无所不包，无所不能，无所不至，既可上天钻地、呼风唤雨，也可入情入理、伺人心腹。末亦有诗，首句：

小说纷纷皆有之，须凭实学是根基。

十四字而将小说两面性——以虚构伟力形同造物者，而内含缜密逻辑与理性——一举揭示。今人就小说艺术所能谈，不过如此。

虽然"醉翁"为小说价值不获人识大抱不平，此书其实却又是个反证，用它的着力鼓吹，反证小说在宋代深入人心。当时，通俗小说的确展现了奇异的征服力，被征服的不仅有罗烨本人，以及梅尧臣朋友吕缙叔之类高雅人物，甚至皇帝亦未"免俗"。据载，高宗身旁便有一位擅长小说的内臣李緼；李心传曰"睿思殿祗侯李緼者，能讴词，善小说"，徐梦莘亦谓"緼善小说，上喜听之"。所不同者，上流社会私有所好，嘴上却回避称扬褒誉，不能如罗烨那般倾心言爱。原因有二，首先话本起于市井，价值与趣味全是市民的，程毅中先生曾言"宋元话本多数代表市民阶层的思想，明代拟话本则更多地渗透了封建文人的意识，显然有所不同"，确实相比明代，宋代小说有更多市民原生态；其次更在于语言，语言是雅文化命脉，通俗小说甩开文言，援乌七八糟、猥陋俚俗的口语成文，贵人文士羞为同调。其实，白话经小说引入写作后，质地已异，凤凰涅槃。郑振铎先生对此论述极精，他稍稍回顾唐代"敦煌写经"即白话小说之初，"其使用口语的技能，却极为幼稚"的表现，继而写道：

但到了宋人的手里，口语文学却得到了一个最高的成就，写出了许多极伟大的不朽的短篇小说。这些"词话"的作者们，其运用"白话文"的手腕，可以说是已到了"火候纯青"的当儿，他们把这种古人极罕措手的白话文，用以描写社会的日常生活，用以叙述骇人听闻的奇闻异事，用以发挥作者自己的感伤与议论；他们把这种新鲜的文章，使用在一个最有希望的方面（小说）去了。他们那样的劲健直捷的描写，圆莹流转的作风，深入浅出的叙状，在在都可以见出其艺术的成就是很为高明的。（郑振铎《插图本中国文学史》）

语言惰性是颇难跨越的天堑，文人雅士偏见，直到李贽、金人瑞时代才终于放下，转而承认白话写作同样高妙和富于技巧。

宋代庶民社会缔造的文化新生儿，不只有小说，还有戏剧。中国人精神生活的方面，实际来讲，宋以前尚处既无小说也无戏剧的时代，以后则一变至于被小说戏剧所统治。这是天翻地覆的变化，绝不亚于当代在电脑网络时代前后的跨越。小说和戏剧所辟启的精神空间，非"革命"不足形容。一切纵情其间、为所慰藉之人，与不知其滋味者，生命体验不可互语，全然身处两样世界。自彼两物大驾光临，中国断可谓洞天别开。其间小说所致幻变，因有文本可共，至今尚不难以体会。戏剧却因时空相隔，古人所受风魔与激荡，不免漫漶模糊。好在明代留有生动故事，可借以一窥"戏剧后中国"的情形。

在明代，生活离开戏剧已不可想象。二者水乳交融，致衍奇闻无数。李自成入北京，百官俱冠带惹祸尽予弃毁，几天后命投职名相见，须着官服，大家竟不约而同用戏服代替。弘光间，阮大铖"誓师江上，衣素蟒，围碧玉，见者吡为梨园装束"。钱谦益相好柳如是，也曾"冠插雉羽，戎服骑入国门，如《明妃出塞》状"。《桃花扇》写朱由崧，短暂帝君生涯大半用于看戏，"圣驾将到，选定脚色，就要串戏"，盖实录也。野史中，南京城破前一日，他在宫中闷闷不乐，太监问何故，答"梨园殊少佳者"，遂传旨梨园入大内演戏，从午后演到凌晨，城外告急，拒不视朝，"以串戏无暇也"，如此过足最后一把戏瘾，跨马离宫，无憾告别皇帝角色。

人生以痴戏而颠倒，是典型的宋后景象，之前无从寻觅。

言于是，不得不说中国戏剧确实独落人后。我们无论诗、文、画、乐、舞与小说，起点都不晚，间或早熟领先，惟戏剧生长略显迟俄。亚里士多德谈其精辟理论后千年，中国戏剧始正式有史。虽然"倡""优"字眼先秦已见，前二至前一世纪东方朔曾因"应谐似优""诙谐倡优"知名，却都不足证戏剧有形。乃至唐代"参军戏"仍以参军、苍鹘二角插科打诨，犹非严格代言体；梨园拜玄宗为始祖，所制仅霓裳羽衣之舞。货真价实的戏剧难产如斯，却于宋代"忽如一夜春风来，千树万树梨花开"，令人莫衷一是。有从中国文化内部溯其源者，也有归之于外来输入及影响者。郑振铎先生力主"输入说"，断言"完全是由印度输入的"，"印度的戏曲及其演剧的技术……输入中国，是没有什么可以置疑的地方"。而在笔者看来，却应话分两头。一头是各种由来和条件酝酿到位，包括本国乐舞词曲演进渐可支撑戏剧肇兴，也包括印度与其他外来因素启迪与推动。另一头则"万事虽备，犹待东风"，这东风归根结底是社会土壤能够适合戏剧生长。前讲古希腊罗马"公民社会"尚非庶民时代，却不可否认其文化确含公共集体属性，彼之戏剧一时昌盛以此为根。广而言之，这是华欧文化的根本差异。例如，西乐注重和声和弦，讲求声部的配比对位，就不只是音乐形式和技术体现，亦文化思维使然；反观中国，无论器乐声乐，皆独奏独讴为佳，合之则"呕哑嘲哳难为听"，原因即中国音乐本质上植根于个人个体，原未就协调配伍有何设定考量。此乃群愿文化非中国所长的直观例证，我们戏剧晚熟的命门也在于此。而随宋代市井兴旺、市人阶级崛起，命门终被打破。群愿文化喷薄而出，大众趣味与需求强劲现身，天然具有公众属性的戏剧遂尔忽兴。此脉络颇明，"完全是由印度输入"之说未免见木不见林，对主因有所失察。

城市催生市人社会，而市人亲手缔造哺育中国戏剧，是无可动摇的事实。但这草创期承继关系如何，尚待梳理。内中元杂剧乃灭金后承自金人，是没有疑问的。郑振铎说："杂剧的出现，最早不能过于金末（约在公元一二三四年之前）。又初期的杂剧作家，其地域不出大都及其左近各地。那末，杂剧是金末产生于燕京的，当不会很错。"这是就杂剧形态较成熟完整而言，故将时代断在金末。其次，由于郑先生强调元金间继承，以元杂剧作家集中出现于大都一带来证明金杂剧的母体意义，从而推导出"杂剧是金末产生于燕京"，无形中给人当时戏剧中心是金地、金代的印象。另如顾肇仓先生主张"金代也有杂剧，与宋代相同"，率谓宋金平行、不分主次，此观点为较多学者所持有。总之，此时中国戏剧源流关系颇含糊，虽有间接证据说明宋人在戏剧发展时序上处于前端，如"杂剧"名称首现北宋文献，以及王国维先生注意到的"《董西厢》多用宋人词调"等，然而金人戏曲根本从宋地引入和移植的铁证并不明确。就笔者言，直至从程毅中先生书中见到"1126年靖康之乱，金兵占领了东京之后，曾向宋朝勒索诸色艺人共一百五十余家"（程毅中《宋元话本》）一语，进而征诸

《三朝北盟会编》与《瓮中人语》，这才坚定了金人戏曲乃灭宋时从汴京掠夺而来的认识。

两书记述十分具体，情节亦较程先生所言更甚。时间为靖康二年（1127）正月二十五日至二月二日。近十天内，金人集中从宫廷和民间索要和搜捕汴梁艺人：

二十五日，索得"杂剧说话弄影戏小说嘌唱弄傀儡打筋头弹筝琵琶吹笙等艺人一百五十余家"；同时鉴于钦宗即位以来"权贵家舞伎内人""皆散出民间"，而责成开封府尹"勒牙婆媒人"从民间"追寻之"。

二十六日，索得"教坊乐工四百人"，并据已得线索令开封府尹"悉捕倡优"，所获"莫知其数"。

二十七日，索得"大晟乐工三十六人"。

二十九日，押"百伎工艺等千余人赴军中"。

三十日，又取"诸般百戏一百人，教坊四百人""帘前小唱二十人，杂戏一百五十人，舞旋弟子五十人"。

二日，"再要内夫人杂工伎伶人内官等并家属"。

经梳篦式反复搜刮，汴梁演艺界几无得脱，岂止"一百五十余家"而一概掳送北地。金国以其历史之轻浅，短时期杂剧忽至鼎盛，得诸掠宋无疑矣。

至是中国戏剧起承之序已然清晰：宋为端启，金接其绪，再传至于元。当然，金人功绩并不因而抹煞，彼处戏剧起初虽以掠宋有之，过后发展却是独立的成就，郑振铎先生所强调的燕京乃元杂剧母体的意义，仍然成立。

还有一关键处，尤须点到——以北宋灭亡为界，中国戏剧出现南北分野。在北自金杂剧演于元杂剧；在南则"杂剧"名称渐失，转与南方地理文化结合，变为"传奇"或"戏文"。后者又称"南戏"。早先因文献不足，多"认为宋元只有北杂剧，元明间才有南曲，而南曲是从北曲中变化出来的"。现知完全错误。南戏为南宋旧物已然确定无疑，证据即中国现存最古的剧作《张协状元》。

民国九年叶恭绰游欧，于伦敦某古玩铺惊见《永乐大典》卷一万三千九百九十一，内有戏文三种即《张协状元》《宦门子第错立身》《小孙屠》，亟购之归，先有传抄，十年后以题《永乐大典戏文三种》排印成书，学界称快。经众多学者研究，断《张协状元》出宋人之手，另两种为元作。

南宋戏剧从"杂剧"向"传奇"转变，中心在温州。南渡以来，浙闽粤沿海步入黄金时代，商贸因"海丝"高度繁荣，形成广州、泉州、温州等大都会。其中创立于温州的职业编演团体"九山书会"，"在继承宋杂剧表演技艺的基础上，终于使我国长期存在的泛戏剧（或初级戏剧）形态而蜕变、建构为成熟的戏剧样式"。

胡雪冈先生考证"九山书会"曾做出四大贡献。一为"角色体制的建立"，"生、旦、净、丑、末（副末）、贴、外等七色俱全"，是即所谓"行当"，金元杂剧均不及南戏齐备。二为"曲牌体的诞生"，直到清中期皮黄京剧板式体出现，曲牌都是戏曲基本音乐样式，例如至今舞台仍有演出的昆曲。三为"温州腔的形成"，"唱"乃戏曲灵魂，"腔"则是唱的灵魂，以"腔"融合方言小调从而获得风格、韵味与魅力，这缘"腔"而立形态即由南戏确定。四为"唱、念、做、舞的综合"，西洋或话剧或歌剧或舞剧分取不同样态，戏曲却将各手段熔在一炉而为综合艺术体系，此亦经南戏定型。以上四贡献，几涵盖中国戏曲所有。讨论"唱、念、做、舞的综合"时，胡先生曾分析一场景，"四十出张协离开京都'走马上任'，通过'合唱''不觉过了一里又一里'，走了四个圆场，便从京都到了五鸡山，而时间则由白天转入'夜月辉辉'的夜晚"，指其已建"戏曲虚拟表演的艺术特色"。

就此，戏曲史瞩目金元轻南宋的倾向宜有改变。虽然关、白、马、郑的成就足以景仰，但世事沧桑的影响不容小觑，燕京—大都这条线索，以王朝变更之故成为主线，而"九山书会"之类则随赵氏崖山蹈海渐灭没闻，钟嗣成《录鬼簿》以来，戏苑赫赫"名公"悉数隶籍北地，南部作者纷纷沦为"无名"之氏，以致作品埋没无闻，须数百年后在远隔重洋的某个角落再见天日。这是典型的文化兴衰为历史所主导的现象。然当重获发现时，人们却讶于"事实"与"所知"完全不同。中国戏曲奠基者绝非金元，而是宋朝以一己之力为它铺设完整框架。其间，北宋于其勾栏瓦肆，融合乐舞与曲艺，展开向代言体过渡的"泛戏剧"实验，是为北宋"杂剧"；南宋则在此基础上，于世界最大商都之一温州，完成和实现从"泛戏剧"向成熟戏剧样式的蜕变，是为"南戏"或"传奇"。

多年前，我还醉心古典戏曲研究时，曾注意过"案头"之于"当行""本色"，向为戏曲论争焦点；进知戏曲作为庶民产物，创

造动力来源于此，从而始终以表演或舞台实践为轴心。此点自
《张协状元》而梅兰芳从未改变，"文学"实居其末，虽然酸儒动
辄曰词为诗余、曲是词余，戏曲真正进化却都在舞台草根实践者
的才慧及努力。欲握戏曲发展规律，于此不容有失。"九山书会"
可谓最好的证明，这由实践前沿无名艺术家组成的团体，各项创
新变革都对戏曲体系定型至关重要。另从《张协状元》开场白
"这番书会，要夺魁名，占断东瓯盛事"看，温州此类组织众多且
彼此有竞赛，不但可以想见温州戏剧氛围浓厚，更可想见竞争中
舞台尝试与突破不断。《录鬼簿》入传以"作者"为中心，取"有
所编传奇行于世者"；当然，中外戏剧史编写也普遍如此，俱以
"作者"为中心。但我们勿忘中国戏曲非常特殊，"剧本剧本，一
剧之本"，独于戏曲为不然，表演或舞台实践才是戏曲真正之
"本"。戏曲自创生即非文人产物，而为庶民撒欢擅胜之场。宋代
的演进，从头到尾呈现了这一点。

（原载《钟山》2022 年第 2 期）

李洁非，中国社会科学院文学所研究员。主要作品：文学理论及
文学批评集《告别古典主义》《小说学引论》《城市像框》，散文随笔
集《不入流者说》等。

考古中国，唤回我们的文化记忆

◎ 许　宏

何为考古？为何考古？

对于公众来说，考古这门"无用之学"，是一门富于神秘感的学科。它的神秘，在于对未知的过去的好奇。可以说，满足人类与生俱来的好奇心，就是它最基本也是最大的功用。在考古发掘中，你不知道下一分钟会有怎样的意外收获。考古是一门残酷的学问，新的发现在时时地完善、订正甚至颠覆我们既有的认知。这恰恰是考古学最大的魅力之所在。从这个意义上讲，尽管考古学是研究过去的学科，但却最不该有因循守旧的特质。

尽管考古学是研究过去的学科，但它又是一门全新的学问，它研究的虽是国粹，却绝不属于"国学"。它是百年前才兴起的"舶来品"，属于近代兴起的广义的科学范畴。它不钻故纸堆，而是要"上穷碧落下黄泉，动手动脚找东西"，属于典型的田野派。

读到"考古学"（archaeology），国人马上会联想到宋代金石学家吕大临的《考古图》，是的，这是"考古"二字最早的中文出处。但用"考古学"对译archaeology却是先行接受西方影响又熟谙中国古典文献的日本学界所为，之后，这个词又辗转回到中国，国人当然会有亲切感。

"考古"，当然主要是研究古代的学问，但又不能顾名思义地理解为是只研究古代的学问。考古人是一群怀有野心的人，他们要通过物质遗存，去探究逝去的人类历史的方方面面。上限是上古的人类起源，下限则可限定为上一秒。除了近代产业考古，你还听说过西方的"垃圾考古学"吧？不看你的身份证，但如果让我们分析研究你三五天内产生的全部垃圾，我们会提交出一份关于你几乎全部生计生活信息的系统报告，包含你各方面的隐私，信不？因而，考古学是一门打通古今的学科。我们像侦探，试图把支离破碎的材料，通过逻辑推理甚至想象力，尽可能地拼接，最大限度地逼近真实；我们也像是翻译，把无字地书或者就是"天书"解读为大家都能读懂的书。

考古是一门本源性的学科，它会源源不断地给其他学科乃至公众提供灵感和给养。考古学号称"文科中的理工科"，它具有交叉学科和综合性学科的特点，多学科合作是其最大的亮点和长处。"科技使考古插上了翅膀"，是我们最愿意说的一句充满自豪感的话。在本书正文的介绍中，多学科合作实践所带来的丰硕收获比比皆是。

"无用之用，方为大用"，除了丰富你的文化给养，这门"无用之学"还有安顿身心之功效，当我们的视野扩至数千年至数十万年，空间上鸟瞰全球乃至更远的星系，身边的小事当然就会被看淡，从而有一种释然旷达的感觉。如果对未来做个预测，那么考古学是否会成为最后才被人工智能取代的行业之一？考古可以认为就是一种高级智力游戏，所以至少在可以预见的将来，我想它很难被所谓高新 AI 技术所取代吧。

这就是我作为一枚考古老兵对自己学科的一种良好的"自我感觉"。

影响中国历史的"大遗址"

说起来，考古是一门研究时空的学问。百年探索，我们已可以初步把握中国古代文明的时空分布和谱系脉络。

本书撷取了 15 处"大遗址"，请 14 位亲身参与考古工作的考古学家来细致讲解，这是一场饕餮盛宴。这里的"大遗址"，主要包括反映中国古代历史各个发展阶段涉及政治、宗教、军事、科技、工业、农业、建筑、交通、水利等方面历史文化信息，具有规模宏大、价值重大、影响深远的大型聚落、城址、宫室、陵寝、墓葬等遗址、遗址群（国家文物局《"十一五"期间大遗址保护总体规划（2006）》）。

有学者对这些"大遗址"的重大意义做了提炼：第一是认知中国文化之源的地位；第二是拥有探索中国国家文明起源的意义；第三是展现中华文明五千多年连续发展的最佳例证；第四是中国文化多样性的生动诠释；第五是对中国这样的文明古国、国土大国与文化大国的空间表达；第六是传统文化与现代文明交融共生、相互辉映的典型例证（贺云翱：《"大遗址"事业展现了考古学的重大社会价值》，《大众考古》2018 年第 8 期）。本书推出的15 处"大遗址"就从各个方面对上述历史意义做了生动的阐释。

空间分布

总体上看，广袤的东亚大陆像一把坐西北朝东南的大座椅，座椅的椅背由高原、山岭、戈壁、沙漠等自然屏障组成，这使得古代中国文化形成相对独立发展的特性。值得注意的是，这种屏障作用的相对性，这种自然屏障并不是不可逾越的，从内亚地区到东亚腹地的通道有很多。甚而，在500年前的大航海时代、200多年前的工业化时代到来之前，中国西北地区至大北方地区一直是古代中国改革开放的前沿阵地。

这样一个相对封闭的地理空间，又可以看作是一个大盆地。盆地内的两大河流——黄河和长江都大体呈东西向，便于内部的沟通交流。号称"东亚大两河流域"的黄河和长江流域，其间又并没有大的山脉等自然阻隔，华北和华中大平原实际上是连成一片的，从作为大平原北缘的燕山山脉到作为其南缘的南岭山脉，其间的直线距离在1500千米以上。秦汉时代之后，北至东北的三江平原，南至南海的广大区域都纳入了帝国的版图。这就是孕育出古代中国的大温床。

在大家熟知的中国地形图上，除了高耸的青藏高原外，巨大的中国版图基本上是由西北的棕黄色高原高地（第二阶梯）和东南的青绿色低地平原（第三阶梯）两大板块组成的。这两大自然地理板块的分野，也大致是两大人文板块的分野。著名地理学家胡焕庸在1935年就发现并提出从黑龙江的瑷珲（今黑河）到云南腾冲之间的连线，是我国现代人口分布的一条重要的地理分界线。这条"胡焕庸线" 与第二、三阶梯的分界线和400毫米等雨线大致吻合，其西北侧和东南侧，大致分布着6%左右和94%左右的人口。回望古代，这条线还是畜牧游牧和定居农耕、旱作农业和稻作农业（吃面和吃米）、空足的鬲和实足的鼎的大致分界线，这条线两侧的人口比例，在数千年的时间里也应该是少有变化的。

"一方水土养一方人"，异彩纷呈的文化是人类对各具特色的自然环境适应的产物。从宏观的自然地理态势及由此生发的人文特征看，可以将古代中国先民赖以生存的东亚大陆大致分为三个大的板块，就本书涉及的遗存点而言，它们在各区的空间分布是：

1. 中原及左近地区（7处）

包括现河南境内的渑池仰韶遗址、巩义双槐树遗址及其所代表的仰韶文化，洛阳二里头遗址及其所代表的二里头文化和安阳殷墟遗址及其所代表的殷墟文化；现陕西境内的西安阿房宫秦大型宫室遗址，临潼秦始皇帝陵，扶风唐法门寺地宫。

显然，地处第二、三阶梯，以及两大人文板块交界处的中原地区，是最适合于定居农耕的区域之一，是中国古代文明发生、发展的腹心地区。以二里头文化为先导，中原中心最终形成于公元前1800年前后，此后，夏商周三代广域王权文明大放异彩，引领中国古代文明的潮流，形成东亚大陆最早的核心文化；接下来是最早的中央集权的帝国文明的形成与发展。

2. 东南沿海与南方地区（5处）

包括现浙江境内的杭州良渚遗址及其所代表的良渚文化，

唐、五代至北宋时期的慈溪后司岙窑址；现江西境内的南昌西汉海昏侯墓；现广东境内的广州南越王墓，台山南海Ⅰ号南宋沉船遗存。

长江流域与黄河流域一道，被并称为"东亚大两河流域"。这里在新石器时代晚期即出现了建基于稻作农业的古国，后来成为汉帝国的南土，唐宋时代制瓷业大放异彩。南岭以南的东南沿海，在秦汉之后得以开发，宋代的广州和泉州更成为海上丝绸之路尤其是瓷器外销的起点，中国古代文化从这里走向世界。

3. 半月形文化传播带上（3处）

包括现陕西境内的神木石峁遗址及其所代表的石峁文化，靖边清平堡明代营堡遗址；现四川境内的广汉三星堆遗址及其所代表的三星堆文化。

"半月形文化传播带"的概念，出自我国著名考古学家、四川大学教授童恩正的笔下。他指出，从东北大兴安岭、内蒙古的阴山山脉、宁夏的贺兰山脉、青海的祁连山脉，到四川西部通向云南西北部的横断山脉，这一北一南两列山脉及其邻近的高地，在地理上如同一双有力的臂膀，屏障着祖国的腹心地区——黄河中下游和长江中下游肥沃的平原和盆地；在文化上，这一地带则自有渊源，特色显著，构成了古代华夏文明的边缘地带（童恩正：《试论我国从东北到西南的边地半月形文化传播带》，《文物与考古论集》，文物出版社，1987年）。

他用生态环境相似从而形成文化传播来解释这一地带出现的各种文化相似现象。指出这一边地半月形文化传播带的位置，恰好从两面环绕了黄河中游的黄土高原。其主要地貌为山地或高原，平均海拔1000—3500米。此外，太阳的平均年度辐射值大致相近，此地带的年平均温度相当接近，农作物及木本植物的生长期接近，降水量大致位于年降水量400毫米及600毫米两条等雨量线之间，是一种基本上由高原灌丛与草原组成的地带。这条传播带上分布着汉藏语系、阿尔泰语系的各族群，面向欧亚草原的宏阔空间，是中国与欧亚大陆中西部文化交流的前沿阵地。

考古学观察到的现象是，地处半月形文化传播带上的新石器时代石峁文化既有来自于内亚的文化因素，又有东亚大陆内地的文化因素；到了青铜时代，西来的权杖文化和中原地区以鼎、爵为代表的礼容器文化都见于这一弧带区域，但权杖基本没能进入这一地带所圈围的东亚大陆腹心地区，而鼎、爵等中原王朝文明的礼器，则没能突破这个半月形文化传播带。而既出现了金质权杖，又有中原风格的礼容器出土的三星堆——金沙文化，恰好就位于这个半月形文化传播带的内缘。从战国时期到明代，历代的长城就建筑于这一文化传播带上，成为农牧结合部的一道独特的风景线，上演出一幕幕的历史悲喜剧。抛开广大的中国北方地区，一部完整的中国古代史是无从谈起的。

时间分布

就在东亚大陆这个历史大舞台上，现代智人在经历了数万年的演化发展后，于距今一万年前后进入了新石器时代。考古学揭示出的距今五六千年以来的东亚大陆展现了这样的图景：大约距今六千年以前，广袤的东亚大陆上的史前人群，还都居住在不大的聚落中，以原始农业和渔猎为主，过着大体平等、自给自足的生活。各区域文化独立发展，同时又显现出一定的跨地域的共性。

此后的东亚大陆开始进入了社会复杂化的阶段，并很快出现了早期国家，进入狭义的文明时代。延续了数千年的中国古代文明史，可以划分为三个大的阶段：邦国（古国）时代、王国时代和帝国时代。其中邦国（古国）时代处于新石器时代，呈现出无中心的多元状态，其是否仍属不平等的前国家阶段——酋邦（Chiefdom）时代，尚存争议。著名考古学家苏秉琦先生称其为"满天星斗"的时代。王国时代也即夏商周三代的广域王权国家时代，它呈现出的是有中心的多元状态，可谓"月明星稀"，或可称为早期王朝时代。再向后，就是秦汉王朝开启的一体一统化的帝国时代了，可谓"皓月凌空"。只有到了帝国时代，中央集权与郡县制的专制皇权才建立起来，从而最终结束了分权代理式的"封建社会"。这三大阶段中的两个大的历史节点，就是二里头与秦王朝。本书涉及的遗存在时间维度上分为：

1. "满天星斗"的邦国时代（4处）

距今5500—3800年间，也就是考古学上的仰韶时代后期至龙山时代，被称为东亚"大两河流域"的黄河流域和长江流域的许多地区，进入了一个发生着深刻的社会变革的时期。随着人口的增长，这一时期开始出现了阶层分化和社会复杂化现象，区域之间的文化交流和摩擦冲突都日趋频繁。许多前所未见的文化现象集中出现，聚落形态上发生着根本的变化。众多相对独立的部族或古国并存且相互竞争。如中原及周边的仰韶文化、石峁文化、陶寺文化、王湾三期文化，西北地区的大地湾文化、齐家文化，辽西和内蒙古东部的红山文化，山东地区的大汶口—龙山文化，江淮地区的薛家岗文化，长江下游的凌家滩文化、崧泽文化、良渚文化，长江中游的屈家岭—石家河文化，长江上游的宝墩文化等，在文化面貌上各具特色，异彩纷呈。

那是一个"满天星斗"的时代，邦国林立是那个时代最显著的特征。有的学者将其称为"古国时代"或"邦国时代"，有的则借用欧美学界的话语系统，将其称为"酋邦时代"。本书所介绍的4处新石器时代遗址河南渑池仰韶村、巩义双槐树，浙江杭州余杭良渚和陕西神木石峁及其所代表的考古学文化，就是其中4个最耀眼的星团。

2. "月明星稀"的王国时代（3处）

当公元前2000年前后，兴盛一时的中原周边地区的各支考古学文化先后走向衰落；代之而起的是，二里头文化的分布范围首次突破了地理单元的制约，几乎遍布于整个黄河中游地区。二里头文化的因素向四围辐射的范围更远大于此，延续至北宋时期的中原中心正式形成。

二里头文化与二里头都邑的出现，表明当时的社会由若干相互竞争的政治实体并存的局面，进入到广域王权国家阶段。黄河和长江流域这一东亚文明的腹心地区开始由多元化的邦国文明走向一体化的王朝文明。本书选取了3处青铜时代的都邑——河南洛阳二里头、安阳殷墟和四川广汉三星堆，从中可以窥见中原广域王权国家的兴盛和殷墟时代以来东亚大陆多元青铜文明的辉煌。

3. "皓月凌空"的帝国时代（8处）

公元前221年秦始皇统一六国标志着帝国时代的来临。在都邑的空间布局上，秦汉帝国延续了始于二里头时代的"大都无城"的传统，庞大的首都圈形成的不设防郭区，彰显了帝国国力的强盛和帝都的巍巍大气。陕西阿房宫大型宫室建筑和秦始皇帝陵，都是其首都圈内大型工程的典范。从江西南昌海昏侯墓可以一窥汉帝国王室的富足与奢靡，同时期处于广东的分裂政权南越国的王墓，也令人叹为观止。这是一个时代的见证。

有学者把整个中国古代的帝国时期分为三个大的阶段。其中第一阶段是上升期，指秦汉帝国，"第一中间期"是魏晋南北朝时期；第二阶段是鼎盛期，指隋唐帝国，"第二中间期"是五代十国，宋辽金元其实有很大的过渡性；第三阶段是衰败期，指明清帝国。这是有道理的，然而，政治军事上积贫积弱的宋代在文化上还是绽放出了光彩，说起来不逊于那些所谓的盛世。

这本书中收取了4处从唐代到明代的遗址，它们分别是陕西扶风唐法门寺地宫、浙江慈溪后司岙唐至北宋窑址、广东阳江南海Ⅰ号南宋沉船遗迹，以及陕西明代长城边的营堡清平堡遗址，一展中古时代至近古时代精神信仰世界的样态、手工业与对外贸易的兴盛和真切的边地生活图景。

大发现见证中国考古百年史

2021年，正好是中国考古学诞生百年。本书收录的这15项考古发现，从1921年发现的河南渑池仰韶村，到2020年发现的陕西靖边清平堡，就是中国考古百年发现与研究史的缩影；而从"五〇后"到"七〇后"的14位考古学家，活跃于20世纪80年代直至今日，见证了中国考古学的转型与发展。

从这些大发现中，我们可以窥见若干考古学方法技术的进步，嘉惠学林。譬如，中国考古学之父李济先生，系第一代"海归"，他在主持安阳殷墟工作之初的发掘中，就开始安排对遗址进行地形测绘，到了发掘后期的1930年代，殷墟的发掘方法已经由原来局限性较大的窄探沟法改为全面采用大规模探方法，从而发现了大量遗迹现象并基本上摸清了其结构和相互关系。李济先生对殷墟陶器和青铜器的研究可以看作是中国考古类型学的肇始，而梁思永先生在殷墟发掘中对"后冈三叠层"（在此处地点的地层堆积中，从仰韶、龙山和商代文化的叠压关系确认了这些文化的发展序列）的判定，则标志着考古地层学在中国的确立。也是梁思永先生，在总结了山东章丘城子崖城址和安阳小屯建筑基址发掘经验的基础上，首次辨识出了夯土这一具有中国特色的文化遗存。到了1960年代二里头遗址的发掘，我们的前辈则可以比较从容地全面揭露面积达10000平方米的大型夯土宫室建筑基址了。而新兴的遥感考古和水下考古，则使得中国考古学进入了"陆海空"全面发展的新阶段。

说到遗址的发现，还想多说几句关于其中的标准问题。考古发现，应以遗存进入学者的视域、开展工作并将其公之于世为准。如在瑞典学者安特生1921年在仰韶遗址开展工作的前一年，也即1920年的秋天，他派往河南的采集员刘长山先在渑池县仰韶村收买到零碎石器，并到采集地进行了考察和采集。但学术界一般并不以1920年刘长山的考察为仰韶遗址的首次发现。同样，1959年，著名古史学家徐旭生先生是在已知遗址情况的偃师当地高姓文物干部的引导下踏查了偃师二里头遗址，当年即发表了调查报告。学术界均以徐旭生的发现而非高姓干部甚至村民的发现为该项考古发现的始点。

以此为标准，广汉三星堆遗址的发现时间就有可商之处。一般都把三星堆遗址的发现时间上溯到1929年当地村民在遗址范围内的月亮湾地点掘出玉石器（这一时间属于此后人们对当时英文报告的误读，发现时间应为1927年，已为美国旧金山亚洲艺术博物馆馆长许杰指出，详见《四川文物》2006年第5期）。但如按上述标准观之，则最早公布月亮湾出土这批玉石器材料的学者，是当时任教于华西协合大学的美国地质学家戴谦和（Daniel S. Dye），时为1931年，而对该遗址点的首次试掘是在1934年春季。

全球文明史视角下的古代中国

英国艺术史学家和考古学家、牛津大学教授杰西卡·罗森爵士，正是在前述童恩正教授的半月形文化传播带的基础上，提出了一个特殊的人文地理学概念，她称之为美丽的"中国弧"。她认为，古代中国的版图可以从自然和文化的角度分为三个区域：一是东南的中原地带；二是西北方的草原地带；三是在这两个气候、经济、文化颇为不同的地理区域中间的那个弯弯的、像半月形的区域，就是"中国弧"（刘歆益：《沟通东西方的"中国弧"》，《人民日报》2017年6月13日）。

罗森教授认为，在"中国弧"的西侧，中国古代文化发展的步伐，和整个欧亚大陆中心地区同步；在"中国弧"的东侧，古代中国则是另一种独特的面貌，与欧亚草原的发展步伐并不一致。而正是这个美丽的"中国弧"，成为东西方交流的纽带和桥梁。"中国弧"是理解欧亚历史长时段效应的一把钥匙，是一个"超稳定结构"。更有学者指出，半月形文化传播带的形成显然与青铜时代全球化的出现有很大关系。可以说，边地半月形文化传播带和"中国弧"，就是我们从欧亚大陆文明史的视角解读早期中国的一个重要的切入点。

是的，中国从来就不是自外于世界的，它一直是在汲取借鉴其他文明体先进要素的基础上扬弃创新、生发出自身特色的。2018年5月28日，国务院新闻办公室召开新闻发布会，请国家文物局、教育部、科技部有关负责人介绍了中华文明起源与早期发展综合研究成果有关情况。国家文物局副局长关强代表项目执行专家组在介绍中说，"中华文明在自身发展过程中，广泛吸收了外来文明的影响。源自西亚、中亚等地区的小麦栽培技术、黄牛和绵羊等家畜的饲养以及青铜冶炼技术逐步融入中华文明之中，并改造生发出崭新的面貌"（《新闻办就中华文明起源与早期发展综合研究成果有关情况举行发布会（1）》，中国政府网 www.gov.cn）。这显现了我们在目前的时点上看待自身文明与其他文明之间关系上的一种自信。

"只懂中国已经搞不清中国了。"在研究中，我们常常发出这样的慨叹。

到目前为止，人类已经历了几波大的文明潮了。第一波大潮，可以上溯到人类出非洲，在10万年前后的一段时间吧。考古人如果谈人类的"互联"，谈全球化，那是什么时候开始的？人类出非洲，在几万年之内，足迹就几乎踏遍了全球陆地的绝大部分，包括我们所在的东亚。这应该就是全球化的开端。

第二波大潮，就是一万年前左右的"农业潮"。在此之前是数百万年的攫取经济（狩猎和采集），之后人类驯化动物和植物，定居的农耕生活也就是生产经济开始了。由积蓄到私有财产、人口繁衍、社会分层，人类走向了社会复杂化的阶段，出现了国家。

既有的研究表明，彩陶之路是距今5000多年以来形成的以彩陶为代表的中西农业文化之间的交流通道，并以人群的迁徙为主要交流方式。约距今5500年以后中亚的锯齿纹彩陶等对中国西北地区的仰韶文化晚期—马家窑文化存在一定影响，而中国彩陶文化也渐次分南道、北道西行，影响到费尔干纳盆地和克什米尔地区。陕北神木石峁遗址出土的部分石人面形象、铜器以及绵羊、山羊、黄牛等家畜，显现了与欧亚草原地带某些考古学文化的联系。东亚大陆最早的一批邦国（或古国）就出现于这一阶段。

第三波大潮，即青铜潮，从大约5000多年前的欧亚大陆西部开始，这是人类出非洲之后的第一个大十字路口。文字的出现，马的驯化和马拉战车的发明，与金属文明的发生与初步扩散大致同步。西方学者早年编的一部文集叫《世界体系：500年还是5000年？》（社会科学文献出版社，2004年），考古学者当然认为是5000年。东亚大陆若干地点进入青铜时代，距今3700年前后。东亚最早的成系统的文书，是距今3300年前后的甲骨文，马拉战车与其大体同时出现于殷墟。

具体而言，关于铜器冶铸技术问题，也如不少学者已分析指出的那样，东亚大陆龙山时代前后用铜遗存的出现，应与接受外来影响关系密切。考古学观察到的现象是，出土最早的青铜礼容器的中原地区，也是东亚大陆最早出现广域王权国家的地区。二里头文化青铜礼器的出现和当时的中原社会，都经历了文化交流中的碰撞与裂变的历程。其同步性引人遐思。可以认为，是青铜礼器及其铸造术，催生了最早的"中国"。而二里头遗址出土的北方式长身战斧和环首刀等，更是这一中原腹地最早的青铜文明与欧亚草原青铜文明文化交流的力证。至于广汉三星堆文化所见包括中原地区影响的各种外来文化因素，在欧亚大陆区域文化交流中更是再正常不过的事。

至于后来在殷墟时代最早出现于东亚大陆的家马与马拉战车、带有多条斜坡墓道的王陵大墓与大规模的杀殉习俗，显现出深厚解剖学底蕴的秦始皇陵兵马俑，甚至在波斯帝国之后兴起的秦汉帝国，都应放到欧亚大陆文明交流的大的历史背景下才能对其有深刻的了解。而唐宋时代及其后兴盛的陆上丝绸之路和海上丝绸之路沿线的文化遗存，更表明在"哥伦布大交换"前，全球文明间的物品与信息"大交换"早已不绝于途了。

第四波大潮，是从260年前的英国开始的工业潮。蒸汽机，然后是电气化、信息化、智能化，随之而来的是欧洲殖民运动、资本主义、狭义的全球化……中国当然也被裹挟着进入了这个前所未有的全球化的时代。

显然，从狩猎采集时代，到农业时代，到工业时代，再到互联网时代，明显有一个加速的趋势。在这样的加速度中，我们如何自处？人与自然的关系，人与人的关系，人与技术的关系，都是我们必须深入严峻思考的问题。从这个意义上讲，一个考古人跟大家讲的10万年到500年前的历史离我们远吗？

考古中国，唤回我们共同的文化记忆。

（原载《考古中国——15位考古学家说上下五千年》，
中信出版社2022年版）

许宏，考古学者，作家。中国社会科学院研究员，前二里头工作队队长。主要作品：考古科普作品"解读早期中国"系列丛书，《发现与推理》等。

咏而归

◎ 陆春祥

　　公元前479年4月11日，曲阜城春寒料峭，城北的洙水河边的柳叶，齐齐垂下了脑袋，它们在为一位哲人哀悼。这一天，孔子去世。

　　孔子去了，孔子的故事正式开始。

　　司马迁说：余读孔氏书，想见其为人。

　　朱熹说：夫子教人，零零星星，说来说去，合来合去，合成一个大物事。

　　朱熹又说：天不生仲尼，万古如长夜。

　　孔门课堂，不限于狭窄的陋室中，更多是在室外广阔的天地间，水边，田间，地头，甚至在流浪被困的途中。孔老师走到哪，教到哪。

　　孔子的智慧是什么？是仁，是爱，是有教无类，是适时与中庸。大丈夫处世，立德，立功，立言。简言之，孔子所有的智慧，都在他与学生零零散散的言谈中。或许，正是他政治上的不得意，才有了弟子三千，才有了《论语》。

　　王阳明的心学课堂上，学生这样问他：孔子的"思无邪"一语，为什么能概括《诗经》三百篇的意思呢？

　　王阳明答：何止《诗经》三百篇，整个儒家的"六经"，用这一句话也可以全部概括的，甚至古往今来的一切圣贤的言论，一句"思无邪"统统可以囊括。除此之外还有什么可说的？这是一了百当的功夫。

灵魂深处去掉私字，才能有无限的崇高。

一

我经常带着两周岁的孙女瑞瑞，坐在运河边的石磡上，一边看飞鸟，一边看来来往往的行船，有一句没一句地教她读诗。

她已经会背几十首唐诗，我知道是有口无心，但对记忆力的训练、阅读习惯的养成，一定有益。

上一周开始，我教她读《诗经》，第一首便是《鹿鸣》，我喜欢那种"我有嘉宾，鼓瑟吹笙"的欢乐场景。

瑞瑞也喜欢，看视频中小哥哥小姐姐穿着古装朗诵，第一段慢，然后重回第一段，快速朗读三段，再重复第一段，结句"人之好我，示我周行"重复三回，童声整齐而铿锵有力。

《鹿鸣》念完，瑞瑞问：什么是"周行"？她常常会对最后一句发问。我说就是我们家门前那条丽水路，她每天早晨七点半，准时从她家的远洋公馆到我们左岸花园"上班"，她知道这条路叫丽水路。"周行"就是大道嘛，古人待朋友真诚呀，朋友喝醉了酒，他们热情地指点回家的大路。"呦呦鹿鸣，食野之蒿。"我对瑞瑞说：你和奶奶明天上午去菜场买蒿菜，晚上我们吃蒿菜！

我的计划是，《鹿鸣》学完，再学《关雎》，让她深刻领会自己是"窈窕淑女"，女孩子嘛，从小就要优雅（她一哭，我就嘲笑她不优雅，她会立即止住）；再学《硕鼠》，她喜欢狗，讨厌鼠，不过，她还没真正看见过老鼠，尤其是大老鼠；再学《七月》，只要开头两段就可以了，马上就要进入七月酷暑。她自然不能体会先民们的真情，不过，瑞瑞歪着脑袋念诗，一脸的纯真，甚是可爱。

幼童尚未开化之时，一切皆思无邪。

思无邪和为政有关系吗？当然有了，真心真情对待一切事物，包括天地间的草木虫鱼鸟兽。

二

子曰：知者乐水，仁者乐山。知者动，仁者静。知者乐，仁者寿。聪明的人喜欢水，仁爱的人喜欢山。为什么呢？流水静移而动，遇山转弯，遇石溢之，过凹满之，从不与对手拼争，但发起脾气来也面目可怖；山厚重博大，幕天席地，明月入怀，草木虫鱼鸟兽，一切皆容，且千万年屹立，活得久长。

水是大地的女儿，山是大地的儿子，乐水，乐山，皆好。

相较而言，孔老师更在意仁者。其实，仁者包括了知者，知者往前走就是仁者。那么，仁者也乐水，更乐山，包容万物，恢廓大度，能动，也能静，能乐，还能寿。

中国传统文化中，山水皆有神性，是知者与仁者的精神栖息地，不，应该是生命最终的栖息地。

孔老师也有休闲活动，比如钓鱼，比如打猎。

子钓而不纲，弋不射宿。钓和弋，很普通的古代男子休闲活动，但孔老师只钓鱼，不用网绳捕；孔老师射鸟，不射在巢中休息的鸟。满满的仁爱之心，洋溢在生活的细节中。

两千五百年前的中国大地，南北生态均佳，鱼与鸟，应该都比人多，多得多，适当的围猎，有助于生态平衡，但密网不能用，巢中休息或哺育的鸟绝对不碰。有人统计，《诗经》中歌咏到的植物有一百五十多种，动物也有一百余种。这还只是有文字记录的部分。

现在的大江大河大海一般都禁渔，鱼类产卵生殖期，每年三个月让它们休养生息。长江索性十年禁渔。即便捕捞期，对渔网的大小都有规定，网眼太小了，大小鱼被一网打尽，断子绝孙，是违法的。

我写作时，麻雀们偶尔会飞来我窗前，略站一会儿就扑地走了。看着它们小小的背影，我慨叹，全民打麻雀都过去几十年了，它们还这么胆小！

三

孔老师如何看待自己的才能？他低调，他谦虚，但才不为所用，有时也干着急。

有相当商业头脑的子贡问老师：假如我这里有一块美玉，我是将它藏在柜子里呢，还是找一个识货的商人将它卖掉呢？

孔老师答：卖了吧，卖了吧，我就是在等好的商人呀！孔老师一点也不否认自己的价值，他在等，卖个好价，以利天下百姓。

不少著名人才都想将自己卖个好价钱。好价钱，就是理想的施才舞台。如果卖不出，不是人才的损失，是买方的损失，卖家遂将自己的宝贝藏起来，找一个能安放自己的好地方隐居。刘秀一脸诚恳地对庄光（死后因避汉明帝刘庄讳被改为严光）说：兄弟，好同学，老哥哥，卖吗？庄光笑笑说：不卖。再高的价也不卖！然后一头扎进鄞乡富春江边的富春山脚隐居起来，彼处林青水碧天阔鸟多鱼多。否则，东汉光武朝只会多一个什么大夫，而不会有今天的高士严子陵。

子在川上曰：逝者如斯夫，不舍昼夜。

孔老师站在什么河边？我推测是他家乡的泗河。

孔老师到过黄河边，经过不知名的渡口，在桥上看过飞溅的大瀑布，但家乡的泗水边，是他去得最多的地方。

明朝《孔子圣迹图》中，有一幅"步游洙泗"，其文说：鲁城东北有洙泗二水，夫子立教，与弟子游其上，步一步，颜子亦步一步，趋一趋，颜子亦趋一趋。

孔老师运用情景教学。春暖花开，春光无限，他带着学生，到泗水岸边，一边散步，一边讲课。他慢慢走，学生也慢慢走；他快步走，学生也跟着快步走。边走边说，就如朋友间的聊天，随意不拘束，氛围极好：时光过得真快呀，它就如眼前这水流，白天黑夜都不休息。

孔老师，您为什么经常看东流之水呢？不，应该是每见水必看，子贡很好奇。孔老师给他讲了个中的道理：水养育万物而自己没有所求；水往低处流，曲曲弯弯，而且遵循一定的规律；它奔流不息，没有穷尽；它奔赴百丈深谷也不怕；它倒入量器、注满量器时都很平稳；它柔弱细小却无微不至；从西方发源一直向前流；各种东西进入水中都能净化。德、义、道、勇、法、正、察、志、善，水有这么多的德行，所以，君子看见大水就一定要观赏它们。

而且，老聃老师说过，上善若水嘛。人就应该像水一样，滋润万物，但不与万物争高下。

王阳明的课堂上，学生问他：《论语》中的"逝者如斯"，这句话是说自己心性本体活泼泼的吗？

王阳明答：是这样的。我们必须时刻用致良知的功夫，才能活泼起来，方能像川流不息的江水一般。如果有片刻的间断，就和天地的生机活泼不相似了。这是做学问的关键。圣人也这样。

四

暮春三月，舞雩台下，云高天蓝，沂水静流，草长莺飞，孔老师的课外讨论开场了。这一堂水边课的重点是各人谈谈志向。

听完子路、冉求、公西华的志向，孔老师一直没有发表意见，他又问旁边的曾皙：点呀，你也来谈谈志向吧。

听到老师的吩咐，曾皙弹完最后一个音，将瑟在草地上轻轻放下，站起来回答：老师啊，我与他们三位同学的志向有点不同。

老师问：有什么不同呢？只不过各人说说自己的志向罢了。

曾皙拍了拍衣袖，掸掉了一只爬在上面的长脚黑蚁，说道：暮春者，春服既成，冠者五六人，童子六七人，浴乎沂，风乎舞雩，咏而归。说完，他朝前方的沂河指了指，特地做了一个狗爬的游泳动作。

孔老师听后，长长地赞叹了一声：我非常欣赏曾皙的志向呀！

孔老师笑子路不谦让，治国首先要礼，他缺少这一点；冉求以为地方小了就好治理，这是误解；公西华过于谦虚，他那样的人才，只做个小司仪，那谁还能做大司仪呢？

孔老师对曾皙的志向大加赞赏，因此，曾皙反而成了这一场讨论的主角了，讨论前，他可是默默坐在边上弹琴的。不过，曾皙还是不太理解，自己是真没理想啊，不过是想在合适的季节做合适的事情，随遇而安。

对子路、冉求、公西华的志向，孔子也并未批判与否定，只是指出他们略有不足。而曾皙逆向思维，不说大志向，只说潇洒自在的意趣。这种意趣，正好给严肃志向吹去了别样的春风。为人处世，虽然一切都要讲礼、行仁，但孔老师也是包容的，也欣赏自由的思想。

浙江吴兴人陆澄，王阳明的得意弟子，他对老师的语录所记十分详细。

某天，陆澄就此著名言志现场问王老师：孔子弟子谈志向，子路、冉求想从政，公西华想从事礼乐，多少都还有点实际价值，曾皙所说像是玩，孔子却很赞赏他，老师，这是为什么呢？

王阳明答：其他三人的志向都有些主观、绝对，有了倾向，就会偏执于某一个方面，而曾皙的志向却没有这种倾向，顺其自然行事。其他三人都是孔子所说的具有某种才能的人，而曾皙却是孔子所说的通才。不过，其他三人也各有突出的才能，不是只会空谈而无实际本领，所以孔子都称赞他们。

孔老师被曾皙的"咏而归"迷倒了，我们都被曾皙不一般的志向迷倒了。

按仁与礼的规则行事，内心充实，不去损害公众与社会利益，无论以何种生活方式生活与工作，都值得赞许。而且，能够实现"咏而归"的理想状态，从另一个角度来理解，不就是天下安宁吗？

（原载《解放日报》2022年6月30日）

陆春祥，中国作协会员，浙江散文学会会长。主要作品：散文随笔集《太平里的广记》《九万里风》等二十余种。

魏晋风度及避祸与贵人及虱子之关系

◎ 夏坚勇

一

早年读鲁迅杂文，有两篇印象最深，原因大抵是标题怪怪的，有意思，又特别长。一篇是《由中国女人的脚，推定中国人之非中庸，又由此推定孔夫子有胃病》，标题几乎就是一篇内容提要，足下如果没有点嘴上功夫，很难一口气读完。文中说孔夫子晚年周游列国，他吃了多含灰沙的土磨麦粉，乘着马车在七高八低的泥路上颠颠簸簸，结果颠出胃病来了。大师手笔，令人叹服，那辆在北方的黄尘中踽踽独行的双辕马车，此后就一直颠簸在我早年的文学记忆中，历历难忘。

还有一篇是《魏晋风度及文章与药及酒之关系》。

二

这是鲁迅的一篇演讲，副题是"九月间在广州夏期学术演讲会讲"，但文后的编者注释中却说"九月间"有误，据《鲁迅日记》应为7月。这中间的问题是，该演讲的书面文本发表于同年11

月的《北新》半月刊，也就是演讲后大约四个月。把四个月前的事说成两个月前的"九月间"，鲁迅的记忆为什么会发生如此不合情理的误差呢？这就要联系当时的政治气候来考虑了。那么鲁迅发表这篇演讲时的政治气候有什么特征呢？

答案是：杀人。

杀人是人类最古老的游戏，而当时的政治则是给杀人冠以堂皇的理由。三个月前的上海"四一二"反革命政变和几天前的武汉"七一五"反革命政变，把1927年夏天的中国裹挟在腥风血雨之中。广州的国民党当局也在大肆屠杀，街头上每天都有新上墙的杀人告示，那些打着红钩钩的名字中，也有鲁迅的学生。为了表示抗议，鲁迅坚决辞去中山大学的一切教职。可以想见，先生当时的处境已相当危险，根据林语堂的说法，当局请鲁迅在夏期学术活动上演讲，也有窥测他态度的用意。鲁迅是真的猛士，他当然敢于正视淋漓的鲜血，"忍看朋辈成新鬼，怒向刀丛觅小诗"。他不怕。但他又懂得韧性的战斗、反对像许褚那样赤膊上阵。在当时的政治气候下，他既要发出自己的声音，又不宜金刚怒目地呐喊，因此，以学术演讲的名义，含沙射影地揭露和批判当局的暴政，是最恰当的方式。而在演讲的文本发表时，作者又把时间"误记"为"九月间"，离那几个血腥政变的时间节点稍远一些，其中有没有避祸的用意呢？我觉得是有的，这不是胆怯，而恰恰是一种斗争艺术，因为，屠夫已经杀红了眼，岂能再授其刀柄？

夏期学术演讲，可讲的题目当然很多，为什么要讲魏晋风度呢？

答案还是那两个字：杀人。

魏晋是一个血腥的乱世，"魏晋风度"即文人知识分子在屠刀下的众生相。对文人知识分子大开杀戒，似乎应该始自秦始皇。但老实说，嬴政杀的那些个书生，谁能说出其中某个人的生平、事迹、建树、声誉？肯定说不出。他们只有一个共同的名称：儒；或者说他们只是一桩重大历史事件——焚书坑儒——中的道具。到了东汉末年，情况就不同了，魏晋乱世，所谓兵燹所及，玉石皆焚，死的固然大多是无名无姓的草民（士兵其实也是草民），但奉旨杀人，定点清除，死的却大多是不仅有名有姓而且有头有脸的文人知识分子。为什么要杀文人知识分子呢？距当时一千四百多年的王夫之说得很清楚："孔融死而士气灰，嵇康死而清议绝。"他认为曹操杀孔融和司马昭杀嵇康是为自己的儿子篡位杀鸡儆猴，"鸡"和"猴"都是知识分子，"士气"和"清议"则是知识分子的声音。杀他们是因为强权者不放心，怕他们与自己离心离德，尤其怕他们抱团鼓噪。中国历来有"文人相轻"的说法，其实不对，东汉末年的知识分子就不"相轻"，他们在反对宦祸的斗争中何等同仇敌忾，在近现代政治史上影响巨大的"同志"一词，就是那时候出现的，"所与交友，必也同志"（《后汉书·刘陶传》）。"同志"，这是多么亲切而庄严的称呼，一声"同志"，不仅春风满怀，而且热血沸腾，即使赴汤蹈火也在所不辞。魏晋时期的"同志"，不论是建安七子、正始名士，还是竹林七贤，都是一嘟噜一嘟噜地抱团登场的，这当然又是权势者最忌讳的。而且文人还有个致命的毛病：多嘴、卖弄聪明。你再聪明，还会比人主聪明吗？如果你认为自己的脑袋比人主更聪明，那对不起，人主就会砍掉你的脑袋，以求得平等。建安七子中的领袖人物孔融就是死于多嘴，正始之音中的两根弦——何晏和夏侯玄——则是死于太聪明。杀人毕竟还是管用的，一时屠刀喋血，书生授首；杀气弥天，文士噤声。于是到了竹林七贤的时候，为了避祸，大家喝酒的喝酒，吃药的吃药，或者语不涉时事而专研玄学，谓之清谈。

喝酒者佯醉，吃药者佯狂，清谈者佯作高深，实际上就是逃避当下的政治追问。佯者，"装逼"也，一个时代的知识分子集体"装逼"，而且装得如此风流蕴藉风度翩翩，这是专制制度下一幕周期性的奇观。

三

且说佯醉。

阮籍，"文二代"，他父亲阮瑀是建安七子之一，他自己是竹林七贤之一。从建安到竹林，历史在改朝换代的震荡中血流漂杵，文人名士成批登台又成批被杀。"步兵白眼向人斜"，对，阮籍就是那个白眼看人的阮步兵。他当然自视甚高，不然也不会在楚汉争霸的古战场发出"时无英雄，使竖子成名"的叹息。英雄者谁？竖子者谁？刘项乎？抑或魏晋人乎？后人众说纷纭，但阮籍不管，叹息过了，他又面对旷野尽情一啸，胸中块垒喷薄而出，古今多少事，尽付长啸中，酣畅淋漓地体验了一回生命的大放达和大自由。他在古战场上的这一声浩叹和长啸，亦被载入史册。

浩叹和长啸固然酣畅淋漓，但那是在空寂无人的山巅或旷野。现实的烟火红尘中，他是一个朝廷命官，品级还不低（正四品）。官场的游戏规则是如此丑陋而黑暗，特别是在一个强权霸凌、铁血政治的敏感时期，那就更加凶险了。四面八方都有阴冷的目光盯着你，跋前疐后，动辄得咎；而且一旦得咎，就要人头落地。他想躲开官场的纠缠，但又不敢公开拒绝，事到临头，只能喝酒，佯醉，装糊涂。司马昭曾想和他攀亲家，对阮家来说，这是高攀了，但阮籍不愿意。不愿意又不能拒绝，他就以醉拒婚。每次有人来作伐，他都喝得烂醉。阮步兵烂醉如泥，偶尔朝媒人翻一个白眼。此一醉竟酩酊昏睡六十天，让媒人始终无法开口，硬是把亲事拖黄了。这件事他玩得蛮漂亮。

但这种以佯醉行苟且的立身方式其实是一种无奈，阮籍本人也并不自以为是。在那篇著名的《大人先生传》中，他借大人先生之口，把那些在强权下怯懦偷生的文人学士狠狠地刻薄了一番："汝独不见夫虱之处于裈中，逃乎深缝，匿乎坏絮，自以为吉宅也。行不敢离缝际，动不敢出裈裆，自以为得绳墨也。饥则啮人，自以为无穷食也……汝君子之处区内，亦何异乎虱之处裈中乎？"

这段话我就不翻译了，因为内容有点不雅，大体意思就是把那些苟且偷生的文人比作寄生在人们裤裆里的虱子。唯一需要解释的是这个"裈"字：有裆的裤子。裤子因为有裆而封闭，则虱子生焉。

景元四年（263），曹魏的傀儡皇帝曹奂晋封司马昭为晋公，加九锡。这个九锡的名头很大，但兆头不好，以前王莽和曹操都接受过，似乎成了篡逆的代名词。"司马昭之心，路人皆知"这句话是上一任皇帝曹髦说的，曹髦在皇位上战战兢兢地坐了八年，别无建树，只给后世留下了这句歇后语。而他本人却因为这句不当言论丢了性命。现在，上上下下都看得出司马昭的心思，但戏还是要演的，血色下的篡位闹剧偏要铺陈一道温情脉脉的柔光。司马昭照例装模作样地谦让，然后由公卿大臣集体"劝进"，阮籍很不幸地受命撰写《劝进笺》。他又想用喝酒来拖延，但这件事太敏感，他不能翻白眼了。等到使者来催稿时，他只好一边喝酒一边拟稿塞责。他这次玩得不漂亮，连佯醉也不敢过分。《劝进笺》语意依违，自己既很纠结，对方也不会满意。一两个月后，他就死了。史书上没有说他被杀，他应该是病死的。但这种胆战心惊避祸自保的日子太伤人了，他应该是被吓死的。

不知他最后注视这个世界时，青眼乎？白眼乎？

四

再说佯狂。

司马昭想和阮籍攀亲家，自然是因为阮氏子弟颜值高，学问好，遗传基因出类拔萃。阮籍确是公认的美男子，《晋书》中曾为此不吝笔墨。一般来说，正史是不屑于关注这些花边新闻的，由此亦可见阮籍之男神风采不同"一般"。而同样在《晋书》中，对嵇康的形象推介又更甚于阮籍，诸如"龙章凤姿"之类的赞语虽然让人不得要领，却肯定是极高的评价。关于嵇康的容貌最富于文学意义的描写还是来自他的一位朋友：

> 叔夜（嵇康）之为人也，岩岩若孤松之独立。其醉也，巍峨若玉山之将崩。

仅凭这两句话想象一个人的容貌，仍然是不得要领，但至少可以认定该男子高大魁伟，且气质超好。

这位朋友叫山涛。

山涛也是竹林七贤之一。七贤之中，阮籍、嵇康、山涛私交最好。作为乱世名流，三人各具性情，立身处世亦各有风范。阮籍喝酒、佯醉，和官场若即若离。他平日里懒懒散散，白眼看人；但偶尔也会现身官衙露一手，把政务处理得干净利落。他其实是和当局虚与周旋的意思。山涛是忠厚长者，又是官场中人，而且官还做得不小——尚书吏部郎——一看这名字就知道和中组部有关，对，这是中组部主管官吏选任、考察及调动的官员，周围巴结的人不会少。他倒不是那种一阔脸就变的人，相反，他对朋友很关顾。温和、大气、懂进退，而且才华很好，并不平庸，这就是山涛。

嵇康走的是极端路线，他是曹操的孙女婿，在司马氏眼里，大抵属于前朝余孽。既然如此，他索性就彻底地弃绝官场仕途，彻底地不合作。当时的文人有很多是吃药的，那是一种时髦。吃了药不能休息，要"散发"，一般是走路。他们穿着宽大的衣服，趿着木屐，走得风生水起。而且兴奋，举止言谈皆放浪形骸，全不顾纲常名教，这就是佯狂了。嵇康也吃药，但他不走路，他打铁。他原先住在山阳，后来迁到洛阳来了。洛阳是京师，出将入相，冠盖云集。他就在这些大官的眼皮底下开了家铁匠铺。他身材高大，体格健壮，吃了"五石散"后精神焕发，就用打铁排解多余的精力。叮当叮当，打铁声坚定而沉着，一个不世出的大学者在洛阳东郊打铁，中国的冶金史应该记上一笔吧。

他为什么要打铁呢？是不是为了测试自己生命的强度？这是一个铁与火的世界，铁锤砸在铁砧上，实打实，硬碰硬，谁也不怕谁。抡锤人当然不能宽袍大袖，只能短打，甚至赤膊。炉火映照着他健壮的身躯，此刻若用玉树临风或者清新俊逸之类的形容词肯定太轻佻了。锤起锤落，火星四迸，汉子鼓突的腹肌、胸肌、肱二头肌次第发力，联袂炫示，勃发着阳刚的气息。这是真正的秀肌肉，也是他生命中真正的高光时刻。我说不清这种演出指向他性格中的何种诉求，但我至少知道，如果他干别的——例如做豆腐——那就肯定不是嵇康了。

叮当叮当，打铁声坚定而沉着，不屈不挠地传进京师的宫阙。有人想：这家伙哪儿不能打铁，为什么非要从山阳跑到洛阳来打？而且给人打铁还不收钱，这是图什么呢？或者说这是在向谁示威呢？

嵇康一边打铁，一边读书写诗做学问，有时还要给朋友写信，他那封青史流芳的长信——《与山巨源绝交书》——就是放下铁锤写的。

山巨源就是山涛，嵇康为什么要和他绝交呢？

山涛要升官了，由尚书吏部郎升任散骑常侍。顾名思义，"常侍"就是皇帝的贴身秘书，从职级上讲，这是进入了高级官员的行列。需要指出的是，司马氏暂时还不是皇帝，现在坐在皇位上的人还姓曹，但官员的任免大权都在"大将军"（司马昭）手里。因此，这时候任命的散骑常侍，实际上就是司马氏派过去监视傀儡皇帝的特务。看来司马昭对山涛相当信任，不仅派他去"常侍"皇帝，还让他推荐一位吏部的继任者。山涛推荐了嵇康，他可能觉得自己这么优秀的一个朋友，老是在郊外打铁算什么呢？长此以往，连养家糊口都成问题。而且他还有一种不祥的预感：这铁再打下去，恐有……杀身之祸。

一个正五品的、负责朝廷人事调配的、周围有很多人巴结的尚书吏部郎虚位以待，只要嵇康愿意。

弹冠相庆吧。

但嵇康不愿意，于是便有了这封《与山巨源绝交书》。

虽说是绝交，语调却并不激烈。嵇康貌似自嘲地列举了自己不适合当官的诸多原因，计有"不堪者七""不可者二"，非常7+2，一共九条。"不堪者"就是不能忍受的；"不可者"就是坚决不做的。这九条理由表面上是说自己的个性特征和生活旨趣，实际上是抨击官场的丑陋和黑暗。且看"不堪者"其中的一条："危坐一时，痹不得摇，性复多虱，把搔无已。而当裹以章服，揖拜上官，三不堪也。"

他说，做了官，就要端端正正地坐着办公，腿脚麻木也不能自由活动。而且自己身上虱子很多，一直要去搔痒，这时候如果穿着官服去迎拜上司，如何是好？

古代由于书写工具的限制，写文章崇尚简洁，写信更是如此。但嵇康的这封绝交书很长，从开头的"康白"到最后的"嵇康白"，调侃挖苦，洋洋洒洒，计一千八百多字。那时候纸的产量很少，还没有完全取代竹简，所谓"洛阳纸贵"恐怕不光是说文章漂亮，纸的价钱也确实贵。想象一下，这封绝交书要用多少竹简！再对比一下，博大精深的《道德经》和《孙子兵法》只不过五六千字，一千八百多字的信，可谓长篇大论矣。

但仔细体味这封绝交书，我还是有点疑惑，我总觉得作者有点举轻若重，似乎有意要张扬什么。如果仅仅是绝交，其实三言两语即可，甚至不予理会即可，根本用不着这样耗费竹简，长篇大论往往有弦外之音。见多了那些分手的恋人，凡咬牙切齿或絮絮叨叨地诅咒不休的，往往是心有不甘藕断丝连。真的绝情，只要一声"再见"或一个手势就了结得干干净净。

那么嵇康有什么弦外之音呢？

这封绝交书一写，嵇康必死无疑，因为他实际上是宣告与司马氏的彻底不合作。嵇康是认定了要当烈士的，但他要保护山涛。因此，他才借此机会当着全世界的面羞辱山涛，这是做给司马氏看的。嵇康这一点很了不起，他自己义无反顾，但他决不让朋友垫背。任何一个时代，义无反顾的烈士总是少数，大多数都是山涛这样的识时务者。嵇康尊重山涛的选择，他在信中对山涛的评价是："足下傍通，多可而少怪。"意思是你遇事善于应变，对别人总是称赞多而批评少。这话说得多好啊，精准、通透，放之古今而皆准。确实，这样的人在任何时代都会活得滋润些，我们没有理由指责他们，若排除告密和倾陷，"世故"其实并不是贬义词。山涛后来尽心尽力地把嵇康的子女抚养成人，并因此留下了"嵇绍不孤"的成语（嵇绍是嵇康的儿子），也留下了关于政治、关于气节、关于友谊的更多面的阐释。

景元三年夏天，在刑场上三千多名太学士的抗议中，一颗绝世才华加绝世容颜的脑袋滚落尘埃。太学士们本想提请杀人者珍惜嵇康的身份和名望：当代最具影响力的思想家、文学家和音乐家。但他们不会想到，在这几个闪光的大词中，杀人者根本不在乎思想、文学或者音乐，他们只在乎"家"——家天下的"家"，而那恰恰是需要用杀人来维持的。

五

阮籍和嵇康语境中的虱子只是一种修辞或假托，当不得真，但现实世界中洛阳的虱子肯定不少。那么一个世道，脏乱差再加贫穷，到处都是虱子麇集的乐土。"国家不幸孤家幸。"登基的虱王在"裈中"扬扬自得地发布宣言，老卵得很。那么就说国家吧，司马氏黄袍加身后并没有安稳多少日子，就发生了八王之乱。我们不管是看《三国演义》还是《三国志》，那里面的司马懿和司马昭是何等老谋深算甚至雄才大略。但先人太雄才大略也不是好事，三代以后，到了晋惠帝的时候，却连正常的事理也弄不清了。八王之乱后，晋室在洛阳待不下去，只得收拾细软往江南跑，此即所谓"衣冠南渡"。"衣冠"者，皇室贵族簪缨世胄也。值得一提的是，寄生在"衣冠"里的虱子也随之翠华摇摇地徙居江左。"江南佳丽地，金陵帝王州"，当然那时候还不叫"金陵"，叫"建康"。但"佳丽地"和"帝王州"都说得不错。江南真的是好，不仅达官贵人又找回了繁华旧梦，连寄生的虱子也顺势上位以至登堂入室了。

说虱子登堂入室可不是信口开河，因为有"词"为证——晋室南迁后，在衣冠士族中悄悄地出现了一个时髦的新词：扪虱而谈。

扪虱而谈的典故出自东晋名士顾和，大致情节是：扬州从事顾和去觐见宰相王导，因府门未开，就坐在门前专心致志地捉虱子。武城侯周颛也来进见长官，见顾和独自觅虱，夷然不动，和他搭话时亦"搏虱如故"，遂大为叹赏，对王导说"卿州吏中有一令仆才"。

我实在很难理解周颛对顾和的夸奖，尚书令和仆射都是相当于宰相的大官，只凭一个人捉虱子捉得认真，就认定他有"令仆才"了？如果这样，未庄的阿Q和王胡也应该是够格的吧。

类似的情节还出现在名士王猛身上。王猛这个人据说少有大志，桓温入关时，他穿着粗布衣服前来拜访，大庭广众之下，他"扪虱而言，旁若无人"，纵论天下大势，一屋子的人听得一愣一愣的。他虽然拒绝了桓温的征聘，却因此扬名，后来成为苻坚的辅臣，亦官至宰相。

这实在是一种很有意思的现象，当初的名士们托言扪虱不过是佯狂避祸，那是血腥的高压政治下的"不得已"（鲁迅语），因此，那种玩世不恭放浪形骸也可以说是一种血染的风采。南渡以后，改朝换代的风雨已然远去，文人学士们开始走出为政治站队而担惊受怕的心狱，沉潜在他们心底的家国之痛亦逐渐消融在偏安江左的放诞风流之中。佯醉佯狂自然是用不着了，但佯作高深的清谈却变本加厉。这样一来，就连那不登大雅之堂的虱子亦与有荣焉。长此以往，扪虱而谈竟然成了一种"雅人高致"，甚至是一枚时髦的徽章，那种谈吐从容无所畏忌的"扪虱风度"受到广泛追捧，一时间，好像文士们若不能一边高谈阔论一边随手从身上捉出几只虱子来就不配称为文人高士，更不配经邦济国似的。而"扪虱""烘虱"之类的意象后来也堂而皇之地出现在诗人的歌咏中，成为实验性诗歌的某种尝试。

当然，那已经是到了说话著文不怎么顾忌的北宋。

宋代中期的某个时期，位于开封东厢新城区的春明坊几乎成了京师的文化中心，重量级的文人士大夫一时趋之若鹜。原因很简单：这里居住着著名学者和藏书家宋敏求。宋敏求不仅藏书宏富、质量优良，而且为人慷慨、乐于分享，凡有借阅者皆毫无保留。私人藏书楼变成了公益图书馆，流风所及，文人学士皆争相求为比邻，弄得春明坊的房价比内城的繁华地段还高。这是关于宋代文化风习的一个生动镜像，也是历史上最早关于"学区房"的记载，值得注意。

春明坊的住户中，有大名鼎鼎的王安石和司马光，后人只知道这两位因政见之争而势同水火，以致老死不相往来，但那是神宗熙丰以后的事，现在才是仁宗嘉祐年间，他们同在三司为官，惺惺相惜，经常互为唱和。唱和诗中亦有以"烘虱"为题的，颇引人注目。北宋中期是中国封建社会少有的繁华盛世，官员生活之优裕是不用多说的。因此，这些人的"烘虱"诗篇只是以戏谑为诗的某种尝试，并不是真的身上有虱子。作为文人，隐身于唐朝巨大的背影下实在是一种不幸，唐诗太巍峨壮丽了，他们既无法与唐人比肩，又不甘匍匐于唐人脚下，便试图在游戏的状态中探索诗歌写作的各种可能性，也就是说，宋人的"烘虱"纯粹是一种文学现象，既非矫情，亦与现实无涉。

但如果说宋代官员的身上绝对不会有虱子，那也不尽然。

王安石后来位极人臣，但此公生性邋遢，从不把洗澡和换衣放在心上，以致后来苏洵在《辨奸论》中攻击他"衣臣虏之衣……囚首丧面"。作为宰相，这就关乎朝廷体面了。同事们只得定期架着他去一趟浴室，称之为"拆洗王介甫"。然而尽管定期"拆洗"，虱子还是在他身上安营扎寨了。一次御前奏事，正值一只虱子在他鬓角上巡视。神宗见了，忍不住发笑。退朝后，他问副宰相王珪，皇上为什么笑，王珪告诉他原因后，他连忙叫侍从来捉掉。王珪说："未可轻去，辄献一言，以颂虱之功。"接着，一本正经地吟诵道："屡游相须，曾经御览。"王安石听罢也忍不住大笑一回。

王珪是词臣出身，文思敏捷且辞采赡丽。他有个孙女婿也是名人，叫秦桧。

宋代的虱子其实早已跌下神坛，扪虱也不再是身份高雅的徽章。像王荆公的这种遭遇，并不能怪虱子大胆"僭越"，只能怪他自己失去了身份定位。一个当朝宰相，怎么能一点不顾体面，以致让虱子蹬鼻子上脸呢？真是的。

虱子在贵人的鬓角上巡视，因为被皇帝看到了，所以能够传世。如果虱子在相对私密的场合侵扰贵人，曝光的概率就微乎其微了，除非当事人自己"著之竹帛"。

清同治八年（1869）四月初七，曾国藩视察永定河水利，回程途中下榻于安肃县，当天日记中有这样的记载——二更三点睡，为臭虫所啮，不能成寐，因改白香山诗作二句云："独有臭虫忘势利，贵人头上不曾饶。”

曾国藩当时的身份是武英殿大学士、直隶总督。因直隶拱卫京畿，故直督号称疆臣之首。按理说，他这个身份的官员是不应该遭遇虱子的。但实际情况是，他下榻在安肃县。直隶总督驻节保定，安肃是距保定五十里的小县城，那里最好的招待所也不能保证没有虱子。也就是说，在这里，曾国藩的身份与环境之间发生了错位。安肃县的旅馆亏待了总督大人，但总督大人大概是不会怪罪地方官的，他只能一边扪虱东床一边戏改唐人的诗句以排解长夜。

唐人的诗，原句为“公道世间唯白发，贵人头上不曾饶”。世间所有的人，无论贵贱，在生老病死的自然规律面前都是平等的。而改诗的意思是，世间所有的人，无论贵贱，在臭虫面前都是平等的。所谓“独有臭虫忘势利”，为什么“独有”？因为现实世界中的人太势利了。这一句看似调侃，其实有痛切的人生感喟在焉。一个老官僚幽微的心迹，在这种私人化的日记中得以真情流转，况味怆然。

当天夜里，总督大人和虱子周旋时，有没有想到那曾让魏晋时代的文士们心驰神往的扪虱风度呢？日记里没有说。也罢。

文章最后，有一点还是要说一下，曾国藩所改的那两句唐诗并非出自白居易，而是出自杜牧，他记错了。记错了也不要紧。曾文正公是凭借再造玄黄的巨大功业而腾达官场的，不像有的官员是靠章句小楷考出来的。他当初虽也有科举功名，但名次相当靠后，令他一辈子羞于提及。清代殿试按名次分为三等，一甲赐进士及第，二甲赐进士出身，三甲赐同进士出身。他是三甲第四十二名，赐同进士出身。"同"就是相当于，用现在的话说，他"相当于"本科毕业，而且，还是三本。

（原载《芙蓉》2022年第5期）

夏坚勇，散文家，剧作家。主要作品：《湮没的辉煌》《大运河传》《绍兴十二年》《庆历四年秋》等。

知死不可让

◎ 张执浩

　　也许我们可以从中国古代的诗人之死，来反推他们在世时的活法。譬如李白，他的死因犹如他的出生和血统一样，充满了各种各样的谣诼，很少有人能像他这样终生都活在扑朔迷离之中。有确凿记载的是，公元762年，李白病死在了他族叔当涂县令李阳冰的家里。"公遐不弃我，扁舟而相欢。临当挂冠，公又疾痖"，这是李阳冰后来在李白遗稿《草堂集》序中，留下的有限的线索。作为诗人临死前的近身见证者，这篇序言里有两个字令后世联想翩翩：一是"舟"，一是"疾"。于是，后世就有了关于李白之死的两个版本在坊间流行：一是诗人是酒后泛舟落水溺亡的。北宋梅尧臣在他的诗作《采石月下赠功甫》中就说，李白的死因是"醉中爱月江底悬，以手弄月身翻然"。这种死法固然不太体面，似乎有损大诗人的形象，但也符合人们对诗人放荡不羁的心理期待和预设，毕竟在世人的心目中，李白就应当以这种离奇又浪漫的方式，为自己的人生画上句号。另外一种说法是，李白死于"腐胁疾"。宋代叶梦得在《石林诗话》（卷下）里称："凡溺于酒者，往往以嵇阮为例，濡首腐胁，亦何恨于死邪。"按照现代医学的解释，所谓"腐胁疾"就是慢性胸肺脓，而酒精中毒就是引发此疾病的重要诱因之一。《旧唐书》中记载李白是饮酒过度，最后醉死在了宣城。晚唐皮日休作《七爱诗·李翰林》，其中有云："竟遭腐胁疾，醉魄归八极。"无论是哪一种死因，李白之死大概都与酒脱不了干系。

在李白流传后世的诸多诗篇里，饮酒诗满目皆是，可谓放浪形骸，酒气熏天："高谈满四座，一日倾千觞"（《赠刘都史》）；"开颜酌美酒，乐极忽成醉"（《酬岑勋见寻就元丹丘对酒相待，以诗见招》）；"醉后失天地，兀然就孤枕，不知有吾身，此乐最为甚"（《月下独酌·其四》）；"此江若变作春酒，垒曲便筑糟丘台"（《襄阳歌》）；"人分千里外，兴在一杯中"（《江夏别宋之悌》）……总之，我们在阅读李白的时候，实在没有办法逃离各种觥筹交错的人生现场，惟有踉跄着跟随他，去天地之间遨游。这个走在我们前面衣袂飘飘的诗人，像一道光，你永远不可能追上，即便他停驻，转过身来，你也无法看清他熠熠生辉的面容。"不见李生久，佯狂真可哀。世人皆欲杀，吾意独怜才。敏捷诗千首，飘零酒一杯。匡山读书处，头白好归来。"这是杜甫在流落巴蜀，途经江油大匡山，突然想起久未听闻李白的消息了时，写下的一首充满深情厚谊的小诗《不见》。作为与李白风格迥异的大诗人，杜甫尽管也行于李白身后，但我相信，在那个离乱纷飞的年代，只有他真正看清楚了李白的真实面貌。

与李白横行于天地间的姿态不同，杜甫几乎是躬身匍匐着行走在人世间，而且，愈是到了晚年，诗人的身形愈显佝偻和卑微。公元770年，杜甫死在了从潭州前往岳阳的一条小船上。关于杜甫的死因，也是众说纷纭。据《旧唐书·杜甫传》记载："永泰元年，扁舟下峡，未维舟而江陵乱，乃溯沿湘流，游衡山，寓居耒阳。甫尝游岳庙，为暴水所阻，旬日不得食。耒阳聂令知之，自棹舟迎甫而还。永泰二年，啖牛肉白酒，一夕而卒于耒阳，时年五十九。"而在《新唐书·杜甫传》中，除了时间由"永泰元年"修正为"大历中"外，其记载与《旧唐书》颇为接近。及至今日，许多史家都倾向于杜甫是"大啖牛炙白酒而卒"。从杜甫留下的诗中，我们大致可以还原他在生命最后阶段的行旅轨迹：杜甫带着家眷出川之后，一路沿江而下，经江陵、公安、岳阳抵达潭州，本来计划是去衡州投靠昔日好友韦之晋的，哪知因病耽搁了行程，当他到达衡州时，韦之晋已经调任潭州，而且上任不久后病故了。无奈之下，杜甫只有返回潭州。而此时，臧玠正在潭州作乱，杜甫只得逃回衡州，原打算再往郴州投靠舅父崔湋，但行到耒阳，遇江水暴涨，不得不停泊在方田驿，多日没有吃到东西，幸亏县令聂某派人送来酒肉而得救。由耒阳到郴州，需逆流而上二百多里，此时洪水一直没有消退，杜甫便改变计划，顺流而下，折回潭州。是年深秋，他决定北归，船行至岳阳一带时，终因不敌病魔而殁。

这一段的行程与遭际，如果画在一张纸上，我们很快就能看出，杜甫在生命的最后那段日子里，恍若一条无楫之舟，在南方风雨飘摇的云梦之泽里打转，浊浪滔滔，命不由人。从"飘零何所似，天地一沙鸥"（《旅夜书怀》），到"亲朋无一字，老病有孤舟"（《登岳阳楼》），杜甫终于在这里走完了自己凄风苦雨的一生。郭沫若曾推测杜甫的死因是"天热肉腐"，诗人吃了聂县令送来的变质的牛肉，饮酒而亡。但这一说法的破绽在于，聂某派人送来酒菜，无疑是出于对诗人的敬慕之情，不可能有加害之心，何况杜甫还曾作诗《聂耒阳以仆阻水，书致酒肉，疗饥荒江。诗得代怀，兴尽本韵，至县呈聂令。陆路去方田驿四十里，舟行一日，时属江涨，泊于方田》以示谢忱呢。那么，合理的解释就应该是，杜甫在吃了牛肉喝了酒后，诱发了他体内一直就有的顽疾，随后数症并发，身体衰竭而亡。杜甫晚年百病缠身，出现明显的肝肾亏损，耳聋、齿落、眼花、乏力、头痛、失眠，还有肺部疾病，连他的家人都常常忧惧不已："老妻忧坐痹，幼女问头风。"（《遣闷奉呈严公二十韵》）有人考证说，杜甫最后很有可能是死于糖尿病，"我多长卿病，日夕思朝廷。肺枯渴太甚，漂泊公孙城。"（《同元使君春陵行》）"长卿病"在古代也叫"消渴"，就是我们现在所说的糖尿病。由于长时间不得食，当日的暴饮暴食最终促成和加速了杜甫之死。这种解释弥补了《旧唐书》和《新唐书》中记载的偶然性和戏剧性，更合乎情理。

如果说李白之死的关键词是"酒"，那么，杜甫之死的关键词就应该是"饿"。"翠柏苦犹食，晨霞高可餐。世人共卤莽，吾道属艰难。不爨井晨冻，无衣床夜寒。囊空恐羞涩，留得一钱看。"（《空囊》）从这首令人唏嘘不已的诗中，我们有幸一睹诗人对待贫寒的态度。只有身处贫寒却操持着高洁心愿的人，才会受人尊重，更何况，诗人在贫寒之中仍然坚守着"一钱看"的生活温情。杜甫的诗中有大量描写关于饥饿、困苦的诗句，我们完全可以说，为饥馑者而歌，构成了杜甫饮食题材写作的重要动因，而他自己也是一个对饥饿感同身受的人，食草茎，啖树皮，都是他一路行来司空见惯的事情。杜甫的伟大之处在于，他从未将自己置于孤寒之境，他总是能从自身的处境直达时代的普遍景象，工笔般地刻录出众生群像，并从中提炼出高贵不泯的人格力量："恐有无母雏，饥寒日啾啾。我能剖心血，饮啄慰孤愁。心以当竹实，炯然无外求。血以当醴泉，岂徒比清流。"（《凤凰台》）这位以"凤凰"自居的诗人，总是想以自我的心血来喂养时代之饥荒。在这一点，杜甫与以"大鹏"自居的诗人李白有着显著的不同。

每一位诗人都是由自身的生命气象和不同的生活境遇共同塑造出来的，其中究竟有多少"天注定"的成分，只有在诗人完成了对自我的塑造或改造后，我们才能去细细揣度这一件件"上帝的杰作"。"缀玉联珠六十年，谁教冥路作诗仙。浮云不系名居易，造化无为字乐天。童子解吟长恨曲，胡儿能唱琵琶篇。文章已满行人耳，一度思卿一怆然。"公元846年，白居易以七十六岁高龄在洛阳去世，刚刚即位不久的唐宣宗李忱在感佩之余，写下了《吊白居易》一诗，这位靠装疯卖傻蒙骗过身边的宦官、最终成功登基的皇帝，后来开创了"大中之治"的盛世繁荣。上述这首悼亡诗中的"造化无为"四字，基本上可以涵盖白居易冗长的创作和宦海生涯。

白居易的死因，没有李白、杜甫那么多的不确定性，毕竟他活得比他俩都长久，完全可以算得上是诗人中的寿终正寝者。大约在六十七岁那年冬天，白居易曾患过一场风痹（中风），而在此之前诗人的身体就出现了许多故障，尤其是眼疾特别严重。白居易写过许多关于疾病的诗，仅以《眼病》为题就写过两首："散乱空中千片雪，蒙笼物上一重纱。纵逢晴景如看雾，不是春天亦见花。"（其一）"眼藏损伤来已久，病根牢固去应难。医师尽劝先停酒，道侣多教早罢官。"（其二）这还不包括其他一些描写自己眼疾的诗。医师总是劝他戒酒，但白居易又是一个嗜酒如命之人："镜里老来无避处，尊前愁至有消时。茶能散闷为功浅，萱纵忘忧得力迟。不似杜康神用速，十分一盏便开眉。"（《镜换杯》）在诗人看来，再也没有什么能比饮酒更让人忘忧的事了。后来白居易的听力也出现了问题，在《老病幽独偶吟所怀》里他写道："眼渐昏昏耳渐聋，满头霜雪半身风。已将身出浮云外，犹寄形于逆旅中。觞咏罢来宾阁闭，笙歌散后妓房空。世缘俗念消除尽，别是人间清净翁。"身出浮云，形寄逆旅，这是诗人对自我心境的真实写照，但日日觞筹交错，夜夜莺歌燕舞，同样也是诗人对自我生活的真实写照。晚年的白居易没有哪一天不是活在"庆余年"的心理状态中，身处高位，财富盈室，却无子嗣可以承继；环顾四周，身边已经没有了可以唱和之人，元稹死了，刘禹锡也走了，诗人只能在长吁短叹里怅望着徐徐到来的生命尽头，侥幸与窃喜交织："销磨岁月成高位，比类时流是幸人。"（《喜入新年自咏》）类似的咏叹调在白居易晚期诗篇中不停泛溢，几乎到了触目惊心的地步："笑语销闲日，酣歌送老身。一生欢乐事，亦不少于人"（《洛中春游呈诸亲友》）；"夜深吟罢一长吁，老泪灯前湿白须。二十年前旧诗卷，十人酬和九人无"（《感旧诗卷》）；"无限少年非我伴，可怜青叶与谁同？欢娱牢座中心少，亲故凋零四面空"（《杪秋独夜》）；"荣枯忧喜与彭殇，都似人间戏一场"

（《老病相仍，以诗自解》）……这样的人生结局，或许是早年那位"心忧炭贱愿天寒"的诗人没有想到的，当年的他也曾以"采诗官"自居，抨击时弊，为百姓而歌，但一场贬谪令他逐渐走向了"卧迟灯灭后，睡美雨声中。灰宿温瓶火，香添暖被笼"（《秋雨夜眠》）的慵懒生活里，身体自然是舒服了，而心灵仍会不时悸动。

白居易死后，李商隐受其养子白景受所托，为他撰写下了墓志铭，文中历数白居易一生的仕宦经历和生活，却对其文学成就和贡献只字不提。《唐才子传》中记载过这样一件事："时白乐天老退，极喜商隐文章，曰：'我死后，得为尔儿足矣。'白死数年，生子，遂以'白老'名之。既长，殊鄙钝，温飞卿戏曰：'以尔为侍郎后身，不亦忝乎？'后更生子，名衮师，聪俊。商隐诗云：'衮师我娇儿，英秀乃无匹。'此或其后身也。"从这则文坛趣事中，我们得以窥见诗歌和诗人的代际传承，以及存在于传承过程里的相互融通与背驰。在白居易去世十二年后，李商隐也因病去世，享年四十二岁。"薄宦频移疾，当年久索居。哀同庾开府，瘦极沈尚书。"因其生前曾作《有怀在蒙飞卿》一诗，有人推断出，李商隐可能死于"消渴症"，而这种病象与杜甫多少有些相似。

当我们历数中国古代诗人的死因时，很快就会发现，死于贫穷，死于疾病，死于沙场，甚至像谢灵运那样，被人诬告"谋逆"，斩于街市的诗人，比比皆是，漂满了诗歌史的长河，然而，因诗歌而自杀的诗人却极为罕见：为了诗歌而选择死的人几乎没有；因为诗人身份而与现实世界发生龃龉，最终选择了自尽的人少之又少。这一点与世人对近现代诗人的理解和观感迥然不同。从本质上来讲，诗人之死其实较之于普罗大众之死并无特别之处，但正是因为普罗大众之死的多样性，反过来映衬了诗人之死的单调性。这无疑是中国古代文化中尤其是诗人群体里，非常独特的一个现象。尤其是，当我们考虑到中国历史上第一个有着清晰面貌的诗人屈原，是以抱石沉江的激烈方式，结束了自己的生命时，关于诗人对待生命的态度就显得格外引人注目了。

公元前278年，屈原在汨罗江投水自尽。在长达两千多年的中国文明史上，从来没有哪一个人的死亡像屈原这样，被后世反复谈论，被祭奠，被引申，被牵强附会或微言大义。作为中国历史上第一位以自杀的方式结束自己生命的文人，屈原投江的水花从来不曾有过平息之日。有时候，我们甚至觉得，人们对屈原之死的兴趣盖过了对他生前生活的关注，仿佛这个人在人世间六十二年的光景，都浓缩在了他毅然赴死的那一刻，人们只有通过反推，才能还原他本来的生活。

在有文字记录的文献里，贾谊或许是屈原之死的第一位报丧人，他在《吊屈原赋》中开篇即写道："恭承嘉惠兮，俟罪长沙；侧闻屈原兮，自沉汨罗。造讬湘流兮，敬吊先生；遭世罔极兮，乃殒厥身。呜呼哀哉！逢时不祥。"贾谊作此赋时大约是在公元前176年，他被贬到了长沙做长沙王的太傅，途经屈原放逐之地，听闻一百年前屈原在这里投江的故事后，感同身受，不禁生发出了"贤圣逆曳兮，方正倒植"的悲情。司马迁在《屈原贾生列传》中用很大的篇幅描述了这两位命运相若的文人，但对于二人之死的记录文字却差别很大。对于屈原，司马迁写道："于是怀石遂自沉汨罗以死。"而对于贾谊，他是这样写的："怀王骑，堕马而死，无后。贾生自伤为傅无状，哭泣岁余，亦死。贾生之死时年三十三矣。"如果我们稍稍留意一下作者的语气，就不难发现前文语气之果决刚毅，后文语气之绵软无力。"信而见疑，忠而被谤"，是司马迁对屈原人生处境的精准把握，当然也是后来的史家学者在探讨屈原之死时，紧紧围绕的核心之一。

洁身说、殉国说、殉情说、殉道说、殉楚文化说、尸谏说、政治悲剧说，甚至赐死说，等等，学界对于屈原之死的原因，作了各种各样的阐释，真正能让大众接受的，不外乎是以下几点：首先，屈原是一个具有高洁理想和品格的人，"帝高阳之苗裔兮，朕皇考曰伯庸""纷吾既有此内美兮，又重之以修能。扈江离与辟芷兮，纫秋兰以为佩"。诗人自认为，他生来就应该肩负着为国家"美政"的义务和责任，何况他具有与生俱来的美好品德，而且行为上也一直洁身自好。因此，当遇到贤明的君王时，他就能践行自己"美政"的愿望，而当他遭遇到昏庸的君王时，理想就会破灭。而他侍奉过的两位君王，无论是楚怀王还是顷襄王，都恰好是昏君，但他绝不会放弃"路曼曼其修远兮，吾将上下而求索"的宏愿。其次，屈原是一个情感热烈甚至激烈的诗人，除了《离骚》外，我们看到他的《九歌》《天问》《远游》《湘君》《九章》等诗篇，都具有非常强烈和浓烈的情感架构，咏叹调是诗人最主要的发声方式，高亢、明亮、无与伦比的想象力，和复沓与回旋结构，是这些作品的基调。这种上天入地的浪漫主义文学情结，包罗万象的审美体验，显然不可能兼容人世间的污秽，因此，才有了屈原与渔夫之间那场著名的对话，所谓"质本高洁还洁去""安能以皓皓之白，而蒙世俗之尘埃乎"（《渔夫》）。第三是灭国之灾。屈原一生遭遇了两次放逐，四十三岁被第二次放逐后，他自知已经很难再返回政治权力中心，"美政"的愿望几近落空，但仍然没有熄灭他呼告的热情和救世的热忱。公元前298年，楚怀王被秦国掳走，顷襄王即位后自不量力，大行"射政"，随后秦将白起率军大举南侵，攻占楚国陪都鄢，翌年又占都城郢，楚国被迫迁都。这件事无疑是对屈原的致命一击："知死不可让，愿勿爱兮。明告君子，吾将以为类兮。"这是诗人在其绝笔诗《怀沙》中对自己发出的内心的律令，至此，杀身成仁只是早晚的事情了，再也没有任何挽回的余地和悬念。

屈原创造了中国古代士大夫阶层，尤其是诗人，面对国家、面对理想的破灭和现实的无情时，所具有的人生态度的一种模板或样式，不断启发着后人反复追问生命的终极价值和意义。无论是他"长太息以掩涕兮，哀民生之多艰"（《离骚》）的济世态度，还是"伏清白以死直兮，固前圣之所厚"（《离骚》）的自我意志，都深刻影响了中国文化的精神走向。按理说，后世的文人特别是诗人，都会以他为榜样，前赴后继地去践行自己的人生理想。然而，现实的情况是，上下几千年，我们发现，真正以屈原的人生路径为指引者，几乎没有。一代又一代诗人重复行走在得意与失意交替的道路上，经受着被贬谪、被毁损、被流放，以及贫穷、疾病等各种各样的磨难，却始终秉持着好死不如赖活着的理念，完成了大同小异的人生结局。我们不禁要问：这是为什么？其实，答案很简单：因为诗人们的价值观念和人生态度，不可能超越社会给定的价值观和人生观，而中国在儒家思想成为正统之后，重生文化便成了主流。所谓"未知生，焉知死"（《论语》）强调人生在世应该以日常生活为人生之根本，细致体味日常生活中的冷暖炎凉，在平凡、世俗、具体的日常现实生活中，建立起个人与他者之间的共存互依关系。在这种思想的指导下，死亡就变成了一个可以被无限悬置的命题，而人生在世最需要破解的，是我们生而为人后究竟该如何活下去的命题。重生文化在此基础上拉开了与西方文化中"未知死，焉知生"的距离。严格来说，中国人的生命观就是由此坐实的，对于普通人来讲，生命意义在于活下去，而对于士大夫阶层包括诗人来讲，生命的意义就在于济世报国，将个体生活融入更为广阔的社会现实里，成为社会生活的实践者。屈原生活的时代，儒家思想或儒家文化所倡导的生活方式，尚未完全波及中国社会的各个层面，而楚国当时盛行的是道家文化。"子恶乎知说生之非惑耶？子恶乎知恶死之非弱丧而不知归者耶？"这是庄子在《齐物论》里提出的疑问，意思是，死亡其实就是回家，一个人不能因为长时间流落在外，回到家里后反倒感到了不适和惧怕。"弱丧"的观念，以及由此进一步推导出来的"恶生悦死"观，与楚国民间盛行的"娱死"文化大有近似之处，这种视死如归的生命观远比儒家文化来得激越，也更为自由任真。"余幼好此奇服兮，年既老而不衰。带长铗之陆离兮，观切云之崔巍。"（《涉江》）屈原在诗篇里无数次强调自己与众不同，也必将特立独行，终使他的自杀行为也成为了中国文化史上的一个孤例。

　　"东郊绝此麒麟笔，西山秘此凤凰柯。死去死去今如此，生兮生兮奈汝何。"公元680年，享有"初唐四杰"之称的诗人卢照邻，在留下了这首生无可恋的《释疾文·粤若》后，跳河自尽了。这位曾经写出过名作《长安古意》，吟诵出"得成比目何辞死，愿作鸳鸯不羡仙"的杰出诗人，在《五悲文》里悲号道："骸骨半死，血气中绝，四支萎堕，五官欹缺。皮襞积而千皱，衣联寨而百结。毛落须秃，无叔子之明眉；唇亡齿寒，有张仪之羞舌。仰而视睛，瞖其若矇；俯而动身，羸而欲折。神若存而若亡，心不生而不灭。"诗人已经被没完没了的麻风病，折磨得完全丧失了生活的耐心，他提前给自己挖好墓坑，隔三差五就让人将自己抬入坑道，一心求死，最终却以跳河的方式达成所愿。

　　死亡因为是一次性的，所以，它总是人生中最为庄重的一件事情；而自杀因其惨烈，更需要我们厘清生命的意义究竟何在。如果活着仅仅是为了承受悲苦，那么，就有两种人生态度横亘在我们面前：一是你想拯救世人之悲苦，却无能为力，又不情愿眼睁睁看着悲苦在世间汹涌蔓延，你该怎么办？二是你视自己为悲苦的化身，直面悲苦，咀嚼悲苦，直到悲苦将你吞噬，你又该怎么办？每一位诗人都在用自己的方式给出答案，但事实是，这个问题没有、也不应该有标准答案。死亡总在为求生者让路，但每一条道路总有尽头。公元427年深秋，陶渊明意识到自己很快就要抵达生命的尽头了，于是，写下了那篇著名的《自祭文》："天寒夜长，风气萧索，鸿雁于征，草木黄落。"平静，坦然，毫无情感上的起伏，他终于成功地将自己的一生兑换成了草木生长与凋零的过程。源于自然，归于自然，终至圆满。

（原载《山花》2022年第7期）

张执浩，武汉文学院院长，《汉诗》主编。主要作品：诗集《苦于赞美》《宽阔》《高原上的野花》《万古烧》等。

红楼隔雨：开口的第一句话

◎ 潘向黎

对《红楼》主要人物，曹公有个基本路数，即大多按照"人品衣服、礼数款段"来写。自然好看。

而每个人开口的第一句话，也各自有趣，而且不简单，或渲染气氛，或彰显身份，或刻画个性，或体现禀赋，或暗示命运，因此不可任其轻松滑过。

第三回，黛玉进贾府，自然是先说"拜见外祖母""拜见大舅母、二舅母"之类的话，但都未细写，曹公写明白的她开口的第一句话是什么？众人看出她身体不好，问她："常服何药，如何不急为疗治？"黛玉回答："我自来是如此，从会吃饮食时便吃药，到今日未断，请了多少名医修方配药，皆不见效。"这是黛玉的第一句话。她的自幼多病，可想而知。后面提到癞头和尚要化她出家，又说如果舍不得她，只怕她的病一生不能好，除非从此以后总不许见哭声，也不见外姓亲友，这些是在"点"读者，要让我们想起第一回的一道一僧，想起黛玉仙界的来路。于是我们想起来，黛玉下凡为人，是要用一生的眼泪来还宝玉（神瑛侍者）的灌溉之恩的，所以她肯定要和宝玉相见，肯定要经常为宝玉哭，也经常惹得宝玉哭。所以"不见外姓亲友""总不许见哭声"这两条都绝无可能，那么，黛玉的病，就是一生都不能好的了。此时黛玉尚幼，也许七岁，也许十一岁，但一开口，就说出了这样惊人的预言，而且所有人都知道，这预言一定会成真。

凤姐的第一句话是伴随着笑声而来的——

只听见后院中有人笑声，说："我来迟了，不曾迎接远客！"黛玉纳罕道："这些人个个皆敛声屏气，恭肃严整如此，这来者系谁，这样放诞无礼？"

在黛玉惊讶的目光中，众星捧月般的，打扮得"恍若神仙妃子"的凤姐亮相了。她说的第一句话，很像名角在九龙口的叫板，原是要引人注意的。说明她很有身份，而且在荣国府地位不同，同时深受贾母和王夫人宠爱，所以这样高调而不拘礼数。此时的凤姐，正在春风得意的时候，因此浑身都是流光溢彩的生机和春天的芳香。第一幕就告诉我们，这个人有三大特点：她很美，她打扮得非常华美，而且她总是笑着说话。这还了得？用现在的话说，她是大女主，她自带背景音乐和灯光，一出现，就令气氛为之一变。

凤姐忽喜忽悲、又转悲为喜、又表态、又关心的热闹过后，以端上茶和水果宣布她的"高定版"寒暄告一段落。这时候王夫人才等到机会开口，她问凤姐："月钱放过了不曾？"这是王夫人开口说的第一句话。过去读到这里，只觉得王夫人一开口就很无趣，这次读到这里，不禁笑了起来：什么叫一秒出戏？王夫人干这个简直太专业了。前面的贾母和后来的凤姐，一起营造的充满感情的氛围，多么温暖，多么感性，甚至带着几分私密（贾母当着两个儿媳妇，居然说出"我这些儿女，所疼者独有你母"这样的话），而王夫人根本不在那个情境里，感觉她一看到凤姐就想问的，只是按捺着，等凤姐在贾母和远客面前必须做的规定动作完成了，她就要谈自己关心的其他事务了，而她关心的就是月钱，所以她就那么光秃秃、直别别地问：月钱发了吗？多么现实，多么自顾自，多么无趣！凤姐是在感情和现实两个世界穿梭自如的，所以她马上回答已放完了，然后主动说昨天王夫人让她拿出来的某种缎子，她在后楼上找了半天，没有找到。王夫人表示没找到不要紧，这时候，请大家想象一下黛玉与贾母"礼貌中不失尴尬的微笑"，大概是连王夫人都发现自己"歪楼"（偏离主题）了，所以赶紧补救——

因又说道："该随手拿出两个来给你这妹妹去裁衣裳的，等晚上想着叫人再去拿罢，可别忘了。"

这种话本来是她一开口就应该说的，却放在她说错话把气氛弄成冷场之后才说，也是醉了。而且说黛玉，不说"我这外甥女"偏说"你这妹妹"，分明透着不亲。如果说王夫人就是一个感情不丰富的人，那么你错了。薛姨妈带着薛蟠、宝钗到的时候，"喜得王夫人忙带了女媳人等，接出大厅，将薛姨妈等接了进去。姐妹们暮年相会，自不必说悲喜交集，泣笑叙阔一番"，感情丰富得很。

"因又说道"，四个字看似"闲"到可有可无，其实却不

"闲"，曹雪芹在写她的呆笨。开口第一句写她的无趣，这四个字写她是个不灵透的人——看一看凤姐说话的行云流水、满室生春，贾母的幽默风趣、凑兴圆通、一拨就转，就知道了。王夫人一开口就把气氛弄冷了，接着把天聊死了，终于自己也意识到，然后才想补救的话，多么用力，真是笨啊，曹雪芹看在眼里，也写给我们看。王夫人的努力，效果如何？贾母和众人似乎都没了兴致，没人再说什么，很快就散了。黛玉进贾府的这场厮见，气氛由热转冷，就是从王夫人问月钱开始的。

有趣的聪明人又如何？无趣的笨人才是厉害呢。

宝玉正式说的第一句话："这个妹妹我曾见过的。"照应两个人的来历和夙缘，也可以理解成一见如故、一见钟情。黛玉的感觉和他相似："黛玉一见，便吃一大惊，心下想道：'好生奇怪，倒像在那里见过一般，何等眼熟到如此！'"她当然没有说出来，因为内心受到冲击，她也不可能笑，而宝玉这句话是笑着说出来的。

相近的感受，男子是轻松的，对女子而言却重大和凝重多了。在感情之中，似乎总是如此。

贾政开口的第一句话，不那么引人注意，在第四回里，薛姨妈母子三人到了以后，贾政派人对王夫人转达了他对这几个亲戚的安置意见："姨太太已有了春秋，外甥年轻不知世路，在外住着恐有人生事。咱们东北角上梨香院一所十来间房，白空闲着，打扫了，请姨太太和姐儿哥儿住了甚好。"话说得周到而温厚，同时理性而板正，是贾政声口。想想薛蟠临行前惹出的人命官司，就知道贾政在担心薛蟠再闯祸生事，想对他有所拘束，这番考虑是有道理的。这几句话，就该正统家长贾政来说。

贾政这个家长不好当。林徽因的父亲曾说过，做天才的父亲，不是容易享的福。这句话，贾政应该有深切的同感。面对宝玉这个天才儿子，背负着门第的重负，贾政夫妇这对父母太难了，一上来就立于必败之地。

平儿开口的第一句话是："叫他们进来，先在这里坐着就是了。"她让周瑞家的把刘姥姥带进来。这句话，说明她是凤姐身边得力的人，可以做一些主的，同时，她待人也还不错，并不势利。

宝钗说的第一句话，很奇怪，不是和贾母说的，也不是和王夫人、宝玉说的，居然是和周瑞家的说的。周瑞家的到梨香院找王夫人，到宝钗房间，宝钗正在描花样子，见她进来，就"放下笔，转过身来，满面堆笑让：'周姐姐坐。'"宝钗的第一句话是和一个下人说的，一方面可知宝钗出场非常低调和内敛，住下后也非常娴静本分，没有什么特别的话值得一记；另一方面，对一个突然出现的下人尚且如此谦和有礼，对待贾母、王夫人等贾府长辈会如何恭敬自抑，则不用多说了。

周瑞家的给姑娘们分送薛姨妈送的宫花，送到惜春这里——

只见惜春正同水月庵的小姑子智能儿一处顽耍呢，见周瑞家的进来，惜春便问他何事。周瑞家的便将花匣打开，说明原故。惜春笑道："我这里正和智能儿说，我明儿也剃了头同他作姑子去呢，可巧又送了花儿来，若剃了头，可把这花儿戴在那里呢？"

将来"剃了头作尼姑去"——惜春开口说的，就是这个。太虚幻境惜春的判词是："勘破三春景不长，缁衣顿改昔年妆。可怜绣户侯门女，独卧青灯古佛旁。"而她自己还要这样一开口就顶上一句，让读者明白：她人虽年轻，心却不年轻，眼下的日子还烈火烹油、鲜花着锦，还有人送宫花来为繁华锦上添花，而她心里的花已经谢了，春天已经空了。故事一开始，她就有了出世的心思。

李纨的儿子、宝玉的侄子贾兰，如何？在贾府义学里，一众小厮、少爷打成一团的时候，贾兰按住了同桌贾茵想抓起来打回去的砚，"极口劝道：'好兄弟，不与咱们相干。'"。从小没有父亲，受孀母管教，懂事而安分，小小年纪就懂得明哲保身、息事宁人。

贾琏第一句说的什么？记得是在第十六回，林如海去世，贾琏护送林黛玉回府，凤姐对他笑道："国舅老爷大喜！国舅老爷一路风尘辛苦。"为什么叫他国舅？因为在贾琏不在家期间，元春晋封为贤德妃了，所以作为她的堂兄弟，贾琏也可以宽泛地算国舅了。这是无人时的凤姐，是一个伶俐可人的少妇，她殷勤地取悦着丈夫，同时也开着玩笑，轻松而温馨。贾琏笑道："岂敢岂敢，多承多承。"这是对凤姐半喜悦半调侃的致词的回答，也是半客气半玩笑的。这应该是贾琏说的第一句话，说明他的口才和反应都不错，但是在凤姐面前，他总显得有点被动，透露了一点这家子和别家不同的"消息"：在凤姐面前，贾琏这位"爷"居然是落了下风的。但是贾琏有的是轻松反击的办法，这是全世界大多数男人都会的招数——他很快说到了美丽的女子，他刚才去见姨妈，突然遇见了一个年轻的小媳妇，"生得好齐整模样"，他想不出这是谁，就问了薛姨妈（居然忍不住当面问！），才知道是香菱。于是贾琏说："开了脸，越发出挑的标致了。那薛大傻子真玷污了他。"这才是琏二爷真正主动说的第一番话。贾琏一开口就是说美女，而且当着妻子的面，把对美人浓厚的兴趣表现得很充分，以至于引来了凤姐"眼馋肚饱"的挖苦，其为人和格调可见大略。

湘云出场与众不同，不同在几乎没正式写，为什么？一方面可能是因为湘云和宝玉自小熟悉，所以记不清她何时、以何种方式出现；另一方面也许是湘云身上有股爽朗的英气，而宝玉身上却是一片温柔细腻，这两个人注定没有异性之间来电的感觉，不来电，就没有哪一个瞬间铭心刻骨、值得大书特书。因此，湘云的出场便是随随便便地那么一写——

忽见人说："史大姑娘来了。"……只见史湘云大说大笑的，见他两个来，忙问好厮见。

然后黛玉因为宝玉刚才去找宝钗而生气，走了，宝玉跟过来解释和劝慰，这时候湘云来了，她说："爱哥哥，林姐姐，你们天天一处玩，我好容易来了，也不理我一理儿。"这是她开口说的第一句话。湘云有点咬舌头，总是把二哥哥说成"爱哥哥"，这声口娇憨可爱。她的抱怨有没有道理？有道理，这是人之常情。但是，宝黛两个人都是不在人之常情之中的人，他们之间也不是人间寻常会遇见的感情，所以黛玉一来，所有的姐姐妹妹都靠后了，有什么办法呢？宝钗如果也觉得这样，她一定不会抱怨，而湘云就会说出来，湘云没有复杂的心思，心里不藏话。湘云的第一句话，写出了她的率真性格，写出了她和宝玉关系很近，和黛玉也不错，这是显的；背后一层是隐的，淡淡地写出了在搬进大观园之前，在宝玉那里，湘云她们的重要性已经不能和黛玉相比了。在少男少女的世界里，爱情一觉醒，亲情和友情自然就远远靠后了。

　　迎春是十二钗里存在感比较弱的，也是贾府四个"春"里最无声无息的一个，有"二木头"的绰号，她的第一句话藏在第二十七回里。黛玉在怡红院尝了闭门羹，在家伤心，第二天是芒种节，宝钗、迎春、探春、惜春、李纨、凤姐和丫鬟们都在园中给花神饯行，顺便玩耍，独不见黛玉。这时候迎春说："林妹妹怎么不见？好个懒丫头！这会子还睡觉不成？"她第一个注意到，并且说出来了。到这时候才主动说一句话，可见她真是低调、沉默而黯淡。所以这句话就值得从角落里翻出来仔细看一看。这是很普通的一句话，却至少说明三点：第一，迎春和黛玉相处得不错，至少，迎春是喜欢黛玉的；第二，这时候是迎春一生中心情最好

的时候，她很轻松、很愉快，以至于随口管起了闲事，一点都不
"木"；第三，迎春是个善良的小姐，她眼里、心里是有别人的。
在自己高兴的时候，根本不去关心别人，甚至不关心别人死活，
这样的人，世间很多，但二姑娘迎春不是这样的人。

　　若有人特别老实，死抠字眼，怀疑迎春在说黛玉"懒"，甚至
暗戳戳地在指出黛玉不合群、不凑兴，是不是也说得通呢？当然
说不通。迎春是非常小心压抑的一个人，根本不会非议和挑剔
人，况且当时在那么美妙的园林，有那么愉快的节日气氛，"懒丫
头"云云，纯粹是亲热的口气。最重要的是，迎春是真心喜欢黛
玉的，而且敬重她的才华。第三十七回，探春发起，众人结海棠
诗社，宝玉说早该起个社的，黛玉说此时也不算迟，但是你们别
算上我，我是不敢的。这种自谦，其实是变相的骄傲，明明她最
有资格，偏偏说没资格。这时候迎春的反应又很快："你不敢谁还
敢呢！"她的意思是，你写诗的才华是最高的，如果你都不敢写，
就没有人敢了。好个迎春！不声不响，却有眼光。说到才华，李
纨经常在黛玉和宝钗之间骑墙、玩中立，迎春倒是真心实意地推
重黛玉，她自己缺乏诗才，但她不妒忌，只是敬慕有才华的黛
玉。和她一贯懦弱自保的为人处世对照起来，她当众说出这句
话，倒也不容易。第一百零一遍重读《红楼梦》，发现迎春起初的
两句话竟然都和黛玉有关，这位二表姐确实如黛玉的第一印象那
样：温柔可亲。

　　说到《红楼梦》里嘴巴最厉害的，一般一想就想到凤姐，或
者想到黛玉。

黛玉的嘴厉害，一半是对宝玉使小性子，一半是调侃、挖苦人，前者虽然常常有点过分，但不过是恋爱中的女孩子需要更多安全感，况且再过分也只折腾宝玉一个人，和其他人无关；后者也只是一个天资过人、反应敏捷又口齿伶俐的少女的即兴发挥，没有什么目的和心机，有时候是忍不住淘气，有时候是无端炫技。

　　凤姐嘴巴才是真厉害，不论是骂人还是为取悦贾母而搞笑。她骂人，一方面什么都敢说，毫无忌讳，一方面自带气势，拉开阵仗，骂得洋洋洒洒。比如第二十回当着赵姨娘的面骂贾环（也骂赵姨娘）——

　　凤姐向贾环道："你也是个没气性的！时常说给你：要吃，要喝，要顽，要笑，只爱同那一个姐姐妹妹哥哥嫂子顽，就同那个顽。你不听我的话，反叫这些人教的歪心邪意，狐媚子霸道的。自己不尊重，要往下流走，安着坏心，还只管怨人家偏心。输了几个钱？就这么个样儿！"贾环见问，只得诺诺的回说："输了一二百。"凤姐道："亏你还是爷，输了一二百钱就这样！"回头叫丰儿："去取一吊钱来，姑娘们都在后头顽呢，把他送了顽去。你明儿再这么下流狐媚子，我先打了你，打发人告诉学里，皮不揭了你的！为你这个不尊重，恨的你哥哥牙根痒痒，不是我拦着，窝心脚把你的肠子窝出来了。"喝命："去罢！"

　　凤姐占据了家族伦理、为人处世和审美的几重优势，把猥琐的贾环骂了个体无完肤。她的优势足，所以心理上完全是降维打击，骂得起承转合、酣畅淋漓，把赵姨娘和贾环一起教训了一番，最后还威风十足地一声喝退，过瘾。虽然厉害得有点过了，但总体而言，她是对的。赵姨娘母子实在没有道理，而且时有害人之心，所以曹公判定凤姐的行为是"正言弹妒意"。

凤姐在贾母面前承欢取悦，那是她发挥口才的巅峰时刻。所以贾母说只要有她在，一个人抵十个人的热闹。确实，贾府家宴上，只要凤姐不在，就立即显得冷清。她的幽默有天分，无风三尺浪，张口就来，而且真的让人开怀。只看第五十回，薛姨妈说要摆酒席请贾母赏雪，凤姐马上开始了——

凤姐笑道："姑妈仔细忘了。如今先秤了五十两银子来，交给我收着，一下雪，我就预备下酒了。姑妈也不用操心，也不得忘了。"贾母笑道："既这么说，姨太太给他五十两银子收着，我和他每人分二十五两，到下雪的日子，我装心里不快，混过去了，姨太太更不用操心，我和凤丫头倒得了实惠。"凤姐将手一拍，笑道："妙极了，这和我的主意一样。"众人都笑了。贾母笑道："呸！没脸的，就顺着竿子爬上来了！你不该说姨太太是客，在咱们家受屈，我们该请姨太太才是，那里有破费姨太太的理！不这样说呢，还有脸先要五十两银子，真不害臊。"凤姐笑道："我们老祖宗最是有眼色的，试一试姑妈，若松呢，拿出五十两来，就和我分。这会子估量着不中用了，翻过脸来拿我做法子，说出这些大方话来。如今我也不和姑妈要银子，竟替姑妈出银子治了酒，请老祖宗吃了，我另外再封五十两银子孝敬老祖宗，算是罚我包揽闲事，这可好不好？"话未说完，众人已笑倒在炕上。

贾母和凤姐简直像说双口相声的，而且说得又自然，又有逻辑，严丝合缝，却和事实形成强烈反差，这两个人看似在自黑、互嘲，实际上是别致的"凡尔赛"，总之是"搞笑，我们是认真的"，因此众人笑倒在炕上，我也是看一回笑一回的。

　　除此之外，凤姐也经常三言两语平息风波，比如——

　　可巧凤姐正在上房算完输赢账，听得后面一片声嚷，便知是李嬷嬷老病发了，排揎宝玉的人。——正值他今儿输了钱，迁怒于人。便连忙赶过来，拉了李嬷嬷，笑道："好妈妈，别生气。大节下老太太才喜欢了一日，你是个老人家，别人高声，你还要管他们呢，难道你反不知道规矩，在这里嚷起来，叫老太太生气不成？你只说谁不好，我替你打他。我家里烧的滚热的野鸡，快来跟我吃酒去。"一面说，一面拉着走，又叫："丰儿，替你李奶奶拿着拐棍子，擦眼泪的手帕子。"那李嬷嬷脚不沾地跟了凤姐走了，一面还说："我也不要这老命了，越性今儿没了规矩，闹一场子，讨个没脸，强如受那娼妇蹄子的气！"后面宝钗黛玉随着，见凤姐儿这般，都拍手笑道："亏这一阵风来，把个老婆子撮了去了。"

　　拍手笑的，应该还有曹雪芹本人吧。毕竟他深知，只靠宝玉"鱼眼珠子"那样文学化的指责，是根本不能解决问题和终止此类混乱场面的。

　　但凤姐的口才还是不如一个人——谁？宝钗。

第三十回，"宝钗借扇机带双敲"，宝玉说宝钗像杨贵妃，"体丰怯热"，惹得宝钗大怒，于是用三句话作出了很到位的还击。第一句是冷笑着说："我倒像杨妃，只是没一个好哥哥好兄弟可以作得杨国忠的！"第二句是指着一个来找扇子的小丫头靛儿说的："你要仔细！我和你顽过，你再疑我。和你素日嘻皮笑脸的那些姑娘们跟前，你该问他们去。"这火发得很大，而且明显把黛玉带了进来。宝姑娘还没有收手，又在回答黛玉的问题时说自己看的戏是李逵骂了宋江，后来又赔不是，其实她是故意挖了一个坑，故意不说这出戏的名字。宝玉不留神，马上进了坑，说姐姐怎么不知道，这出戏叫《负荆请罪》。于是宝钗说了第三句："原来这叫作《负荆请罪》！你们通今博古，才知道'负荆请罪'，我不知道什么是'负荆请罪'！"宝玉和黛玉顿时羞红了脸。因为他们吵了架，宝玉刚刚去几万声"好妹妹"地和好了，宝钗这时候当众说"你们才知道负荆请罪"，确实挖苦得非常狠。

宝钗的厉害，第一在于她知识储备丰足，人情世故的洞察力强，就这样她依然不轻易开口，而是忍过情绪最狂暴的几分钟再采取对策，同时她是见机行事、借力打力的高手，能够完成精准打击。第二在于她段位高，大家小姐的风度和体面维持得很好，没有一个不合适的字眼，玩的全是话里有话，损人的话表面上都有正常的由头，一般人不留意也不知道她在说什么，不会落得小心眼、刻薄的把柄。第三，"任是无情也动人"，这句话也可以反过来说，很动人，也很无情，宝钗是可以翻脸无情的，而且哪怕是她借居的贾府的主人宝玉，不小心得罪了她，语言之间触犯了她的底线，她也绝不会隐忍，既不宽厚，也不淡远，更不"装愚守拙"，而是这样当场、当众非常厉害地反击。（其实宝玉说她像杨妃并没有对她的人格侮辱或含沙射影的不尊重，只是指她体丰怕热这一条，其实杨妃还是大美人儿呢！但在宝姑娘眼里，杨妃的道德污点和悲惨结局肯定是压倒其美貌和一度拥有的荣宠的。）

宝钗大获全胜。宝玉和黛玉都非常尴尬，宝玉无精打采，然后糊里糊涂地做下一连串的事情：招惹金钏，导致王夫人把金钏赶出去；雨中看龄官在花下用金簪子一遍遍写"蔷"字，看得自己被大雨淋透；飞奔回怡红院，又因为丫鬟开门迟了，而踢了开门的一脚，却偏偏踢伤了袭人，导致袭人吐血……

第二天，是端阳节，酒席上宝钗对宝玉淡淡的，也不和他说话。这个态度也厉害，说明昨天的怒气还未全消，也说明宝钗坚持"严正立场"、不会轻易缓和，这是继续给宝玉压力。这个节日的宴席，大家都没什么兴致，"无兴散了"。这时候。曹雪芹这里又玩了一个障眼法，他写道，黛玉天性喜散不喜聚，宝玉喜聚不喜散，所以心情不好。其实不是。宝玉这一次，主要是因为宝钗挖苦和冷落了他，而且通过一次节日的聚宴也没能缓和；而黛玉之所以淡然处之，是因为宝玉和宝钗不和，正中她的下怀。然后宝玉闷闷不乐地回到自己房中，就发生了另一件事——晴雯不小心弄坏了他的扇子，宝玉一反常态地对晴雯发了火，两个人莫名其妙吵得很厉害，最后是宝玉、晴雯、袭人都哭了。

晴雯说宝玉"近来气大得很，行动就给脸子瞧"，一向怜香惜玉的宝玉居然踢了袭人、骂了晴雯，这说明他心里窝了一腔火。这时候黛玉已经和他和好，而金钏还没有跳井，宝玉之所以这样，主要就是被宝钗挤对出来的。黛玉那么经常和他吵架，他最多是要砸玉，从来没有迁怒于别人的，想必是潜意识里也知道，和黛玉的争吵是恋爱的必修课，苦恼中自有甜蜜；而宝钗这样，纯粹是挤对他，戳他的心了。这一次，宝玉确实被气着了，也确实非常没面子。

宝钗真厉害。她不比凤姐，凤姐是出了阁的少妇，而且是贾府的当家少奶奶。宝钗是个闺阁千金，又是客居在此的亲戚。而且宝玉是贾母最溺爱的孙子、这府里的凤凰，泼辣如凤姐从来对宝玉都是和颜悦色、照顾妥帖的，而一贯号称娴雅端庄、豁达随和的宝钗却这样"开销"他，把他激得方寸全乱、大失常态又有苦难言。最妙的是，宝玉再动怒，怡红院里再不得安宁，也只会有人说宝玉浮躁，或者再拉上晴雯，说晴雯轻狂，没有一个人会怪到宝钗身上，她的好名声丝毫无损。

宝钗的厉害，实实地在凤姐之上。

（原载《雨花》2022年第5期）

潘向黎，小说家，文学博士。主要作品：长篇小说《穿心莲》，小说集《白水青菜》《上海爱情浮世绘》等，随笔集《古典的春水：潘向黎古诗词十二讲》等，散文集《万念》《如一》等。

四月之歌

◎ 张定浩

　　《诗大序》袭用《乐记》论诗："治世之音安以乐，其政和；乱世之音怨以怒，其政乖；亡国之音哀以思，其民困。"《小雅》里有一首《四月》，据传作于西周幽王时期，末句云，"君子作歌，维以告哀"，这旧时君子所呼告出的哀歌，虽源自个人，却也正是为一个行将崩毁的帝国而作。

　　四月维夏，六月徂暑。
　　先祖匪人，胡宁忍予？

　　周代人使用历法，往往夏正与周正并用，这首诗用的历法是夏正，与我们今天农历一致。农历四月初，正是立夏时节。维，本义有联系的意思，"维者，春夏之交，夏秋之交，秋冬之交，冬春之交，四隅之四维也"（参《素问·至真要大论》"其在四维"，张志聪集注）。前人多把此处的"维"视为语助词，一笔带过，但若联系起"四月维夏"与"六月徂暑"之间显然的对应关系，"徂"既为动词，表示"往""至"之意，"维"至少也应该被视为一个曾经有意义的动词。春夏之交，往往是一年中最为敏感的时节，因为最美好的季节即将逝去。"欢乐极兮哀情多"，就比例而言，人生中幸福欢乐的日子总是少于悲愁困苦的日子，一个朝代的治世也每每短于乱世，正如春天只占据一年中的四分之一。这首诗从初夏写起，单用一个"维"字，让人隐约思及那不曾提到的春天。

"先祖匪人"，这句字面似有辱骂先祖之嫌疑，故历代注家多有曲辨，但最终是王夫之《诗经稗疏》的解释更受认可："'匪人'者，犹非他人也。《颇弁》之诗曰'兄弟匪他'，义同此。自我而外，不与己亲者，或谓之他，或谓之人，皆疏远不相及之词，犹言'父母生我，胡俾我瘉'也。"

"胡宁忍予"，这句通常解释为"何忍使我遭此祸也"，或"忍受我久役在外不回去祭拜"，或"为何忍心使我受苦"，但这种解释中的"遭祸""久役在外不回去祭拜""受苦"，诸如此类，都是原诗句中所没有的，属于添字增释。考《楚辞·九歌·湘夫人》中有一名句，"帝子降兮北渚，目眇眇兮愁予"，其中"愁予"一词，王逸和朱熹都解释为"使我发愁"。"愁"字作为心态动词，其跟随人称代词时作使动用法，是古文法常例；而"忍"字同为心态动词，"忍予"和"愁予"的词组构成也相似，若将"忍予"也视为使动用法，或许更简明。如此，"忍受"的主语就落在"我"的身上，而非先祖。"先祖匪人，胡宁忍予"的大意就是，先祖并非外人，如何会宁愿使我隐忍？这个意思，会比通行意思更深一点。

《四月》共八章，每章四句，除第七章一气贯注之外，大抵都是前二句借自然万物起兴，后二句自赋平生，兴和赋之间的关系似断实连，空灵跌宕，不可拘泥。《郑笺》："四月立夏矣，至六月乃始盛暑，与人为恶亦有渐，非一朝一夕。"这是以暑热比拟恶政，将四月到六月的变迁比拟为恶政之渐成，可谓敏锐。但若结合后二句，似还有进一步阐发的空间。"先祖匪人，胡宁忍予"，要点在一个"忍"字。《周易·坤卦》初爻爻辞："履霜，坚冰至。"君子见微知著，于乱世之初自当有所察觉，有所准备，或奋起反抗，或远走高飞。唯有普通民众，浑然不觉，自甘隐忍，同时，他们也缺乏想象他人痛苦的能力，会很轻易地去劝告那些置身苦难的人保持隐忍。作恶非一朝一夕之功，对恶的隐忍和默许也非一朝一夕之事，如从四月之初夏至六月之酷暑，可以说是愈演愈烈，而我之先祖倘若在天有灵，他如何会像那些庸众一样，还一味地劝我忍受呢？"胡宁忍予"，在这里遂有一丝"是可忍孰不可忍"的味道。

秋日凄凄，百卉具腓。

乱离瘼矣，爰其适归？

然而，当酷政已至顶峰，此时痛苦的反倒是那些不愿继续忍受的觉醒者，因为他们会发现无处可去。腓通痱，风病也。秋风一起，草木渐趋凋零，无从逃避。乱离，政乱民离；瘼，无名之病；爰，本义为援引，后借为发语词；其，高本汉认为在此处是一个表示未来和愿望的语气助词，并引《大雅·烝民》"式遄其归"为证；适归，往归。《说文解字》段注："逝，徂，往，自发动言之；适，自所到言之。故女子嫁曰适人。"而这所到所归之处，具体又可细分为时间和空间两个维度。后世如《史记·伯夷

129

列传》"神农虞夏，忽焉没兮，我安适归矣"，这是在时间长河中找不到归宿；如韩愈《上贾滑州书》"周流四方，无所适归"，则是在空间中无所归依。在此政乱民离的无可名状的国家之病中，觉醒者茫然四顾，于时间和空间中都看不到任何希望。

冬日烈烈，飘风发发。
民莫不穀，我独何害。

此章与《蓼莪》第五章雷同。烈烈，凛冽。飘风，旋转之风。发发，迅疾的样子。冬日凛冽，比起秋日尚有残病之百卉，此时唯见大风肆虐横行于世间。"民莫不穀"一句，除《蓼莪》外，又见于《小弁》，或为当时惯用套语。穀，旧有几种解释，曰养，曰生，曰善好，曰福禄，各家争执不定。若从"善好"和"福禄"之义，似乎和前面"冬日烈烈，飘风发发"的乱世飘摇气息迥然不合，前人或解释为怨者绝望愤激之语，但在提及冬日风霜和自身苦难之间，插上一句"老百姓没有过得不好的"或"老百姓都在享福"，总觉得有违君子之情理。"我独何害"的"何"，旧解为"何故""为何"，但这样解释，在"何"与"害"之间就要增加一个动词，否则于文法不合，因此郑玄解释为"我独何故睹此寒苦之害"，其后注家大多承继此说进一步解释为"为何独独我遭逢这种灾害"，这种在文法不合之后的增字解经，尤其增加的是一个动词，显然并非善策。所以，今人高亨和裴学海遂将此处的"何"解释为"荷"，蒙受、负荷之意，这也是"何"字的古义之一，《诗经》中不乏其例，这样就通顺很多。但高亨和裴学海解释"穀"字,一取"善"之义,"他人都过得很好,独有我蒙受灾害"(高亨《诗经今注》);一取"福禄"之义,"他人莫无福禄,我独担负忧患"(裴学海《古书疑义举例四补》),如前所述,似仍有未尽之处。

穀者,谷也,本义为百谷之总名,引申为养育、生活、善好、福禄诸义,而在《诗经》中各义项都有对应之处,这也是容易造成混淆的原因。相较而言,养育和生活之义接近,表示一种动态;善好与福禄之义接近,表示一种状态。要明确"民莫不穀"的确切意思,需将《四月》《蓼莪》《小弁》三处"民莫不穀"合而观之,它们若为惯用句式,意思应当相仿才是。《蓼莪》为孝子思亲之辞,《小弁》是太子怨亲之辞,这两首诗中的"民莫不穀",大多数注家都解释为养育、相养,即父母抚养子女,子女赡养父母,这是天下最为普遍的生活状态,《蓼莪》和《小弁》之作者却望之而不可即。而陈奂《诗毛氏传疏》释《小弁》之"民莫不穀,我独于罹",引《诗经·王风·大车》"穀则异室,死则同穴"句,认为《小弁》的"穀"字也当如《大车》"穀则异室"之"穀",当作"生"义解,"言人莫不有生聚相乐,我太子独处于忧"。随后,循照此例,陈奂将《四月》"民莫不穀"之"穀"亦释为"生",即"人无不贪生者"。此种解释,虽不曾通行,窃以为却比其他解释更得原诗之精神。

"民莫不穀",意指老百姓最关心的永远是活着,能够活着比什么都重要,愈近乱世愈是如此,忙忙碌碌,只为有一口饭吃。"我独何害",或者"我独于罹",讲的都是一个不同于"民"的君子,他的心思不单单在活着,因此也就要承担更多的忧患,并置身于更多的忧患中。所谓"众人皆醉我独醒",三闾大夫之慨叹几同于《四月》作者之慨叹。

> 山有嘉卉，侯栗侯梅。
> 废为残贼，莫知其尤。

侯，三家诗又作"维"，若用现代语法表示，大概接近于"乃"这样的副词，旧解多视为无意义的语助词，一笔带过。然而，要理解和欣赏诗歌，有一个基本认识前提就是，要相信一首好诗中的每一个词都是有作用的，尤其是语助词或副词，其幽微的语气转折和时态暗示往往能决定诗句的基调，这一点，古诗和新诗概莫能外。《诗经》中存在大量的语助词，若能细细体味其在具体语境中的选择，及其本义，每每会有意外的收获。

《小尔雅·广器》："射有张布谓之侯。""侯"字的本义，即箭靶，隐含有即将抵达的目标之义，但这个义项后来渐渐归属于"候"这个字，如守候、等候。于省吾《甲骨文字释林》："王侯之侯与时候之候初本同字，候为后起的分化字。……侯与候古通，典籍习见。"因此，"侯N侯N"，其实就是一个将来完成时的句法表达，即"等候着（成为）N和N"。此类句式，《诗经》中并不少见，若用将来完成时来解释，多可贯通。如《小雅·正月》："瞻彼中林，侯薪侯蒸。"薪是粗大的柴火，蒸是细小的柴火，旧解多将"侯"作"是"解，再将"中林"与"薪蒸"对立，如君子之于小人，但说"看到树林里都是粗细不等的柴火"，这是很奇怪的说法，所以后来有些注家如陈子展索性将"薪蒸"译为灌木和草丛，然而，将"薪"译为灌木其实是有点牵强的，因为古书训诂中多次说过"大木为薪"，如《淮南子·主术》"冬伐薪蒸"，高诱注曰："大者曰薪，小者曰蒸。"而如果将"侯薪侯蒸"视为将来句法，即"看着这些树林里的林木，以后都会成为粗细不等的柴火"，就非常自然了，并且其中的悲凉恰与全诗基调相合。又如《大雅·生民》："诞将嘉种，维秬维秠。"旧解为"天上降下好的种子，是秬与秠"，然而种子落在土里，是很难立刻具体辨别的，而"维"与"侯"古书中常可通，若视之为将来完成时态，即"天上降下好的种子，长出来将成为秬与秠"，似乎会更准确一点。

"废为残贼"，这句历代也是聚讼纷纭，涉及对"残贼"的理解，究竟是指残害他人还是指受到残害，旧解多倾向前者，即在位者慢慢变成残暴贼子，这个在句法上要自然一点，但需要处理"废"字，所以旧解就训"废"为"大"，为"忕"（惯于），为"变"，其目的就是为了解决"废"的本义和"残贼"之间的矛盾。此种牵强，前人亦有所察觉，如于鬯《香草校书》就讲："此'废'字依常解'废弃'义自通。《毛传》训'忕'、《朱传》训'变'者，殆疑于'为残贼'三字耳，故必谓在位者为残贼。其实上二句为被废者自言，固无不可。为残贼者，在废之者未有不以其为残贼而废之也，是废之者被以恶名，非真为残贼，与'莫知其尤'之义不妨害也。且正惟被以为残贼之名，而究无为残贼之罪状可案，故曰'莫知其尤'，则竟是无罪而遭废弃者矣。玩此诗之意，本无罪而遭废弃者所作。"这个解释，非常通达，且和前面一句"侯栗侯梅"的将来完成时表述恰可应和。

山中草木众多，诗人选择栗与梅起兴，并非随意。栗，是周代的族树，其木质坚实细密。《论语·八佾》："哀公问社于宰我，宰我对曰：'夏后氏以松，殷人以柏，周人以栗。'"梅，疑与《秦风·终南》"终南何有，有条有梅"之"梅"相同，即柟，现在所谓的楠木，与栗树同为高大乔木、优质木材。山中那些美好的草木，本来是要成为像栗树和楠树这样的可造之材，如同"我"本是要成为国之栋梁，没想到中途却惨遭废弃，沦为在位者眼中的残贼之人，竟不知罪在何处。"侯"字所暗示的巨大期望，与"废"字中所包含的无边绝望，一虚一实，字字千斤。

相彼泉水，载清载浊。
我日构祸，曷云能穀？

相，视也。载，则也。杜甫《佳人》："在山泉水清，出山泉水浊。"诗人的思绪从山林转向泉水，是一个非常自然的过程。郑玄释此章前二句，"我视彼泉水之流，一则清，一则浊。刺诸侯并为恶，曾无一善"，这大抵是受《毛诗》小序"大夫刺幽王也。在位贪残，下国构祸"的影响，遂用泉水的清浊有别来反兴下国诸侯的善恶无异，并将"我日构祸"之"我"，解释为我等诸侯。但一首诗中的"我"，指代应该统一才合理，这首诗其他章句的"我"显然是指诗人自己，为什么这里的"我"偏偏指向诸侯呢？所以后来朱熹又有另一种解释，即把"构祸"解释为"遭遇祸患"，而非"制造祸患"。到了清代马瑞辰，甚至将"构"索性训为"遘"的通假，看起来字面自洽了，但一方面这种通假释经要慎用，另一方面，若将"构祸"解释为"遭遇祸患"，《毛诗》小序中的"下国构祸"又该如何解释?

反过来,我们可以说,《毛诗》小序的"下国构祸"说,其实也正来自于小序作者对"我日构祸"这句诗的理解。对小序作者和郑玄而言,"构祸"的本义就是制造祸患,这是毫无疑义的,但因此出现的矛盾就在于,祸患的制造者怎么就成了"我"?"我"不是受害者吗?为了解决这个矛盾,他们只好把"我日构祸"之"我",解释为下国或诸侯。他们无法理解一个受害者为什么也会是制造祸害的人,而这种地方,恰恰是先秦古典诗学精神的核心。

《孟子·离娄》:"有孺子歌曰:'沧浪之水清兮,可以濯我缨;沧浪之水浊兮,可以濯我足。'孔子曰:'小子听之!清斯濯缨,浊斯濯足矣,自取之也。'夫人必自侮,然后人侮之;家必自毁,而后人毁之;国必自伐,而后人伐。太甲曰:'天作孽,犹可违;自作孽,不可活。'此之谓也。"

渔父歌沧浪之谣,将自我之外的世界比作流水,无论世界清浊,我依然是我,或对之以缨,或对之以足;孔子闻沧浪之谣,视流水为己身,故曰"清斯濯缨,浊斯濯足",世界之清浊,就是我之清浊,而濯缨或濯足,恰是不同的我所需要承受的不同遭遇。"相彼泉水,载清载浊",是对世界和自我的判断;"我日构祸,曷云能穀",则犹如"自作孽,不可活",是一个被贬谪流放之臣痛彻心脾的反省。一个时代和一个国家的败坏,身在这个时代和这个国家中的每个人都有责任,若是为官者和读书人在平常时刻都只懂得投机和自保,每个人躲在自己的小天地里一言不发,自我阉割,坐等时局恶化,这种沉默和隐忍,日复一日,本身就是在参与制造更大的祸害。

滔滔江汉，南国之纪。

尽瘁以仕，宁莫我有。

　　"宁莫我有"，即"宁莫有我"的倒装，《诗经》里不乏其例，这里的"有"可作"亲友"解，通"友"，与《王风·葛藟》"亦莫我有"相似，即善待或友爱。《说文解字》："宁，愿词也。"徐锴《说文解字系传》补充道："今人言宁可如此，是愿如此也。"然而，历代注家在处理《四月》中的两个"宁"字时（"胡宁忍予"和"宁莫我有"），几乎都忽略其作为愿辞的口吻，或训为"胡"，或训为"乃"，或反问或陈述。如此一来，"尽瘁以仕，宁莫我有"在旧解中几乎都千篇一律地解释为诗人的哀叹，即我如此鞠躬尽瘁做事情，君王为何（还是）对我不理不睬。

　　这种忠臣之怨，几千年来的中国人都不会陌生，也不觉得有什么不对，然而《诗经》作者是在秦汉帝制形成之前的人，他们身上自有一种迥异于后世的刚强明亮之气。而这种气息的微妙流荡，很多时候，就暗藏在那些被后世注家轻易忽略的语助词之中。"尽瘁以仕，宁莫我有"，按照"宁"字的愿辞本义就很好解释，即我尽力做好自己分内之事，宁可（君王）不善待我。这显然是一种决断，而非哀怨。

　　"滔滔江汉，南国之纪。"长江和汉水，是南方两条最主要的河流，围绕它们遍布在南方的其他河流皆可视为这两条大河的支流，受其制约。旧解多以江汉喻王者，以江汉能纲纪南国反兴幽王不能纲纪诸侯和群臣。然而，周朝地处黄河流域，以当时属于蛮荒之地的江汉之水来比喻周王，似乎有点拟于不伦，或许也鉴于此，郑玄遂把江汉比作吴、楚之君，当然这样仍然有很多牵强，已为后世学者所驳，兹不赘述。而既然我们已经指出"宁莫我有"的决断，那么，"滔滔江汉，南国之纪"，或许也能被这样的决断重新擦亮。

"纪"的本义，是找出散丝的头绪，引申为整理、综理。江汉滔滔，奔流向海，这不舍昼夜一往无前的力量本是水性使然，无须外力强迫，而就是在这样的本性激发中，它们客观上起到了一个经纪山川的作用。依旧是《孟子·离娄》，有一段对水德的赞美："原泉混混，不舍昼夜，盈科而后进，放乎四海，有本者如是。"水之本在其源泉，君子之本在自反自省，一切艰难困厄都要回到己心深处找原因，求解决，所谓"天行健，君子以自强不息"。被贬谪流放到南方的诗人既已痛定思痛，又被滔滔江水所激励，遂决心尽力尽责于当下在任之事，至于君王是否会再次重用，已不重要。苏轼《自题金山画像》："心似已灰之木，身如不系之舟。问汝平生功业，黄州惠州儋州。"同为谪臣，东坡去世前不久所作自题诗，其中的沉痛、决绝与振作，浑然一体，堪为《四月》第六章的注脚。

匪鹑匪鸢，翰飞戾天。
匪鳣匪鲔，潜逃于渊。

鹑、鸢，都是鹰、雕一类的凶猛大鸟，可以飞到很高的天空；鳣、鲔，又见《卫风·硕人》："鳣鲔发发"，是大黄鱼和鲟鱼一类可洄游入江的海鱼，所谓"潜逃于渊"，即古人所见这些鱼类可以从江水中游入海洋的现象。《大雅·旱麓》："鸢飞戾天，鱼跃于渊"，本是万物各得其所之象。匪，非也，同首章"先祖匪人"之"匪"。朱熹《诗集传》："鸢鸢则能翰飞戾天，鳣鲔则能潜逃于渊，我非是四者，则亦无所逃矣。"诗人借鸢、鱼各得其所之象，比喻自身不得其所。这种解释，历代本无异议，也相当合理，然而自从王念孙《广雅疏证》将"匪"字训为"彼"，王引之《经传释词》和陈奂《诗毛氏传疏》从之，歧义遂生。虽然前有王先谦、后有高本汉，都对"匪字训彼"之说予以明确反驳，理据均在，但当代通行的不少《诗经》注本译本却依旧将这里的"匪"字解释为"彼"，且罔顾与"先祖匪人"之"匪"的矛盾，不知何故。高邮王氏父子虽是清代训诂名家，因声求义，颇多创见，然好与人异，注解《诗经》往往只求字面通顺而搁置诗意，读诗者不可不慎。

　　山有蕨薇，隰有杞桋。
　　君子作歌，维以告哀。

　　隰，低湿之地。"山有……隰有……"为《诗经》惯用套语。蕨、薇，是山中常见野菜。《召南·草虫》："陟彼南山，言采其蕨"，"陟彼南山，言采其薇"，所言风物与此处相似。杞，枸杞。桋，旧解通常人云亦云为一种名为赤楝的树木，丛生于山中，但究竟为何种树木，用在此处又有何意，皆语焉不详，所以后来又另有一种解释，认为这里的"桋"通"黄"，训为草木初生之嫩芽，这样似乎就可以像枸杞一样，作为一种可食之物来处理。但在原诗的对句中，"蕨薇"的草字头，显然和"杞梀"的木字旁相对应，若贸然将"杞梀"改作"杞蒉"，如敦煌诗经写本那样，似乎也有牵强之处。

今人潘富俊的《诗经植物图鉴》认为"梀"即今天的苦槠树，"古书上所说的'槠''杼''梀'等，均指当时北方常见的苦槠属植物……本篇'蕨薇'和'杞梀'并提，可见均为可食用的种类；'蕨''薇'采食的是嫩芽幼叶部分，而'杞梀'中，若'杞'解为'枸杞'，则采食的是果实部分，则'梀'也应为采果，因此可解为苦槠。其种子俗称'苦槠子'，可磨作豆腐食之"。这种说法，应当是可信的。并且早在此书之前，二十世纪八十年代向熹主编出版的《诗经词典》，已将这里的"梀"解释为苦槠树，"梀，一种常绿乔木，又名赤梀，即苦槠树。果实为扁球形坚果"。苦槠果，和板栗有点相似，虽然味道偏苦，但淀粉含量高，饱腹感很强，在过去一直是山里人家的备用粮食。如此一来，"山有蕨薇，隰有杞梀"，似乎可视为隐士的自白，如严粲《诗辑》所言，"遁迹山林，采草木而食之，如伯夷食薇、四皓茹芝之意"。谪宦之身思归山林，虽为常情，但就全诗情思而言，似尚有未尽之处，尝申言之。

上一章说到飞鸟和鱼，虽令人向往，却非人所及。人只能生活在大地之上，甚至，就像植物一样，只能生活在那一小方属于自己的土壤中。蕨薇与杞梀，皆是寻常山野间毫不起眼的植物，却有顽强的生命力，同时亦能给予饥饿者以能量。一个人身逢乱世，于国家于个人都看不到半点希望，种种有心无力，颓唐哀愁，《四月》作者自当了然于胸，这首诗也正肇端于这样的感情中，但诗人却没有耽溺于此，如前所述，他是在回望历史和审视当下之后，缓缓走向深刻的反省和勇敢的决断。

《四月》八章，每四句一章并换韵，其中四、六章同韵，二、八章同韵（据王力《诗经韵读》）。对诗人来讲，韵脚如同作曲家使用的音符，其间的呼应关系可以视为一种文本内部的有意应答。如六章"尽瘁以仕，宁莫我有"的决断，就可视为对四章"废为残贼，莫知其尤"之遭遇的回答。同理，八章的"山有蕨薇，隰有杞桋"，不妨视为对二章"乱离瘼矣，爰其适归"的回答，是在目睹天崩地裂上下失序的拔根状态之后，重新扎根，找到自己的位置，并就在这个位置上求得安宁。"君子作歌，维以告哀。"作出这样的歌，正是诗人的职责，而"维以告哀"并非徒然的哀怨，而恰恰是属于诗人的清醒，如同克莱夫·詹姆斯在谈及策兰《死亡赋格》时所说："这首歌以唯一可能的方式救赎了人类——承认这里没有救赎。"

（原载《书城》2022年第7期）

张定浩，《上海文化》杂志社编辑，中国现代文学馆第三届客座研究员。主要作品：《孟子选读》《爱欲与哀矜》《批评的准备》等；译著：《悼念集》等。

音乐之动

◎ 马慧元

　　曾经设想过一个科幻小说的主题：有一天，人类已经离开了地球（或许永远地消失，或许已经移居到别的星球），不知什么地方的一些外来生命来到地球，发掘出被尘封的乐谱，如果他们能解密阿拉伯数字和乐谱，从海量的音乐和指法、吹奏法中，这些聪明的外星人也许能考古出人类的样子，包括日常的步态和口气，甚至口鼻手脚的大小比例和操作能力。会不会这样，对乐谱、指法的深入的大数据研究，能还原一部分音乐之中的私密世界，一些"意识"，一些"心想"？当然，他们也可能完全会错意，构造出一个完全不同的人形。

一

　　加拿大西安大略大学的音乐教授德索萨（Jonathan de Sousa）的《手上的音乐》（Music at Hand: Instruments, Bodies, and Cognition）一书，讲的正是"音乐与手"，也就是音乐演奏、肢体运动和人脑认知的故事，正是我喜欢的话题。作为一个常年弹琴的人，我对音乐有另一层兴趣，就是乐器和人体运动的关系以及人脑的操作日常，也自然而然把自己当成实验品，观察眼耳和身体的合作。音乐看不见摸不着，但演奏的动作是可以看见的，乐器更能时时感知，所以对操作者来说，音乐十分具象。人体在音乐中的运动真实而复杂，人和音乐的"拓扑"关系真应该有人好好写写。

仅从键盘乐器来说，钢琴琴键的布局，大家都知道是十二个音一个周期的黑白键，但就算按平均律来调，音阶看上去也并不平均，因为总有黑白键相间，相对位置不同，对演奏者是根深蒂固的视觉提示，演奏者对之也都有深植于音乐模式的空间记忆（现在也有人发明新乐器，完全重组键盘，乃重塑世界之勇）。经常弹即兴伴奏或者经常需要视奏的人都知道，对键盘布局必须跟对自己的十个手指一样熟稔。这个学习的过程甚至有点像婴儿学步，渐渐把一个陌生的土地当成自己的家园，之后索性用键盘来思考和感受了，而有无作曲意识，对键盘的空间感也会很不同。大家都知道贝多芬晚年失聪，但既然是即兴大师，肯定保留了大量对键盘的肌肉记忆和视觉记忆。人们常说贝多芬失聪后是用"内心听觉"作曲的，但手感的作用也不应忽视，位置的提示会帮助他倾听。

在书中作者举了一个贝多芬《悲怆奏鸣曲》开头的例子，说明贝多芬的写作跟身体运动的方式紧密相连，比如其中有一个小节，两手反向但节奏相同。作者甚至用了"假肢"（prosthesis）这个概念，也就是说，琴键几乎成了手指的延伸，用中国人习惯的说法是"人琴合一"。我想这样的例子在音乐中不少，人琴合一也不限于贝多芬，甚至一个从小弹爵士的人都能做到，不过贝多芬作为传统音乐中的即兴大师，至少在部分作品中体现得更明显，音乐的进行有时就是被双手漫游的位置或者运动的快感带着走的。作者也举了巴赫的小提琴作品BWV 1006为例，说明作曲家的灵感可能是围绕手指的位置和空间上的回旋余地而产生的——我猜是不是有点类似诗词的格律，外加的限制可能是枷锁，也可能是带领，兴之所至皆可用。但事情的反面也存在，比如德索萨没有提到，让人运动得不高兴的作曲家也很多。传统作曲家里，某些时候的勃拉姆斯、贝多芬和巴赫都擅长破坏人的手指快感，不怕让手打架，甚至让手和音乐打架。双手本可流畅跑动的运动模式被乐思堵截，被生生打破，乐思如暴君一般，把运动习惯掰碎重组，在琴上的漫游变得跌跌撞撞——音乐深入、张狂到一定程度，总会折磨自我，压抑身体也反叛耳朵吧。所以就有了听起来艰深，但手指悄悄开心所以也不怎么难的音乐，以及听起来音乐不密集但双手郁闷，摆放得别扭，从而极难学习的音乐，所谓受累不讨好也。

书中还有一个钢琴家郎朗的例子，来源是郎朗自己放在YouTube上的一个幽默视频：右手握着橘子跟左手一起弹肖邦的练习曲Op. 10之5（俗称"黑键"）。虽然是玩笑，橘子也不可能弹得太准，但曲子还是一听就知道。作者举这个例子，说明肖邦这首练习曲充满调性感不说，右手全部在黑键上（只有一个音除外，所以我怀疑郎朗用橘子碰不到那个还原F），正好也特别适合橘子之滚，只要某些关键音抓住了，听上去就有个大致的轮廓——试想，如果是在弦乐器上，还有可能用橘子滚出旋律吗？乐器之"器"，各有所容。

谈及与音乐相关的运动（包括发声体的振动、人体演奏乐器的运动和人脑运动皮层对音乐的反应，等等），话题实在大到无限。比如我家窗前正对着喷泉，平常流动的水声就是怡人的音乐——人类从滴水中听见音乐，从风中听见音乐，从鸟鸣中听见音乐，在种种自然发声体的启发下觅得制造音乐的可能。从人声这种自带的乐器，到鼓、铃这些跟日常发声体相去不远的乐器，再到从无到有地造出管风琴、小提琴、长号等极为复杂的、"不自然"的乐器，人跟乐器的关系亲密到它入侵了人的大脑，黑客般地重写听觉和振动的关系。我有个大胆的想法：人是活在大脑中的，人脑能综合处理的信息就是这个世界对个体来说的一切。这样说来，人只要躺在床上不断妄想就可以过一生了？不然。个体人脑还是需要外界（包括别人）去检查它，给它反馈，才能喂养大脑的幻觉有机生长下去。人对艺术的制造和欣赏尤为如此，纯物理性的听和看只是大脑接收的听和看的一小部分——因为各人有记忆、有预判，注定每人收到的信息不同。人脑主动地为自己制造养料，当然也需外界来持续它。仅就倾听而言，人几乎是用全脑，包括运动神经中枢来听的。

德索萨本人是音乐教授，也常常演出，他总结自己这本书最想说的就是：科技打开了更多的音乐中行动和认知的可能性（Technics open up possibilities for musical action and cognition）。音乐是用身体和大脑一起演奏的不用说，但它也需要身体和大脑一起听。

二

神经科学家已经观察到，人在听音乐的时候，听觉和大脑运动皮层体现出合作；而默想音乐时，哪怕职业音乐家，大脑都没体现这种协作。所以，物理性的音乐存在与否，大脑的活动有本质的不同；大脑再神通，也不能完整再现对声音的想象。至于身体、精神、听觉在音乐中的协作联系和比例，当然很难量化，音乐家和不同的文化视角有不同的认知。有人认为音乐连记谱都不必，现场感就是一切，尤其是人与人之间的互动不可复制；另一极端是加拿大钢琴家古尔德那样的，认为音乐可以是精神性的，演奏都不必要，读就行了。他自己还真是，看看谱子就能背下来。说到这里，巴赫的杰作《赋格的艺术》也体现了这样的极端。用钢琴弹，声部安排困难，根本不可能都听清；羽管键琴上也好不了哪去；在管风琴上呢？多了脚键盘一个声部，还能安排不同音色，按说清楚多了？非也，低音声部理论上可以用脚键盘演奏，但有些段落过于密集快速，位置也有悖演奏习惯，对脚极不友好，最后还得用手；弦乐四重奏呢？声部确实都清楚了，但原作有强烈的"键盘感"不说，四件乐器强行稀释原本高压的音乐，该有的声音是有了，但那失去摩擦感的音乐又有点不对劲。更不用说这个作品由多个赋格、卡农组成，各有特点，没有一个乐器能普适于全作。是不是可以这样说，这是一部在精神上适合单个键盘乐器，在技术上则只能由多个乐器实现的作品？既然在这里灵肉对立，音乐家干脆把它当作私人音乐好了，不跟观众分享，只弹弹读读片段，只当作从业者之间的对话。古尔德可能不会反对，他录了这个作品，但只取了几段，有的用钢琴，有的用管风琴——把音乐家逼到这种反音乐境界的人，也是只有巴赫了——如果是别人写了任何乐器都演奏不好的音乐，这叫"不了解乐器特性""不会写""不合理"，换作当代，演奏员早把谱子扔到作曲家脸上让他们去改。但奇诡名作《赋格的艺术》因为在作曲上自成一格，居然就在这些可能的舆论中站住了脚，让人去主动寻求表现它的办法，甚至生出许多神话。巴赫作品在乐器选择上模糊两可的作品并不少见，不影响它们吸引人去尝试和寻找。作曲家和演奏家在话语权上的互动，可见一斑。

德索萨博士举出不少例子，比如音符有时候升降八度，听上去和声大概还是那个，但会影响演奏者的身体位置，指法也跟着变，音乐的走向也可能改变。这在巴赫作品中俯拾皆是，尤其《赋格的艺术》中的几段卡农里，看上去主题原样照抄，身体和手指则要重新摆放。至于移植到不同乐器上，动作、空间感对音乐的影响就更大了。仅从我自己的经验来说，巴赫把很多康塔塔中的段落改编为管风琴，不仅合理，还比较容易，因为管风琴能演奏较多的声部，而且天然能模仿歌唱。尽管如此，一段为多人声音所作的合唱，紧缩到单个键盘乐器上，尽管声音仍然在整个空间中鼓胀，其操作则从众人的蓬松气场化为单人手脚动作最小化的紧致呈现，那么背后的叙事也就迅速换了一帧。有人居然把改编到管风琴上的版本再转到钢琴（如《舒伯勒众赞歌》的钢琴版），其气场更是完全认不出。音乐的改编本身就有这样的内涵——从一种空间换算、映射到另一种空间，乐器变了，讲述的

"形状"也变了。跟翻译一样，一种乐器背后有自己的文化，直译已经奇奇怪怪，转译更不知所云。巴赫著名的"一把琴拉出一个世界"的小提琴曲《恰空》，改编成钢琴版之后全然换了一个世界，线变成点和块，变得花团锦簇，变成爆炸的蘑菇云，气质全变，音乐也仿佛来到另一个世纪，人和乐器的关系也得收拾重组。人和竹子、木头，跟钢铁、塑料，就能这样亲密互动出无数种立体的关系。

巴赫自己，不仅把许多乐器的表现力推到极致，逼人去演奏不可能的东西，据说还设计了一些新乐器，比如"琉特羽管键琴"，既能拨弦，又有键盘，还能控制音量，改变音色，实物未能传世，不然又会创造怎样的键盘新体育？德索萨博士虽然能玩许多乐器，但我猜他没弄过特雷门（Theremin）这个东西，不然其音乐认知研究又会多些好话题。要说依赖身体的空间感，恐怕没什么乐器能赶上特雷门，要说乐器的科学性，它可以说是物理学的直接产物：两个感应人体与大地的分布电容的振荡器，各自负责振荡的频率与振幅变化，其中圆形天线负责音量，手越靠近，音量越小；垂直天线调节频率，手越靠近，音调越高，这些距离要靠记忆。诡异之处，在于手在空气中"弹奏"，活脱像表演气功或者打太极。

发明者特雷门（Leon Theremin）是苏联物理学家，在美国，为自己发明的种种电子乐器搞巡演，当过间谍。回苏后，在莫斯科音乐学院教音乐，在莫斯科国立大学声学系教物理，进过古拉格实验室（sharashka），也给克格勃做过事——九十七岁的一生传奇早已被写成书。

特雷门作为一种早期电子乐器，发明者自己还真指挥过一个乐队。有意思的是，弹巴赫的大家之一、美国钢琴家图雷克很喜欢特雷门，当年在朱莉亚音乐学院上学的时候，就被这种乐器吸引住了，后来不仅结识了特雷门本人，学了这个乐器，还在卡耐基音乐厅等地跟小乐队演奏过。据说她终生都对特雷门颇有兴趣，大概也符合她认为"巴赫可以在任何乐器上演奏"的哲学。

特雷门这种乐器诞生于二十世纪二十年代，红极一时。被禁后没有再杀回市场。我妄做猜测，也许是因为特雷门无法塞入任何音乐文化框架，也许是因为它太"科学"了，没什么文化的空间——我自己玩过两下，是在科学博物馆。目前也有专家，但极为小众，曲库也小，多为熟曲目的改编——虽然它的音色很美、很独特，有点类似中国的二胡，也可以接近小提琴。试着想象一下这样的画面，假如它真的进入时尚：一个高端的特雷门演奏家，手指关节运动和手掌跟天线的距离都有千万次的练习和精准的控制，因为身体任何微小动作都会触发音乐的变化；甚至可以包装一下，成为新瑜伽、新禅修，以及全身运动、音舞合成的艺术大全，那么无论何种语言，"弹""拨""吹""敲"这些动词都不适用了，新语言会呼之欲出，对演奏者的所谓"先天条件"的要求也不会像钢琴弦乐那样"手指长，手掌宽"之类，而变成一种大家目前还猜不出的需求或者是一种综合性需求，比如"空间记忆"。可是这些都没有成为事实，有人说特雷门太难演奏，所以将人拒之门外——可是对知难而进并且炫技成瘾的音乐家来说，难从来不是问题，关键是它在音乐上并没给人足够独特的产出。之后的电子乐器越来越丰富，它只能充当其中一个小小分支了。

后验地看，特雷门赶上了这个时代，可是又错过了它。但把它放在音乐和运动的维度里看，音乐是运动的仪表，运动是音乐的倒影，这简直是人体和音乐超越物理接触的一场精神恋爱。

对了，物理接触。德索萨和研究"乐器学"（Organology）的学者们提出几种把乐器归类的方法，除了传统的按发声原理分出的拨弦发声、击打发声、管状体发声（管风琴和其他管乐器）、自发声（铃铛）等，或者用较复杂的控制论（cybernetics）画出的图表，还有更有趣的分法，比如分为人体持续提供音乐物理能量的（用手拉、拨，用嘴吹的都算），和人体激活乐器后，只提供控制的，典型如管风琴，手指在键盘上小有动作，巨大的音管靠鼓风机持续发声，所以一个音可以长到无限，如果需要的话，低音持续几十小节都可以，这跟钢琴相比简直就是作弊。

当然，提供能量和提供控制也常常体现在同一种乐器上。比如钢琴依靠手指击键提供能量，但不单独发声的脚一直在踏板上控制音乐。电子乐器比较特殊，也应归为后者——特雷门更是。也有人把人和乐器之间无介质，也就是直接拨或者吹的分为一类，其他用琴键、琴弓等间接控制的另成一档，而"间接度"还可以量化出来。用这样的方式去看乐器，在我看来可谓新奇而极有启发。因为人怎么镶嵌其中，怎么指挥机械设备输送能量，怎么分配全身的运动，技艺主要往哪个方向发展，就自成一个深远的话题。

三

我选神经科学课的时候，老师讲到人体的各部位的感觉，一定在脑区中有相对准确的映射，以至于可以在大脑的感觉皮层（Primary Somatosensory Cortex）中画出大致人形。老师说，"不过那不是达·芬奇，是类似毕加索的绘画"。

这就是神经科学中著名的"小人图"（拉丁文：cortical homunculus），也就是人脑感官皮质区（位于中央沟回后面的窄窄一条）和身体部位的对应。图中，舌头和手极为硕大，因为来自舌头和手的神经在皮质中覆盖了较高比例的区域。这个感官小人图注定是一个毕加索式的肖像画——假如我们以皮质区的感知密集程度来画图，世间风景恐怕也会大不同吧。其实，人类历史的绘画已经体现这种"不成比例"了，毕竟绘画和各种视觉艺术的题材并非均分于世间万物，假如以大数据来统计"绘画中的世界"，也许就能看到一个凹凸不平、"忽大忽小"的地球图景。

随科学发展，科学家也发现了感官小人图的可议之处，比如人体的感知和脑区的对应，可以在后天训练中改变，不过它大体还是准确的。跟感觉皮层不同的是，运动皮层在大脑皮质中若要对应出一个"小人图"，也就是大脑运动皮层（大脑中央沟回之前的一窄条）对应身体部位，会面临更大的不精确和争议（大致的对应是存在的，也有人画出"运动小人"，但我以为在科学上不严谨）。人的肢体运动部位和大脑运动皮层相对应，其缺失和重合更多，这也正体现了人脑的可塑性，比如在后天训练中，神经回路可能重新连接（rewire）。这个可塑性，给人带来了惊人的潜力，某种意义上可以说是人类训练自己身体的根本，从中风病人的康复，到运动员、杂技演员、舞蹈家的"非人"技巧，再到音乐家的精细控制，处处是大脑和身体先天条件加后天训练之后的复杂交互；而所谓灵与肉的二元之分，在人类对自身认识不断精细化的过程中，已经被模糊了。

谈到运动，谈到训练，乐器演奏足可在神经科学中独占一支。本书也提到多种乐器的运动特性，比如演奏管风琴需要手脚齐动，犹如"用身体思考"。细看下来，脚比手还是有更多局限，所以脚键盘音符通常比较简单，但大脑显然要实时规划脚的动作，包括在双手繁忙的时候准备脚的下一个位置，这个准备本身，要被大脑记住。我认为音乐和人的关系还远远不止这些，这也就必然指向神经科学对人脑的了解。我常想的一些普通问题包括：为什么有些人的弹奏能如此快速且准确？我不会满意于"勤学苦练"这种包治百病的解释，但细追就里仍然会进入死胡同。深入琴上任何一个动作，总会发现它能被细分成若干环节，涉及各个脑区（比如脑顶叶，让人在视觉指引下纠正手的动作）。还有，为什么有人能弹出更细腻多样的音色？为什么有人能吸收复杂的音乐结构？为什么有人能记忆更多的音乐？笼统地说，答案仍归结于耳、眼、中枢神经系统和肌肉的共同合作。我认为这里几乎藏着大脑工作的全部秘密，谜底未知，但每隔十年左右我们的理解总会有个小小飞跃。

在德索萨之前，我读到另一本很有意思的书，也是被他多次引用的《音乐和具身化认知》（Music and Embodied Congnition）。

这本书的作者考克斯是美国欧柏林音乐学院的教授，主攻音乐认知。书中《音乐效果》（Musical Affect）一篇这样开头：

阿里：人可以做任何想要做的事情，这是你说的！

劳伦斯（拳头敲打自己的身体，这正是决定他要什么的家伙）：是的——但他并不知道自己要什么！

对白来自电影《阿拉伯的劳伦斯王子》

一语道破认知学的出发点。如今人类活动已经高度自动化，但文艺和体育目前还以"肉身"为主，遵从古老的法则。虽然我非常相信神经科学和物理学揭示音乐秘密的力量，但科学家一定能给音乐家提出好的作曲和演奏建议吗？有可能，但未必。音乐在人类中存在了至少几千年，单是某种传统乐器诞生以来的时间，已经给人充足的机会把种种招数试得透彻。不过这不会挡住科学家们自作聪明，格物致知，跟音乐家不一定殊途同归，偶然歪打正着。音乐跟乐器的局限相关，更跟人体的局限相关，比如手的跨度、移动的速度，肺活量，等等，即便拥有了无穷大的乐团，又要面临协作的新挑战。我甚至觉得，用一种乐器的音乐，可以在大数据基础上，画出一个"云小人图"，边界有多层，不精确但能示意音乐之中的人身之动。人身的局限和障碍，对作曲是一种指引，似乎也是一种哲学意味上的屏障——虽然多少年来，作曲家强拽着演奏家扩大技巧，把不能变成可能，演奏家则拍拍胸脯，渐渐地，曾经只有大师能弹的东西，十六岁小朋友都能玩了。不过，世界的变化已经很难预测，有朝一日因为乐器操作简化也好，发明出机器人代替人弹琴也好，我们连这个限制都没有了，"小人图"失去轮廓，音乐世界会变成什么样？有了日益细腻丰富、空间无限的电子音乐、计算机音乐，有了算法生成的音乐，肉身的限制可以完全去除——人想要的太多了，了无羁绊。目前我们仍然有远古大脑和远古身体，有着局限之下的舞蹈和体育，我相信音乐之乐离不开人的运动和人之间的气场。至于灵与肉之二元对立——用德索萨的话来说，是认知（cognition）和感受（perception）的对立。很难说现代科技会不断强化还是逐渐模糊它——也许，灵与肉会彼此穿越进出，循环往复。

（原载《书城》2022年第3期）

马慧元，知名乐评人，管风琴手，生于天津，现定居加拿大。职业为软件工程师。主要作品：音乐评论随笔集《管风琴·看听读》《音乐的容器》《星船与大树》等。

静而不寂 默而有声
——小津安二郎的艺术视角

◎ 赵荔红

　　"我很早就下定决心坚持不改，因为只要你坚持一种意念，就会有追随者，即使发行商也一样。"说这句话的是法国导演侯麦。他一辈子，都在拍"同一部电影"，同样的题材、手法、意念，从不厌倦，无视批评者。"是否因夜莺总唱一首歌，才这么受人赞美？"布列松如是说。同样"偏执"的，还有小津安二郎，总在拍老一套电影，从不尝试改变风格，他说："我是开豆腐店的，做豆腐的人去做咖喱饭或炸猪排，不可能好吃。"（小津《我的毛病》）

　　从《晚春》开始，"小津式的"电影风格开始形成、奠定。这种"小津式的"电影风格，在拍摄手法上大致归结为：少用特写，小津更愿意交错使用远景、中景、近景镜头，通过营造氛围，来传达人物情感。不用淡入淡出，理由是，如果机器设备不好，这种手法容易抖动，小津极端追求画面的简洁清晰、干净洗练。不喜用蒙太奇，蒙太奇有导演强烈的主观意图，小津更注重影像的真实性，让电影语言自然而然展开，人物情感水到渠成流露。并置而非交叉的视线，小津认为，只要将人物放置在同一个场景中，观众会加入到对影像的理解、意会与共鸣，所以，并置也好，视线交叉也好，观众自然而然会认为他们是在对话，而非自言自语或旁白。固定机位，少用移动镜头，这使小津电影好似连缀成卷的浮世绘或中国册页。低机位低角度仰拍，画面由下往上构图，小津自己说，这是为了忽略满地难看的电线，保持画面的极端干净；仰拍还有一种戏剧舞台效果，观众与导演一起，趴在榻榻米边缘，向内观看榻榻米上人物的悲欢喜乐，好似从"第四面墙"，观看戏剧舞台上的表演。

"小津式的"拍摄手法，是与日本审美、影片内容、电影观念融为一体的，别一个导演依样画瓢，却可能弄巧成拙。其实，小津电影的全部，音乐、色彩、布景、剪辑、格调、情绪、叙述、主题思想、剧本写作、演员挑选，等等，无不体现出"小津式"风格。小津的影像，静而不寂，默而有声，如平宁湖下的暗流，肃立高树颤动的叶片；影像间的留白，生出余韵，如涟漪一圈圈向外不停歇地荡漾；又于明朗的色调中呈现离散、死亡、生命的不可知。

流　动

由于固定机位拍摄，小津电影不像西式小说，有立体结构，倒像是中国的章回体小说，独立成章，又可连缀成卷。好似一帧帧浮世绘或中国册页，单个影像，有自足性，影像之间又相互联系。那么，是什么让散落的册页流动成长篇卷轴？是影像间的诗性连接？是时间的线性流变？是人物命运的发展？抑或是故事情节的内在推动？

小津常以空镜头上承下转，完成场景切换。空镜头，还有其他功能。

开场空镜头，多交代剧情发生的背景或地点。《东京物语》开始有两组空镜头：第一组在尾道海边，轮船马达声中，孩子们行过街道，鳞次栉比的屋宇，波光粼粼的海面，一艘轮船缓缓驰向远方，正此时，一列火车汽笛长鸣，切开城市腹部，向远方奔去，中景是山岗上一幢掩映于松柏间的传统民居，依山傍海，正是父母亲的居所，这一组空镜头后，是父母收拾行李准备去东京；切换场景，第二组空镜头是东京：灰蒙蒙天空下的东京江东区，巨大烟囱喷吐着黑烟，沿着荒川河堤修建的电车车站，纵横交错的难看的轨道与电线，电线杆上挂着"内科小儿科 平山医院"招牌，河堤下飘晒着几杆衣裳，两个孩子小小的身影。这两组空镜头，将诗性安宁的尾道，与破败疲敝的东京作对比，为兴冲冲前来东京看望孩子、终究彷徨失望回到尾道的父母，设定了情节背景。

通过空镜头完成空间的转移和时间的流逝。《秋日和》开始有三组空镜头：第一组是寺庙外，铁塔的近、中景，寺庙台阶上坐着老人孩子；音乐响起，参加追思会的秋子母女及朋友们在寺庙茶室休憩，钟声响，追思会开始；第二组空镜头是寺庙茶室，茶室内的全景，茶室的不同角度，吊灯、白水壶、杯碗错落有致，诵经声中，切到寺庙走廊，草绿席垫，静静垂挂的竹帘，木格格门窗透漏着暗哑光线，水光潋滟反射在玻璃门上；切换场景，第三组空镜头：夜色中的大桥，桥下隐约驰过火车如长虫缓缓蠕动，近景饭店走廊顶头墙上挂着一幅画（一座大桥），水光潋滟打在墙上，饭店走廊中景，侍女穿行，笑声从包房传出……三组空镜头，交代两处地点——寺庙与饭店，水光晃动，说明两处场景都在河畔，从午后追思会，到夜晚朋友聚饮，时间已然流逝。小津不惜笔墨调动空镜头，完成场景的转移与时间的流逝，酝酿氛围与情绪，蘸足了墨水，接下来，人情世态的抒写，不过是顺理成章罢了。

空镜头有时又能使时间停滞、延宕。《晚春》开场，先是点明故事发生地的一组空镜头（北镰仓火车站，月台、栅栏、信号灯；钟声，车站内的设置；更近的画面）；然后是俯拍的寺庙屋宇；又一组空镜头（寺庙茶室，庙宇柱下的石头，花草轻轻摇曳在阳光中，鸟鸣声，阳光照耀的亭子）；音乐始终贯穿，再次回到茶室，茶道仪式开始；又是两个空镜头，颤动摇曳的花草，山上的树木。反反复复使用空镜头，形成时间的延宕、人物出场的迟滞，让观众尤其渴望、关注纪子的出场。人物出场，情节展开，时间线性流淌，不断切换空镜头，打断叙述，阻滞时间的运动，就好像人在滔滔不绝说话时，一个咳嗽，一个笑声，一个眼神，稍稍阻滞一下，让思维有了短暂停顿，多了点反思意味。

通过空镜头完成场景之间的切换，将一个个独立影像串联起来。但小津的空镜头，空而不寂，静而不止。其中，有什么在悄悄流动——

有时是水光激滟。《秋日和》中，寺庙茶室，大桥桥身，饭店走廊，家里的过道、楼梯、移门，都有水光闪动。激滟水光，似语还休，静而不寂，传达某种不确定情绪，对人与事无言的评说。小津出生于江东区，是东京郊区，沟网河渠密布，有隅田川流经、注入东京湾。横跨在隅田川上有永代桥、青州桥等，阳光灿烂的日子，水光反射在桥洞、桥墩上，沿河的房子，水光映照在墙壁、屋顶、楼梯、移门上，熠熠生辉，流转着生机。这种场景，给小津很深的记忆，水光闪动，成为小津电影不可或缺的元素。

有时是通透的光线。《晚春》中，阳光倾斜，在移门、窗户几经折叠，投入室内，由于是黑白片，光线显得特别透明，与格格窗、白色窗纱、窗前的花草，以及门窗外被光线雕刻的颤动的竹枝影子，形成一种空而不寂、不动如流的感觉。在貌似静默的空镜头中，微妙难言的情绪，悄悄传达。

有时是色彩。《彼岸花》中，一把红色水壶，让素朴的房间流动起来、温暖起来；《秋刀鱼之味》中，木色玄关，二楼走道，都有一把藤靠椅，绿色椅垫是点睛之笔。《小早川家之秋》中，居室走道上方悬着一盏蓝灯，光线柔和，一家子围坐谈笑，紧接着，父亲突发心肌梗塞，空荡荡的起居室，蓝灯光芒是清冷的。《浮草》是将黑白片《浮草物语》重拍为彩色，小津充分发挥他的色彩语言，歌舞伎和服、舞台布景、店面招幌、剧团旗帜，设色鲜亮，明艳不俗，白色雨帘中，一把红伞，小津真是偏好红色。

有时是流动、行走的人。摄影机安放在居室过道、酒店走廊、公司走道尽头、巷子深处，向外拍摄。主妇在过道走来走去做家务；侍者、佣工在酒店走廊穿来穿去；职员或访客穿过公司走道，拐弯、敲门进某个办公室；巷子两边的酒吧，人来人往、进进出出。《早安》中，摄影机放在两排屋舍之间，沉静的空镜头，可以窥见高于屋舍的大坝上，孩子、大人行过大坝，出画，再入画时出现在排屋之间的过道，一上一下两道平行线，人在镜头里进进出出，呈现出静谧的流动感。《秋刀鱼之味》中，空镜头是一幢居民楼房，家家户户阳台上，主妇们忙着拍打被子、晾晒衣裳，五颜六色的被子衣裳，富有生气；夜晚降临，黑暗大楼里每个发亮的窗口，人影绰绰，充满动感。还是空镜头，此时，流动的人成为了背景，似乎是一棵大树上颤动的万千叶片。

有时是声音。声音，在空镜头中，产生微妙的流动作用。轮船的马达声，火车远逝的汽笛声，站台钟声，火车撞击铁轨的声音，寺庙里的钟声、木鱼声、诵经声，阳光下或细微或清脆的鸟鸣声，公司里蚕吃桑叶一般的打字声。在所有的声音中，最动人的是人的声音。《秋日和》中，场景从寺庙转到饭店，饭店走廊的空镜头时，一阵笑声之后，人才出场。

有时是音乐或歌唱。固定机位拍摄方法，让小津的有声电影带有默片的味道，对白也似乎可有可无，不过是些"今天天气真好啊""你好"之类的"废话"，对剧情并不产生多大影响。他更注重酝酿氛围与情绪，让影像流动起来的，是上述的光、色、声音等等。还有音乐。音乐在转换场景、渲染氛围、引领情绪、表达时空转移时，至关重要。小津每部电影，一般会有一首主导音乐，中间还会穿插歌唱。《彼岸花》中吟唱的古诗；《秋刀鱼之味》中的海军军歌；《长屋绅士录》中笠智众一段又一段唱着歌谣；《晚春》中能乐的表演与吟唱；《早春》中，每个场景的切换，都是通过不同的歌声来完成；《东京物语》中，小学生的歌唱，与妻子刚刚离世的孤单老人，形成对比；《秋日和》中，绫子出嫁前与母亲最后一次旅行，窗外女学生的歌声有时间流逝的怅惘与悲伤；《麦秋》结尾，女儿远嫁秋田，老夫妇前往乡下，一队送亲队伍穿过成熟的麦田，歌声缓缓飘来，微风拂过起伏的麦田……

由于采用固定机位拍摄，不独独是空镜头，有人物活动的镜头，一帧一帧单独看，显得枯燥、静默；仔细品味，静而不寂，默而有声。小津通过诗性的剪辑，将那些独立的"静默"的镜头富有韵律地串联在一起，使之流动起来。佐藤忠男说，小津镜头的韵律或涟漪，不停歇地、富有节奏地荡漾下去，在绵延不绝的跃动中，呈现出动人的、微妙的氛围。借助一帧帧胶片的流动，小津抒写人情世态的悲喜。

留　白

从一个影像运动到另一个影像，从这个场景切换到卜一个，之间会有留白。小津的电影构图，受东方绘画影响，尤其深得"留白"意趣。中国山水画，山水间大片留白，可想象留白处是云气蒸腾、水绕山行，或是轻舟长逝。不必将物事填满纸面，观者参与了创作，这种"再创作"因人的不同想象而呈现出不确定性。小津也擅长留白，让他的电影意味深长、口齿留香，他说："我想留白会让人回味不已。这种感觉，懂的人应该知道……"（对《麦秋》的点评）

首先是故事情节的省略。小津式的风格是：侧重表达情感之微妙，不喜过分戏剧化；关注场景细节、酝酿氛围，忽略故事情节发展。小津的剧情是跳跃着前进，留白的情节，需要观众的想象补充。

《早安》中的两个孩子，小勇与小实，为了父母不买电视机赌气，一直不说话，这个过程酝酿了很久。突然，电视机就买好了，出现在走道上。父母买电视机的情节被省略了。小津的重心是放在战后日本物质短缺、生活困顿上。两个孩子不说话，这不具有情节性的事，在小津这里反是重要的，他想表达的是，那些貌似无意义的语言，在家庭伦理、人情关系上起着润滑剂的作用。《秋日和》中的社长（左分利信饰演）一心想给绫子介绍公司里的年轻人，被拒绝，某天在咖啡馆，忽然看见这对年轻人：他们是什么时候开始有好感？什么时候开始约会？社长被蒙在鼓里，观众自然也不知道，小津一任情节缺省，却转向叙述绫子与母亲的旅游。绫子出嫁，原该是剧情的高潮，小津恰恰又省略掉出嫁的过程，只以一个结婚照场景作代表；场景切换，房间墙上挂着一件脱下的礼服，就表示婚礼结束了。小津的视线是落在母女关系上，女儿出嫁后，母亲的孤单寂寞。《彼岸花》中，一个年轻人跑到父亲公司里，宣布与他女儿恋爱，请求结婚。父亲感到非常突兀，回家问妻子："你对此事一无所知吗？"小津无意于再去交代女儿与那青年的恋爱过程，他想要呈现的是，父亲在面临女儿突如其来的自由恋爱后的态度，父女之间从紧张到和解的过程。

《晚春》中有两处情节省略是很典型的留白。第一处是：纪子在银座，遇到父亲的朋友小野寺叔叔，纪子说要去买缝纫衣针，但购买过程全部省略，只以一句对白"在哪儿？走，走"就完成了；一起去美术馆看画展的情节也省略掉，只以一个美术馆外观及展览海报的画面，就交代过去了；切换场景，是纪子与小野寺坐在酒馆聊天，对叔叔再娶，纪子指责他"不干净"，又嘲笑地补了一句："你肮脏得很呢！"这段暧昧的对话，才是重点，为后面表达纪子与父亲的微妙情感做一个铺垫与反衬。第二处被省略的情节是：父亲的助手服部即将结婚，邀请纪子去听音乐会；切换镜头，是服部坐在音乐厅，边上位置空着；再切换，纪子独自走在高楼林立的街道，夜灯下小小的、孤单的身影……如果直接交代纪子拒绝服部的邀请，就毫无余味，省略掉情节，用几个画面，呈现出纪子的犹豫，与服部间暧昧的不确定的情感关系——是男女间的吸引与诱惑，抑或是兄妹般的友情？与另一个人结合的可能性，命运的错过，时间的流逝与怅惘，每个个体的孤单感——种种情绪，在几个画面的留白中，任凭观众自己去想象填充。紧接着，是父亲以为纪子与服部两情相悦，纪子与父亲的对话，延续了情感的暧昧性、模糊性、不确定性：

纪子：服部先生就要结婚了，早已定下来了。

父亲：……是吗？

纪子：女方很可爱，可漂亮了。首先她比我小三岁呢……

父亲：……是吗？……

在这段对话中，父亲重复"是吗"两个字，好像是对服部与纪子姻缘的错过，很是惋惜，为时已晚，深表遗憾，又似乎对纪子的说法表示怀疑，不确定。纪子拿自己与服部未婚妻做比较，"小三岁"，似乎无意中暗示自己对服部的确动过心。这让观众回忆起他俩一起骑自行车去海边的动人情景，以及上面听音乐会的犹豫不决。小津在此，不是通过情节，而是通过几个画面、几句对白，展现情感世界的复杂、微妙与不确定性。被省略掉的情节，通过观众的补白，既能够衔接剧情，又洗练却富有韵味地表达微妙的人情关系。

除了情节省略外，通过留白，小津在完成了对可见影像的叙述的同时，也完成了对不可见影像的叙述。

《东京物语》中，父母亲到二媳妇纪子的单身公寓去，从书柜上，母亲拿起战死的儿子昌二的相片，纪子说是战争爆发前一年在镰仓拍的，母亲含笑对父亲说："脸上的笑容真灿烂啊……"父亲说："唔……这张也歪着脑袋呢。"母亲说："嗯，是这孩子的习惯。"小津没有给相片一个特写，面容模糊，昌二在此处是缺省的。但是，通过老两口的念叨追忆，通过纪子寂寞、忧伤的神情，昌二似乎被呼唤出来、活生生存在着，小津借助亲人的叙述补白昌二，同时，让观众也参与到对昌二形象的塑造中。

接下来，老两口从热海温泉旅馆返回东京，却无法待在大女儿家，只能流落街头。老人走到上野车站桥上，俯视着东京这个现代城市，父亲喟叹道："东京，真大啊！"悲伤而迷惘！阳光分外灿烂，勾勒出老两口彷徨的背影。此时，小津没有给东京城一个俯拍的远景或中景，只让镜头对准老两口俯视的背影，东京城的留白，需要观众去想象，似乎这个东京是无法被语言描述的，其庞大如海洋，人孤孤单单地漂浮在海洋中，一不小心就失散了，就沉没了下去。

影片结尾，小津常用一些空镜头，达到留白效果，增加电影的余味。

小津很看重电影的余味，所谓"余音绕梁，三日不绝"。他说："我认为，电影是以余味定输赢。最近似乎很多人认为动不动就杀人，刺激性强的才是戏剧，但那种东西不是戏剧，只是意外事故。"（《东京新闻》1962年12月14日）小津一生崇拜志贺直哉（《东京物语》的故乡是尾道，这是小津向志贺表达敬意吧？因为志贺是尾道人），他说："见到志贺先生时，经常会有一种说不出的清爽的余味，而且这个余味还会残留一段时间，有一股凉爽的风打我心中吹过。"

《晚春》中，纪子终于盛装出嫁了。婚礼过程被省略掉，仅仅停留在父亲陪同纪子离开闺房的瞬间，就完成了。此片最有余味的是，姑姑拎着纪子的皮箱，与纪子、父亲一起离开闺房的瞬间，突然回转，绕着闺房，走了小半圈，这才犹犹豫豫地出门……姑姑迈着小碎步绕了半圈，茫然地看着纪子的闺房，似乎没看什么，却不胜流连，这个房间的主人，再也回转不成一个少女了，似乎要留下什么，又不得不离去。此处姑姑的绕了半圈，余味绵延。接下来，是几个空镜头：纪子用过的立镜、凳子，静静地摆在靠窗位置，清冷地反射着窗外风景，无声地诉说着，人去楼空，女儿出嫁了，只留下一面空镜子，还有孤孤单单的老父亲……

留白的余味，如此绵长，好似云泉大极的诗：

采下梅枝置瓦罐，
纵使花苞仍未绽，
春意已盎然。

164

明　朗

在一篇文字中，我说："川端康成，即使在少年的明朗欢喜中，也含无尽之哀思；小津，就是呈现老年人的哀伤孤寂，也带一分明朗幽默色调。川端也罢，小津也罢，虽各有偏向，但都具有东方美学的克制、隐忍、简洁。"

小津安二郎被认为是个"矛盾"的人。他个头高大、体格强壮，喜看拳击、棒球、垒球赛，而电影主人公往往是个文弱的沉默寡言的知识分子；小津一生未婚，电影拍的尽是家庭伦理、父母兄弟女儿的日常琐事；他幽默诙谐、喜欢与朋友聚谈，拍电影却固执己见、严苛守旧。小津还善饮酒，他说，"《浮草》是一部杰作，看厨房成排的酒瓶就知道了"；写《东京物语》剧本时，他与野田高梧一起喝掉了80瓶酒；战场上，随时可能死亡，他说不如醉醺醺地死掉，倒来得爽快。

就个人性情上，小津偏明朗幽默。就审美上，他喜欢中正平和均衡。他不喜欢过分阴郁、过分残酷、过分激烈，不喜欢把一切推演到极端、激进，他对情感的处理、看待生命的方式是流动的、自然而然的，色调是明朗温和的。他不喜欢夸张、言之凿凿，而喜欢留有余地、保持一种敞开的不确定性。他的镜头，空无却不寂寞，静谧而不抑郁，有情却不沉溺，喜乐而不放纵。他试图通过细小之物、微小之事、日常生活、平凡人家，引发对人生、生命的思考，寄予幽微之情，传达一种仁慈之哀、易逝之乐。

在处理人物微妙情感时，小津的手法是委婉、曲折与节制的。格里菲斯采用特写表达人的情感变化，这种所谓的固定文法，小津并不很认同，他说："我觉得悲伤时用特写强调未必有效果，会不会因为显得太过悲伤而造成反效果？我在拍摄悲伤场面时反而使用远景，不强调悲伤——不作说明，只是表现。"伯格曼的《呐喊与低语》中，一个密闭空间，几个人物，一个个脸部特写叠加在一起，固然演员演技精湛，情感冲突激烈，却也有让人喘不过气的感觉。小津恰恰相反，当他要表达悲伤时，镜头不集中在演员的痛苦表情上，反而切换到中景、远景，拉开一段距离，似乎为了逃避痛苦，反而说一些无关紧要、含混其词的话，甚或以一种轻松语调说话。

在表演上，小津说："我也不愿意使用催泪的方式，而是希望演员自然地感伤。"他希望演员用心理解角色，精确自然地表达情感，不要求演员表演得像什么，而应该"是"什么，以为这才是"逼真"。在用音乐表达情绪上，小津又说："不喜欢悲剧就用悲伤的旋律、喜剧就用曲调滑稽的选曲。我希望用音乐做出双重的感动。有时候，悲伤的场面衬以轻快的曲调，反而更增加悲怆感。"（《电影没有文法》）在场景设置上也持同样观点，比如《浮草》里，当父亲发现儿子被剧团的歌舞伎勾引，极端震怒、悲伤之时，呆呆站着，却有花瓣从空中飘洒下来……小津喜欢的，"不是单纯的悲伤，而是笑中带着悲伤的微妙复杂的感觉"，这种笑中有泪、泪中含笑的感觉，刘别谦、卓别林、蒙塔·贝尔的电影中也存在。

小津式的明朗，更是他的精神取向。他亲历战争的残酷，看见太多的死亡，反而热爱明朗的色调，想拍摄一些能够长存的、永恒的、值得肯定和赞美的东西。他说："我在战地是吃了点苦头，多少会有改变，但我多半不会拍阴暗忧郁的片子。就算是阴郁的片子，我也想在其中追求快活开朗，在无比悲壮的基调中加入明朗。""说艰深一点，就是抱着消极的精神无法拍出战争片，必须肯定一切，从中呈现人的强韧。也就是说，哭哭啼啼的话就无法豁出性命而战，需要勇气，需要被打倒了还能够站起来的气魄。用电影述说这一点时，需要救赎，需要有对未来的希望。""我不会选择那样绝望、那样认命的角度，会试着找出更明朗的地方。"（《东京朝日新闻》1939年）

小津说这些话时，战争尚未结束，处于生死一线的人们，很容易陷入自我抛弃和堕落幻灭中。小津是要从普遍的虚无绝望中奋起抬头。战后，日本笼罩在战败阴影中，尤其在年轻人心里，在知识分子心里，充满颓废、失败的痛苦。小津不甘于沉溺在痛苦中，试图寻求救赎。所以，除个人审美偏好外，小津是要通过电影，表达一种明朗的肯定精神，为日本寻找一条道路。这条道路，就是对日本传统的执守，以东方的生活方式，抵制生活世界的全盘西化，以沉静圆润的东方之美，抵制西方的细分与辨析，以家庭伦理人情之爱，抵制现代社会的瓦解孤立、个人主义盛行。

在入侵南昌战役途中，小津写信给他的朋友，其中一段描述：

经过安义不久，看到路上正规军和百姓倒地而亡。路旁有个出生不久的婴儿，天真地玩着干粮的袋子，一脸狠狠大哭一场后若无其事的表情。任谁看了都觉得凄惨。但是急于追击，谁也无法去照顾婴儿，只想加快脚步趁着婴儿不哭的时候通过。四列行军自动分成左右两排绕过婴儿。打着绑腿的大军靴。经不起踩的婴儿就在行军之流中天真嬉戏。这是以油菜花为背景的天然电影构图，但也是太电影式的风景。我不喜欢镜头对着这种风景的创意。我也加快了沉重的脚步。

这无疑是战争中最令人悲恸的典型场景。但在电影里，小津不喜欢如此直截了当呈现悲怆。他以为，即使材料是阴暗的，处理的方式也要明朗。他更愿意换一种表述，一种更幽微曲折、更明朗而非酷烈的表达方式。

《东京物语》中的几个场景，于明朗的画面、色调中，呈现死亡的阴影、家庭的离散、人伦的瓦解、现代人孤独的处境。

场景一，热海海边。父亲母亲上东京看儿女，子女无暇顾及，将老两口送去热海温泉旅馆。旅馆嘈杂、喧闹，弹唱一直持续到深夜，老两口几乎无法入睡，度过难熬的一夜。次日，老两口坐在海边防波堤上——儿女的冷漠，令老人觉得自己是个累赘，来东京与子女团聚的喜悦，转成了失望与悲伤。但小津并不用阴郁色调来表达悲伤，老两口坐在海边时，阳光灿烂，海面波光粼粼，真是一个美丽晴好的世界。老两口说着闲话，隐忍地表达着失望：

妻子：昨晚没有睡好吧？
丈夫：唔……你睡得可好？
妻子：我也没有睡好……
丈夫：说谎，你还打鼾来着。

妻子：是吗？

丈夫：……啊，这个地方应是年轻人来的地方啊。

就在老两口在防波堤谈话时，切换到旅馆，女侍一边收拾，一边谈论昨晚一对年轻情侣，这是一个反衬，以一对新人，反衬即将衰亡的老夫妻，时间令人怅惘地流逝……从传统的尾道来到东京的老人意识到，这个世界已不属于他们了，宁静的传统，被嘈杂的现代社会替代了。在明朗的海边，阳光明媚之时，一抹死亡阴影悄悄降临：母亲想从防波堤上站起来时眩晕了一下……

场景二，尾道家中。父母从东京回尾道后，母亲就病危了，东京的子女尚未抵达，母亲僵直地躺在榻榻米上，父亲独自守在边上，一边摇着扇子，一边俯身看护着妻子，喃喃自语："会好的……会好，会好……会好的……"切换场景，一个俯视镜头：夏日阳光，无遮无挡地洒在海边民居密集的屋瓦上，洒在宽阔海面及对面小山上。如此明朗鲜艳，毫无死亡的阴郁气息与灰暗色调。

在这种明朗色调中，没有父亲的悲伤表情特写，恰恰是父亲的喃喃自语，反复几句不安的"会好的……"，弥漫着无言的悲伤。老人难以相信，妻子会一病不起，他有种迷茫的期待，不愿相信死神会夺走她。接下来，子女们到了，儿子幸一理性地告诉父亲，母亲顶多坚持一天，父亲又是喃喃自语："是吗？……不行了啊……是吗？……彻底不行了吗？……"没有眼泪、嚎啕大哭，似乎也没有明显的悲伤，只是难以置信眼前发生的一切。大女儿失声哭泣，小女儿跑来跑去掩饰悲伤，父亲还是失魂落魄般地问："唔，敬三也赶不上了吗？……"这种顾左右而言他的表达，正是为了掩盖死亡突然降临的巨大悲伤、惊慌失措。所谓大悲不哭，即如是。

场景三，尾道居室外面。空空荡荡的码头、屋宇与铁轨，雾气笼罩的海面，母亲在凌晨三点多去世，下起雨来了。子女们守在母亲身边，默默哭泣。突然发现父亲不知去哪里了。二儿媳纪子起身去寻找父亲，发现他一个人站在居室外面，眺望着远方的天空、脚下的大海。已是黎明时分，一夜大雨后，海上天空特别明净，曙光异乎寻常的美丽。纪子唤了一声："爸爸。"没有血缘的纪子，亲热地叫一声爸爸，有令人泪出的动人，在父亲听起来，更觉悲伤，因为，他确确实实意识到，是纪子在叫"爸爸"，而不是老伴叫"孩子他爸"。纪子的呼唤，提醒老人：老伴的死是无可置疑的现实了。于是他那悲伤、孤独、小小的身影，在晨光下，越发萎缩起来。父亲喃喃地说："啊啊，真是一个美丽的黎明啊……今天也会热起来的……"然后慢慢地往回走，背微微驼着……

谈论天气，掩饰悲伤或喜悦，似要将内心复杂的情感化去，是小津常用的手法。《早安》中，借助两个小孩子，说大人们总在说"天气真好啊""你好""天真热啊"之类的废话。小津想表达的是，假如失去了这些废话，一切就会变得生硬起来。此处，母亲去世，父亲又在说"废话"，通过废话，荡开一笔，以明朗的方式，写出人世无尽的悲伤。父亲的潜台词是：你看，多么美丽的黎明啊，却无法与妻子一起看这样的黎明了。她不在了，只剩我一个人看这样的风景了。他说，"今天也会热起来的……"，这个

"也"字，透露出无限悲伤，与妻子在一起的时候，天也是热的，如今只剩下他一个人了。这种明朗而曲折的处理，将人的微妙情感，自然而然、不动声色地传达出来，从中体会到小津式的流逝的欢乐、仁慈的悲伤……

（原载《上海文学》2022年6月号）

赵荔红，随笔作家，电影评论家。主要作品：散文随笔集《宛如幻觉》《意思》《回声与倒影》《最深刻的一文不名者》《世界心灵》《情未央》，电影评论集《幻声空色》等。

通往圣维克多山的路上

◎ 草　白

一

　　观塞尚的画，就像进入一座色彩斑斓的旧宫殿，无论静物、肖像，还是风景，都脱离静物、肖像和风景本身，将某种强烈的自我意识发挥到极致。这是一个激烈、紧张，将自我怀疑与自我期许进行到底的人。

　　关于塞尚，中学美术书上就有他的静物画，灰扑扑的画面中隐藏着摄人心魄的美感。此后，看他的自画像，看到一颗敏感、落魄的老灵魂，宛如丧家犬彷徨四顾。

　　毕加索曾说，塞尚是所有艺术家之父。塞尚的重要性不言而喻。他是独木舟，很多人通过他，与大海相连。无法想象没有塞尚的西方艺术史，会是怎样惨淡的光景。塞尚是画家中的画家，是所有艺术家学习的楷模。毕加索、勃拉克、贾科梅蒂、莫兰迪、马蒂斯，甚至大诗人里尔克——都是塞尚作品的拥趸。里尔克在给妻子克拉娅的信中，以近乎狂喜的语气谈论塞尚。他说，当自己凝视塞尚画作时，好似有一种领悟像燃烧的箭射中了他。《观看的技艺》一书记录的便是这一触动心灵的过程。

塞尚似乎不属于他所生活的时代，他独立于任何时代、环境和潮流之外。塞尚的一生，画过无数只苹果。内向的画家只对沉默的苹果赞赏有加。他曾打趣说，没有哪个模特能像苹果那样长时间保持静立不动的姿态。塞尚是把苹果当作永恒的人体来研究，它们清新芬芳，充满光泽。塞尚对苹果的挚爱，很容易被当作艺术家的专注心来解读，就如向日葵之于梵高，睡莲之于莫奈。但苹果在塞尚这里，似乎另具深意。从苹果身上，塞尚辨认出球形、圆柱体及圆锥体等一系列几何形体的重叠与堆积，它们蕴藏着造物的结实与庄严感。

看塞尚画的苹果，苹果边上的葡萄、李子、高脚盘，别的分不清形状的水果，以及皱巴巴的餐布—— 一种奇异的感觉出现了，这些由画笔或画刀所累积而成的细小笔触，这些物象表面的层叠漫漶，居然带来庄严的、庆典般的气息，好似观看者面对的是一幅古老的壁画或一出严肃的戏剧。

塞尚的苹果，有类似漆器的质感，饱满、光洁，带出一屋子宁静的气象。质朴而克制的笔触在苹果与器物表面打转，隐隐指向艺术家创作时的凝神静思与犹豫不决。塞尚从苹果身上找到创造事物的新方法。建筑般精确的构图，醇厚丰富的色彩与强烈情感之融合……塞尚看似轻而易举便实现了深刻、纯粹和辉煌，实则是无休止斗争的结果。

由"苹果"所获得的新发现，刷新了塞尚的艺术认知。塞尚所走的路，也是古往今来所有艺术家的道路。视觉世界的每一次发现，都将对过去几世几代累积的经验造成冲击。

塞尚画作中，每一种色彩里都可找出与别的色彩合作的影子。它们彼此渗透，互为印象，发展出坚固而耐人寻味的整体。与印象派大家追求瞬间的光影变幻不同，塞尚的作品指向对事物永恒性质的描摹，他致力于构建时空的绵延性和统一感。关于整体世界的构想始终在艺术家的头脑里挥之不去。

塞尚天性敏感，总处于犹豫不决之中。一些矛盾、反复性的思想在他头脑中狂风骤雨般激荡不息。任何微不足道的障碍都可使他陷入绝望境地。从他留下的生前与友人的通信中，可知一二。

塞尚恰恰喜欢福楼拜的作品——他们都是那种具有苦行精神的艺术家，也信奉艺术家应该隐于本人作品之后。第一个将塞尚与福楼拜联系在一起的人是法国印象派画家莫奈，他认为塞尚和福楼拜很像：与塞尚对整体画面结构的追求相比，福楼拜也有将零星部件组合成一个和谐场景的能力。更重要的是两人对艺术的虔诚态度。人们从《包法利夫人》的手稿中发现其修改与增删的痕迹到了触目惊心的地步。福楼拜影响了后来的现代派——普鲁斯特、詹姆斯·乔伊斯以及俄国的契诃夫，正如塞尚对后世艺术家们狂风骤雨般的影响力。

莫奈说，他们经常性地陷入犹豫不决之中，就像一个天才不断挣扎着，进行着艰难的自我怀疑和自我确认。他说的是福楼拜，也在说塞尚。

作为一个雄心勃勃的幻想家、诗人，独树一帜的绘画领域的创作者，早年的塞尚秉持以强烈的内心感受来作画，后来，塞尚对早期想法作了"修正"，通过观察、分析和探索自然来感悟真实，而不仅仅凭借想象。塞尚不同程度地接受了外部视觉的影响。至晚期，塞尚似乎又回到不管不顾、肆意作画的状态。但这绝非简单的回归，更像是不动声色的提炼、浓缩、再组织、再调整。一次次地出发、回归、再出发。

在遇到圣维克多山之前，塞尚孜孜不倦、旷日持久地画着苹果，苹果是一切，是灵魂，也是血肉。

二

我看过一张塞尚的黑白照。晚年的塞尚席地而坐，身上衣服沾满尘垢，鞋上全是泥，草帽被丢在一旁的泥地上。他一手撑地，一手自然下垂，微抬着头，目光茫然地望向路人；就像一个从劳作中归来的老农，难掩倦怠之意；也像一个无所事事的孩童，从热闹的家中走出，不知去往何方。

照片所摄的场景，或许正是塞尚从住处去往圣维克多山的路上。塞尚在写给朋友的书信中，经常谈及坐马车去往一个叫"河川"的地方作画——那便是他观察、沉思、创作圣维克多山的所在。

对晚年的塞尚来说，围绕着圣维克多山的一切就如一个巨大的哑谜，静默、神秘、难以揣测。

圣维克多山位于法国南部，那里是塞尚的故乡，也是他和左拉一起度过童年的地方。每到一处，塞尚便给家人和朋友写信，厚沉的《塞尚艺术书简》收录最多的便是他写给左拉的信。很多时候，都是落魄不堪的塞尚向早已成名的左拉借钱解燃眉之急。这段少年时期便已缔结的友情后来急转直下、迅速恶化，据说是因为左拉在某篇失败的小说中影射了塞尚的悲剧命运。其实，这不过是一种近乎拙劣的说辞，心灵与现实的双重隔阂早已将两人的友情摧毁殆尽。

晚年的塞尚得知左拉因煤气中毒辞世，躲进画室，号啕痛哭。在敏感、自尊、孤僻的塞尚的生命中，左拉曾经是他的庇护所，尽管他们之间的裂隙早已悄然形成。

在塞尚和他的时代之间，也存在着罅隙巨大的深渊。

当他的印象派朋友还沉浸在后花园的光影之中，塞尚早已感到不安，并怀疑起这一切来。他不满现实，要与现实宣战。他觉得印象派美则美矣，到底肤浅。塞尚这一生最不满的便是"肤浅"二字。某种意义上，塞尚更像个知识分子，他研究绘画，而不仅仅是创作它。"萎靡"的印象派当然无法长久地满足塞尚。他在苹果、人物肖像画和风景之中，苦苦寻觅精神世界的奥义。傅雷认为塞尚"建树了一个古典的、沉着的、有力的"现代艺术来补印象派之弱，这正是塞尚毕生所行之事。

不知因了何种契机，塞尚决定独自一人走向故乡的山脉，这个念头一旦落地，从此风雨无阻，就如默默耕耘的农夫，也似背负十字架的圣者。去往圣维克多山之路险象环生，有顽童的掷石凌辱，有极端气候的威胁，还有随时可能降临的创作途中的虚无。塞尚一次次地靠近，却不能完全进入。创作途中的曲折程度远远超乎他的想象，但山的恒久屹立比苹果、比静物更让他感到深广磅礴的力量。

塞尚带着每况愈下的身体，一天天去往那里，每时每刻都想待在那里，连生病也不间隔，像佛教徒的转山行为，急切狂热，毫不厌倦。

没人知道这一过程怎么接续下去，就像河流，就像任何自然生成的事物。从大地上的圣维克多山到画布上的圣山，塞尚一点点靠近它，努力完成它。观者眼中的圣维克多山开始呈现超强度的凝练运动，浓烈、层叠的色彩渲染使得山体固有的轮廓变得模糊，宛如幻觉。

显然，塞尚对色彩与音乐之间的固有关系有着某种近乎本能的体悟。傅雷也认为塞尚的全部技巧在于中间色，它们就如音乐上的半音，与旋律的谐和与否有着莫大关系。塞尚的色调极其复杂，冷色、热色都有各自的层级与区间，他以色调的并列和重叠，以苍茫笔调，以复杂的矛盾性，去接近"体积感"和"形"，接近生命本身的宁静与质朴。

色彩才是一切生命美感的基础，鲜明、浓烈的色调造成视觉上的明净感，"有如音乐上和声之响亮"。塞尚孜孜以求的不过是色彩，他以色彩去建立明暗、结构与层次，色彩既是画面结构本身，也是实现深度的方式。

圣维克多山成了塞尚深入观察自然的样本，它是所有苹果、静物和人体画像的集合，它庞大静止，又变幻莫测。

三

一个人无论何时何地，只要进入自然的怀抱——接近一座山脉，一个湖泊，一片村落，他的感受就会变得无与伦比的丰富和强烈起来。在自然中，人所遇到的不再是外事外物，而是他自身。唯有如此，一个生命最本质的东西才会被激发出来。

成年后，我在返回故乡的短暂时日里，行走在群山和溪流的中间，莫名接收到某种难以言传的感动。这是一种无法预演的情感，甚至很难被准确地记录下来，只有在那气味和场景里待过的人才能感同身受。就因为那是熟悉的出生地，生命之流的源头，某种与生命本质相关的东西才会如此强烈。从命理学的角度解释，出生地的地理环境与一个人的命运休戚相关。

　　由此，我明白塞尚为何要在巴黎和故乡之间来回往返，到最后，他干脆回到那里——法国南部普罗旺斯的埃克斯城。因为，那里有金字塔般的圣维克多山，有与自身艺术探索相呼应的形状与色彩。

　　那也是艺术家朝圣之旅的最后一站。这是塞尚的幸运之处，那里的草木、山峦激发了他对自然的感觉。塞尚所有的努力与坚持，不过是为了重建关于自然的情感，通过"几何式"色彩，通过连续性造型，寻找艺术和心灵的避难所。

　　艺术家是那种以全部生命来进行创作的人，除了生命本身，他一无所有。这正是塞尚的不同凡响之处，它不是任何技法可以抵达，唯有"塞尚"可以抵达——一种真正的锲而不舍精神，置生命于广袤无际的孤独之中。既是无休止的努力和冒险，也是成全。

　　从塞尚身上，我们看到原始的修士般的隐忍和激情。一个人的生命中，总有无能为力、无法企及之处，也有自我放弃、自甘堕落的时刻。我们由此明白人生和艺术的艰难。大概也唯有这份艰难，才能让人一心一意追寻下去，即使一无所获，遭受误解、冷遇，甚至羞辱——也是题中应有之义。一个真正的艺术家是会对此"过程"上瘾的。一个生命真正能够拥有的也不过是"过程"本身，舍此别无他物，哪怕它最终被证明纯属无稽和虚妄。

塞尚画作让人感动之处在于他明知万事万物不可尽不可解，却做着穷尽的努力，一次次让自己陷入命运的终极性焦虑之中，去解那无可解的大谜团、大难题。塞尚以贫病之身，以难以消停的妄想之心，长年累月接近圣维克多山的行为便是明证。这让我想起晚年托尔斯泰不顾一切的出走，最终病逝于阿斯塔波沃车站。临终降至的迫切感，现实问题的盘根错节，让他最终做出此等几乎可称之为豪迈的壮举。出走并没有让托尔斯泰获得真正的安宁，相反加速了他生命的消亡。他以行动让命运重新掉入不可知、不可解中，这便是托尔斯泰最后的反抗，也是最终的"获得"。

艺术家以"矛盾"和"深度"去介入生命的每时每刻，他们不肯放弃任何穷尽和深入的机会，即使追求不到、难以为继，也无主动终止之时。那是一种"燃烧"的本能，以身为牲，献给那个绝对。这或许才是艺术家的天赋所系。塞尚从早年的幻想家、浪漫主义诗人，慢慢蜕变为冷静的观察家、哲人、修行者，离那个真正的自己越来越近了。

四

电影《我和塞尚》讲述的便是左拉和塞尚之间友谊与决裂的故事。电影里有一个场景：深夜，塞尚站在左拉家的台阶外面，无意中听到房子里的人正以一种不堪的口吻谈论他，包括左拉的妻子和朋友。而一旁的左拉本人始终不置一词。当左拉从房子里走出来看见塞尚，也只是说，你都听见了吧。

很多年后，功成名就的左拉挈妇将雏回到埃克斯城，这个消息传到正在圣维克多山上作画的塞尚那里，他飞奔下山，来到左拉所置身的咖啡馆门口。人群中，塞尚缓缓看向童年的玩伴，脸上涌动着难言的喜悦之情。那一刻，左拉忽然被问及会不会去塞尚家做客，他神色平静、思索片刻后答道，塞尚曾经是个天才，一个折翼的天才。言外之意，他现在什么都不是了。塞尚听完这一席话，默默离开被人群的热闹所包围的左拉，一瘸一拐返回到圣维克多山上。

这些经过艺术化处理的场景只是塞尚一生遭遇的浓缩。

年轻时，塞尚画作被官方沙龙落选，即使进到落选者沙龙里，也只占据微不足道的位置。临终之前，塞尚仍默默无闻，所画作品无人问津。当地的美术馆馆长甚至明确表示，永远拒绝塞尚的作品。贫穷和冷遇并没有让塞尚沮丧，但与左拉的决裂给了他致命的打击。敏感、自尊的塞尚除了绘事之外，最注重的便是友谊和精神交往。

从此之后，塞尚离群索居，所抵之处唯有圣维克多山。他有自然、调色盘、普罗旺斯的阳光以及圣维克多山为伴。那是他心目中的圣山。

"我专心工作，看见许诺的土地。我终将如同希伯来的伟大领袖……我已经获得一些进步。为什么这样缓慢，这样辛苦呢？如同祭司一般。"这是回到故乡的塞尚写给友人安普罗瓦安斯·沃拉德信中的一段话。

晚年的塞尚一直思考如何让本能的、内在的艺术情感焕发出生机，而在电影《我和塞尚》里，他却被左拉指摘为没有感情、自私自利。暴躁、激烈的塞尚一直不被世人理解，甚至左拉也不理解他。塞尚身上的"感情"怎么可能与普通人同日而语，怎么可能轻易被人认出？史作柽在《塞尚艺术的哲学随想》一书里提到，"有人的情感全属于人间，有人的情感则来自天上。属意人间者，多似有所得，沾沾然，则永坠于地下；属意于天上者，则通过人间，陷身孤独，而仍归之于究极，却又不得其究解之天之域"，——塞尚自己知道得很清楚，他属于后者。不被理解、陷身于孤独是他所应得。

因为对自身境遇的彻底了然，晚年的塞尚才能彻底远离人为情感与画坛纷扰，将全部精力投入到对自然和心灵的研究之中。圣维克多山便成了他孜孜以求的世界，苦苦不得进入的世界。他一天天地去往那里，全身心投注于其中。朴实如农夫，虔诚如僧侣。无数次，塞尚在给儿子的信中提到自己工作的"圣地"。

"我前往称为马尔特里的小丘，有棵大树在水上如同撑起水井般。"

"一到傍晚，牛来吃草。羊也来饮水。但是马上就消失了。"

"河流周边，题材变多了。如此变化多端让我相信，数个月间，不去改变场所，只要向左边或者向右边，就能从事工作。"

……

在信中，塞尚一再强调自然之美。他认为，如果一个画家还拥有某种创造的可能性，一定是在投身自然的怀抱之后。只要拥有对自然的真切情感，总能有所斩获。

情感是通向所有色彩和构成的唯一方法，这便是塞尚在漫长岁月里所获取的经验，他将以此为累积投入一场漫长而伟大的战斗之中。

五

塞尚的创作是天真与世故的结合，新鲜和老辣的荟萃，给人"历圆滑而弥天真"之感。

里尔克发现，塞尚作品的动人之处正在于无色之色，"在他极度敏感的眼光下，灰色作为颜色是不存在的，他挖掘进去，发现紫色、蓝色、红色和绿色。尤其是紫色。"塞尚的色彩世界，悲欣互视，冷暖交集。他注重的是色彩之外的流转性，以及色彩内部的可能性。它们暗自生长、万千变化，其内蕴深入色彩内部，抵达结构深层，给人流光溢彩之感。塞尚晚年所作的《圣维克多山》便是如此。轮廓线破碎、松弛，物体形象消失，色彩宛如流溢的光芒飘浮在物体之上，又保持自身独立性。

塞尚让我想起中国古代诗人杜甫，可能是因为他们在各自的领域内所起的承先启后作用吧。圣维克多山之于塞尚，就如"安史之乱"之于杜甫，他们从各自的现实经历中得到历练，获得人性之彻底深度的情感，从而获致艺术的永恒性。这并非只是方法上的锻炼，或技巧演变，而是根本意义上的变化。

"安史之乱"之后，杜甫的诗歌第一次直面沉郁、哀伤的现实。塞尚也是如此，他以理性和节制之心来到自然里，一心一意只与自然为伴。塞尚早年受浪漫主义、印象主义的影响，同时承继古典传统，加之以自然为师，才慢慢形成自己的风格，可谓步履维艰。

艺术家的道路千沟百壑，并无明确之路可走，常常于荆棘丛生中，于无路可走处，辟出一条崭新的路来。后来者可由此受启发，再抵达其他。所有道路的抉择都与艺术家的生命契合不二。所谓寻找绘画的道路，不过是"心之所至，意之使然，心之所向，素履以往"。

塞尚让自然在自己身上说话，自己完成。孰为艺术，孰为自然，就连高明的艺术研究者也无法说尽其中的牵连。在塞尚这里，当自然内部的结构取代绘画结构，当物体形象挣脱有形的束缚，艺术家内部的感觉才如泉水奔涌。流动性是所有艺术的生机与活力所系。塞尚以为，艺术乃与自然平行之和谐。他不过是在自然中，设法与自然一致地工作。塞尚幻想就此建立一个恒定的世界，但一切不过是接近，无限接近，并非真正抵达。

塞尚与圣维克多山之间，大概就是阻碍与靠近的关系，也是一个无限趋近、永远无法抵达的过程。

（原载《江南》2022年第1期）

草白，"八〇后"作家。主要作品：散文随笔集《童年不会消失》《少女与永生》，短篇小说集《我是格格巫》《照见》等。

"文笔好"的秘密何在？

◎ 乔纳森

　　近些年，"文笔好"这一说法，已渐渐从人们常用的评价语汇中消失了。文笔，甚至成了怀疑和嘲讽的对象，好像是某种带着浓厚的年代感的东西，就算清洁、整齐，也难脱陈腐和拘谨。在"扫视"主导的阅读文化中，意思的到来，是一团团的，尘沙漫天，人们用身体领受一阵又一阵意思，而不是细细吟味那字句——若真吟味，只怕嘴里倒都是沙砾了。

　　文笔，是字面文化演进过程中失落的那样东西。失落了，不是因为它不好，谁又会说维吉尔、但丁、让·拉辛……不好？失落，只是因为它与眼下这个时代不合拍。而且与几千年来失落的无尽藏的好物事一样，文笔的失落很可能是无法挽回的。

　　不过，换一个角度看，总有一部分好物事，尽管不再辉煌复现，却也不绝如缕，直面永恒。假若说有那样一日，人类已不知维吉尔、但丁、让·拉辛的好，那可怜悯的，不是维吉尔他们，可怜悯的，是那时候的人类自己。

　　作为领略过前代文笔的"文字遗民"，我自觉对濒于沉落的中国文章之美是有一点体会的。而且，说句老实话，宋代以来，讲求文章作法的专书和选本那么多，但真深入到字句里，将构思、创意的秘密纤毫毕现地讲出来的，我觉得是没有的。在大家容易见到的通行本子里，恐怕也只有林云铭的《韩文起》等寥寥几种较为出色。可即便林云铭，也还嫌讲得不够细。我想，缘由大体有二：一是古人对中国文章的格调有一基本共识，如雅洁，如意在言外，等等，符合这共识的，就不必申述了；二是一直到晚清、严又陵译文出现以前的中国文章，到底还是简单的——篇幅短，腾挪迂回的空间有限，且文言表现抽象观念也吃力——不待深细解说，也易了然了。

然而，到二十世纪二十年代以后，白话文的表现力大飞跃，把中国中古以降的文章传统和西洋文章的优胜处结合起来了。在这个中文的"大变局"里，出现了一些前所未有的既今又古、不今不古的精绝文章。欲对这类文字加以品评，用林云铭的那套评点术语，则如用筷子割牛扒，殊觉不足。而像各种"鉴赏辞典"的品鉴文章那样，随处拍巴掌起哄，又全搔不到痒处。

这些民国文章的妙处，其实往往并不在极妍丽、极生动、极透辟的地方——像此等处，不须明眼人，普通读者也看得出，用古来习用的评语也讲得明白。其妙处，多表现为一种洒脱的调子，一种稍稍脱离常轨而又不离常情的运思，一种有度量、有蕴蓄的气息。像这样的地方，怕是会令林云铭束手，而正是我想讲明白的。

引出我上述想法的，是最近翻阅的一本书，叫《名家书单》（孙莺编，上海科学技术文献出版社 2021 年 8 月第一版）。客观地说，中间民国诸家开书单的部分，反不见精彩，倒是前面所选关于书斋、书房的十篇文章，都意外地让人满意。

这些文章，除了施蛰存的一篇《绕室旅行记》，皆算不上"名文"。但我以为，其佳处正在于它们不那么出挑，正在于它们没有精彩到令人击节的程度；有时，你简直意识不到你在读的是好文章。它们的共同点，是读起来舒服，如水波轻流，在藻荇、大石间也略作萦回，但佳处只稍稍闪烁一下，就又流下去了。那好意思，若不回头来确认，多半便自行消散。而我以为，现代文章的精微，却常在这些"不激不随"的地方。比较起来，古文篇幅短，不妨高度浓缩，通体光芒四射也不要紧，现代白话文章，则总不免有几千字，若气势一直凌厉，色彩一直秾丽，结构一直致密，会让读者透不过气来。因此，现代文的极则，应是纡徐有致，而不是强烈的效果。

我从赵景深、柳存仁、纪果庵、施蛰存的四篇文章里摘出七个片段，具体讲讲"文笔好"体现在哪里。要说明的是，首先，这四位作者固然都属名家，但通常我们历数民国文章大家，不大会想到他们的名字，所以他们的好文笔是"隐"而不是"显"的，换句话说，这种文笔更具日常性，更符合"文笔"一词的本意：它不是指能创造世界纪录的爆发性表现，而是指一贯的、持续的、稳定的良好状态。其次，像我一再地表述过的那样，这些选段不是文章里最电光石火的部分，不是人所共见、会全票通过的那种精华，非要打比方的话，它们是鸭知水暖、河豚欲上的那种态势，是舒展、圆融、条达的那份机趣，领会已有难度，模仿简直无从下手。

第一段，选自赵景深的《卢前斋偷书记》，讲赵景深到卢前的住所拜访，主人不在，赵景深在架上翻寻好书，"借"走了一大摞，其中不但有卢前的书，还包括卢前的同舍"拜伦李"的书。

片段一：

久待冀野不至，便用随身携带的铅笔（并非墨笔或粉笔）在一张讲义纸的背后（也不是墙上）像英雄好汉似的大书所借书名，并云《饮虹簃所刻曲》预备"揩油"，签了名，便把一堆书捧了出去。这一回有题目和正名，道是：卢冀野城门失火，拜伦李殃及池鱼！

虽说是借，究竟是不告而取，但较之敝省郭沫若公的万引，究竟要略胜一筹……

赵景深专研小说戏曲等通俗文学，他这段文章挪用了旧小说的笔调、程式，用得潇洒而不做作，也很符合他的身份。写文章，造成滑稽的效果并不难，难的是幽默而又保持住格调。尤能体现作者底气者，在抛出"包袱"后，掉头不顾，不恋栈，不追求炒菜锅里起大火式的热闹，只是径自走下去，由浓转淡，惟留洒脱的背影。这不仅是为文的修养，亦是为人的修养了。

细节上有两个值得留意的地方，一是括号的用法：不是"墨笔"，不是"墙上"，为后面"英雄好汉"的出场作了铺垫，在文气上，也达到延宕高潮的效果，是很妙的。这括号的用法，使我想到智利作家波拉尼奥在他的短篇故事里对括号功能的创造性开发；二是"万引"这一日文词语的借用：万引，指小偷小摸、顺手牵羊。是枝裕和导演的电影《万引き家族》，被翻译成《小偷家族》，可谓双重的不精确，因为当代中文里的"小偷"一词在程度上要比"万引"更重，而"家族"一词在日语里兼有家庭、家族两重含义，在电影里，显然是"家庭"的意思，所以更准确的译名也许是《小偷小摸一家人》。赵景深，用"万引"而不用"窃取"或"偷盗"，提到郭沫若的名字后面特别加上一个"公"字，提到四川谓之"敝省"，都可见他对文字的轻重浓淡，拿捏很到位。

但要说这段文字是他苦心经营出来的，恐怕离真相甚远。好文笔，在好作者那里，本是个日用不知的东西。大手笔随兴挥洒而又无处不佳、无往不利，才最难企及——这一点，说起来，跟书法是相通的，大书家心情好的时候，怎么写都是好的。

第二段，出自柳存仁《我的书斋》。

片段二：

喝了茶之后就愿意开始工作，手上总是抓着一柄鸡毛掸子，不住的老向书桌面上掸去一寸半寸的北方最觉得多产的灰尘泥沙。掸了又掸，心里充满了一种整顿乾坤的愉快。在这个时候，我有点儿明了为什么中国人喜欢盆景的雅致，喜欢园艺、种菜，甚至于烹饪调羹。

这个片段只有三句话。先说最微妙的第三句。从手持鸡毛掸"整顿乾坤"，到明白中国人为何喜欢盆景、园艺等，这之间，其实有一次大胆的逻辑跳跃。将掸灰尘跟盆景、园艺联系到一起的，是一种相近的有条不紊、可由一人掌控的整饬感和安定感。单是能想到此点，就证明作者心思很细。像这种地方，是所谓文心的窈奥处，是最难把握，也最难学的。难学，因他想得到，你想不到也。

前面两句里的用字也讲究。如尘沙用"多产"来形容，如"灰尘泥沙"前用了两个拖缓文气的"的"。掸灰尘，而谓"整顿乾坤"，是修辞学上常加探讨的大词小用，此词一出，整段气息便自不同。

第三段，还是出自柳存仁《我的书斋》。不过笔调略有变化。

片段三：

……我在十四五岁在上海的时候，有一次把两块多钱的邮票和一张优待的广告券寄到苏州某处，希望得到我所合法可受的货物，谁知一直到现在为止，仍然没有把货物寄来。一算时间，那货物应该已经可以周游世界十六次，而且大约不寄来的原因并不是寄货的人预先知道，怕受第二次世界大战将要爆发的影响。

此段语气是诙谐的，有夸张的地方，如"周游世界"云云，但仍保持着格调，无油滑之感。为免语句过于滑顺，作者特意用了"希望得到我所合法可受的货物"这样稍稍拗口的西式句子，起到减速的作用。最后的半句能使人微微一笑，而读者假如知道，柳存仁此文是在沦陷时写的，大约笑意中又会掺进些苦味。

像这样的句子，林语堂、梁实秋、王了一辈也不是说一定就写不出，但总归更滑易些。根子往往在"抖包袱"之后，对"包袱"仍有不舍之意，想要再盘桓一番、发挥一下，格就低了。柳存仁接下来则敛起笑容，正经讲话，化诙谐为蕴藉，把持得甚好。

第四段，选自纪果庵的《篁轩记》。

片段四：

……大竹一长出来就是那么巨大挺直，给人欣悦与兴奋，乃至于惊异……李释戡先生告诉我他寓园中新生的一株大竹，高已两丈余，其成长不过五天！松柏虽也可贵，但长大却难，如此岁月，有使人不能忍耐之势。当晋室之末日，知识分子都以到竹林去狂放无羁的游宴，岂亦有感于斯乎？

果庵之文，有古意，句法、运思都与古文神似，但并不落套。文章的主题是竹，却荡开一笔，谓"松柏虽也可贵，但长大却难，如此岁月，有使人不能忍耐之势"，这一转语下得极妙。"如此岁月"扣合沦陷时期的处境，"不着一字，尽得风流"。后一句，揣想东晋名士心情，细究起来似乎无理：他们不会单单因了竹子长得快便喜欢去竹林，但正因为"无理"，其假设推想才别有趣味——作者的心事、处境，与东晋名士太能相映相通，遂以己见移置古人胸中，谁曰不可？最后的问句，本来也是修辞性的，并非意味着作者当真以为古人是那般想法。此节文章，在有理无理之间，最富传统的文字趣味。欲参透古文运思奥秘者，宜于此悟入。

第五段，也选自纪果庵的《篁轩记》。但与前不同，这两句的句法是纯西化的，而且见出作者感觉有相当纤细的一面。

片段五：

这才觉得窗前需要种一片竹，很远的，从一个僧寺那里讨来的竹根，深深埋下去。时间迟了，当秋天，叶子一如院外梧桐，黄而凋萎的样子，使人对着这种不该有的憔悴生轻轻的厌恶。

"使人对着这种不该有的憔悴生轻轻的厌恶"，句式西化，但读来毫不别扭，原因何在？因为"憔悴""厌恶"等词，是中国固有而非外来的词语，所谓句式是西方的，概念是中国的，我们读文章，先接受的，不是一个字一个字本身，而是一股概念流。我们先接受了我们并不感觉陌生的一组概念，它的组织方式的西化，则非但没有令我们不舒服，而且带来一定的新颖感。着眼《篁轩记》全篇，在传统的章法、语汇、色泽中，忽现一声异质的别调，确是使文章气韵灵动的妙笔。

见竹叶黄萎，而"生轻轻的厌恶"，这感受力是相当敏锐的。我们看到植物萎谢，通常会生惋惜之情，但果庵则从惯常的惋惜情绪中分辨出那一缕若有若无的嫌恶，这是感受深透处。说是嫌恶厌憎，又嫌太过、太重，故饰以"轻轻"，使得分量恰到好处。

乔伊斯在谈创作时曾经说："我知道自己在写《尤利西斯》时，曾试图用自己的语言来赋予都柏林颜色和基调……想法和情节并没有一部分人形容的那么重要。任何艺术作品的目标都是要传递情绪；所谓才能，就是有传达那种情绪的天赋……"纪果庵一句"轻轻的厌恶"，就证明他具有传达情绪的才能。

第六段，出自施蛰存的《绕室旅行记》。此段写面对书房中堆叠的图籍而生的感慨，在本文所选的七段文字中，它可说最别致，读者宜细看。

片段六：

眼前书册纵横，不免闲愁潮涌。"书似青山常乱迭"，则书亦是山。"不知都有几多愁，恰似一江春水向东流"，则愁亦是水。我其在山水之间乎。

刚才说过，柳存仁文中有一次大胆的逻辑跳跃，到了施蛰存这里，则可说一连跳了三次，而且后两次都跳得十分惊险！此话怎讲？说自家堆放的书是山，已是一重夸张。引李后主句，遂谓愁（情绪）是水（实体），这一跳过于惊人。而说自己处于书山（实）和愁绪（虚）之间，更几乎是前所未有的创造，其惊险程度实不亚于空中飞人表演时的抛接。

中国传统的文章学，对"虚实"有不少讲究，但我自惟，从未见过如许的操作。而这四句，初读之下，颇觉顺畅，如果读者不留心计较，可能也就滑过去了，不觉其惊人。原因何在？还是那句话，因为在表面上，我们最先接受的仍是我们并不感觉陌生的一组概念：作者的比喻之所以不予人突兀之感，是因为他引古人名句作了铺垫。书像山，愁如水，不是我施蛰存发明的，是古人就有的联想，你觉得不稳，找古人说去！最后一句"我其在山水之间乎"，就字面而言，也像是从《醉翁亭记》里移用过来的。如此一来，施蛰存就完成了偷天换日之举，把他新颖到惊险的思路放到传统词汇、句法、观念、理路的外表下，让读者在接触新颖时以为自己接纳的是原本熟悉的东西。

从句法上说，此节有近于八股文的地方。八股文，又称八比文，所谓"比"，就是排比对偶。"书亦是山""愁亦是水"，即

"比"。以虚对实，也是八股文里常见的手法。最后一句"我其在山水之间乎"，是所谓"结"，收束得好。

第七段，仍出自施蛰存的《绕室旅行记》，但气息迥乎不同。这段是写施蛰存书房中有过的几样东西：水池、相机、塑像等。

片段七：

现在那水池早已不知去向了。那照相机也早给一位同学借到广州去革命，连性命带照相机都断送了。惟有这位意大利诗人（的塑像）还在我书斋中。可惜前年给我的孩子的傻乳娘，用墨笔给它点了睛，深入石理，虽然设法刮掉，终不免有点双目炯炯似的，觉得不伦不类了。

这段文字，其实是颇有鲁迅风的，置诸鲁迅集中，恐不易辨楮叶。虽然迅翁与北山翁曾打过笔战，但北山偶向对手偷师，亦不无可能。

我们凭什么特征说这段有鲁迅风呢？鲁迅风的特质又是什么呢？简单说来，鲁迅的文笔，是有蕴蓄的，不是大敞四开、和盘托出，而是有所保留，进两步，退一步，热烈中有冷静，平易背后有讥诮。施蛰存的写相机、写塑像，都带有这种调子。"到广州去革命"，何等磊落事，而谓"连性命带照相机都断送了"，落差分明。把性命（紧要者）跟相机（无关紧要者）放在一处说，也妙。在这里，作者并非对革命者有什么微词，只是放一双看惯世态的冷眼而已。后面写塑像给乳娘点了睛，幽默，且含而不露，"终不免有点双目炯炯似的"，极似迅翁手笔，所谓冷嘲是也。

对比第六段，两段像不是一个人写的，而实是一个人写的，可见文笔这个东西，在能者那里，是个灵活的东西。我们听说，大作家常蓄几副笔墨，指的就是这个。

最后，想消除读者对文笔常存的一种误解。他们误以为所谓文笔是像味精那样，可以撒在烧好的菜上，提味的。其实，文笔就是厨艺本身，从选料、择菜、腌制、刀工到煎炒烹炸、最后摆盘，文笔包含对文字处理的全套工序。不过，文笔的确有一定的独立性，它与运思相关，但不等同于、也不完全依附于思维。假若非要打个比方，那不如说文笔更像是对音乐的演绎。作曲家写的谱子，就好比思维，演奏者的演绎，就像是文笔。同样的乐谱，交由不同水平、不同风格的演奏者来演绎，优劣高下是很分明的。一团不错的思想，由文笔高明的人写来，结果可能是高明的文章，由文笔低劣的人写来，可能就全看不出高明所在了。当然，一团糟糕的思想，无论由谁来写，都高明不到哪里去——文笔也有它力所不能及者。

文笔是艺：是技艺，也是艺术。当一种技艺不为社会生活所迫切需要时，它将渐渐渐灭消亡。但我相信，作为艺术的那一部分，并不因此失落光辉，尽管可能是孤独的光辉。

（原载"乔纳森读书"公众号）

乔纳森，毕业于清华大学，现居广州。主要作品：《始有集》《既有集》，译有《纪德读书日记》，编有《日本读书论》。

文学碎语

◎ 李 洱

一

　　只发生一次的事，尚未发生；每天发生的事，未曾发生。这不是你说的，是《获奖之舌》的作者卡内蒂说的。很多年之后，昆德拉接着讨论这个问题：曾经一次性消失了的生活，像影子一样没有分量，也就永远消失不复回归了。无论它是否恐怖，是否美丽，是否崇高，它的恐怖、崇高以及美丽，都已预先死去，没有任何意义。然而，如果十四世纪的两个非洲部落的战争，一次又一次重演，战争本身会有所改变吗？昆德拉的回答是：会的，它将变成一个永远隆起的硬块，再也不复回归原有的虚空。卡内蒂和昆德拉都是在讨论人类经验的构成方式。从写作发生学角度看，他们的差异造就了他们的不同。卡内蒂是说，只发生一次的事，构不成经验，还进入不了文本；每天发生的事，因为已熟视无睹，已难以进入文本，就像里尔克在《马尔特日记》中表明的那样，只有那些已经发生过，但却被人忘记，后来又栩栩如生地回到记忆中的事物，才构成文学所需要的经验。卡内蒂期待遗忘，将遗忘作为记忆的过滤器，正如休谟所说，经验就是活泼的印象。昆德拉则反抗遗忘，并把它上升到政治范畴：人类与权力的斗争，就是记忆与遗忘的斗争。可以认定，昆德拉的反抗遗忘，其实带着无尽的乡愁。卡内蒂虽然也有过流亡生涯，但他却没有这种乡愁。他说：战争已经扩大至全宇宙了，地球终于松了一口气；旧的废墟被我们保留下，为了能将它们与刚炸毁的新废墟做比较。再回到《获奖之舌》著名的开头，你想，卡内蒂的话也透露了这样一个事实：幼年时期的卡内蒂，因为发现了不可告人的秘密，曾不止一次受到割舌的威胁。作家就是不止一次感受到威胁的痛苦，但却有幸保留住舌头的人。然后呢？因为他写作，因为痛苦被写出而得以释放，所以他获救。他在写作中让昨日重现，从而在语言中获得了纠正的可能。而那些被写下来的文字，虽然是第一次发生的，但因为它成为了印刷品，所以它又在每一天出现。当它们被我们读到，它就构成了我们经验的来源。

二

活字印刷术的出现，使得个人经验可以相对便捷地进入公共空间。在毕昇发明活字印刷术400年后，德国谷登堡印刷机的诞生从根本上改变了文明的传播方式，并塑造了新的文明。从印刷机诞生的那一刻起，信息就开始批量复制，知识、宗教和道德观念也被批量生产。谷登堡印制了《圣经》，也印制了报纸。随后，对报纸的阅读又替代了晨祷。正如黑格尔所说：晨间读报就是现实主义的晨祷；人们以上帝或者以世界原貌为准，来确定其对世界的态度。报纸改变了口耳相传的经验传授方式，导致了阅读社会的形成。考虑到谷登堡作为铸造金币的工人，是从铸造金币的工作中得到启发，才萌生了铸造金属活字的念头，所以书籍和报纸的出版发行，就像货币的铸造和流通，人类的写作和阅读成为一种潜在的经济行为。因此，写作不再仅仅是个人情感的抒发，它需要与阅读世界建立起对话渠道。而谷登堡研制出的由亚麻油、灯烟、清漆等原料构成的用来印刷的黑色油墨，又成为另一种隐喻。

三

哦，灯烟，这古老的人造颜料。宋应星在《天工开物》中说：凡墨，烧烟，疑质而为之。由灯烟制成的油墨和墨汁，当它被用于书写和印刷，就如同蜡炬成灰泪始干后又再次点亮，如同灯火阑珊处的千百度蓦然回首，如同流水目送落花重新回到枝头。轻柔的灯烟，它的颗粒宛如语言的原子，秘藏着人类的还魂术。由灯烟绘成的早期画作，如同马血绘成的壁画一样耐久，存入人类经验的深处。此时你想起了幼年时的灯盏，当你掌灯步入黑暗，你的另一只手护在灯前，因为你能感受到微弱的穿堂风带来的威胁。你急于在灯下打开你买来的第一本书《悲惨世界》。你闻到了灯烟的味道，因为灯烟已经飘入你的鼻孔。你并不知道那是伟大的人道主义作品，你只是在睡梦中为珂赛特与冉阿让的相逢而喜悦无限。哦，有多少艺术的秘密，潜形于轻柔的灯烟。油灯在黑暗中闪烁，它突出了黑暗和光明，强调着时间的有限与永恒。你多么怀念油灯下的阅读，它将你一次次拽入前所未有的紧张和满足。还是掐掉回忆，回到另一个启示性的说法吧，它来自阿甘本。在评论麦尔维尔的小说《抄写员巴特比》的时候，阿甘本提到了巴特比抄写时的工具：墨汁。阿甘本说：墨汁，这用来书写的黑暗的水滴，就是思想本身。

四

　　阿甘本对"同时代人"的定义，在任何时代都是一个文学常识。仅仅在一年前，抄写员巴特比还是一个反抗性的文学形象。他拒绝抄写，拒绝工作，拒绝被纳入体制化轨道，你就是把他捆起来都不行。他的口头禅是：我倾向于说不。他是世界文学画廊中最早的"躺平"大师。但随着"躺平"成为一种习性，你在充分感受到他身上所具有的预言性质的同时，又会不安地对他重新作出评估，就像需要重审阿甘本所阐述的"黑暗的水滴"，究竟是黑暗本身，还是充满黑暗的启示。这是时代语境对经典的"改写"，当然改写的不是经典本身，而是我们对经典的阅读方式。因为语境的变化，这位不合时宜的抄写员巴特比，他的反抗性突然荡然无存。他不仅没有与时代脱节，反而与时代严丝合缝，已经不再是阿甘本所说的"同时代人"。但奇妙的是，也正是从这一刻起，《抄写员巴特比》在中国语境中成为经典：再愚钝的人，也能在身边找到现实依据。小说所唤出的经验贬值之日，正是那个经验普泛化之时；经验普泛化之时，就是经典诞生之日。当一个人物成为经典人物，他其实已经泯然众人。这实在过于吊诡了。不过，借用卡尔维诺的说法，正是这个人，这部经典，帮助你在与它的关系中甚至在反对它的过程中确立你自己。

五

在讨论经验贬值问题的重要论文《讲故事的人》一文中，本雅明提到了希罗多德在《历史》第三卷第十四章中讲述的一则故事：波斯国王冈比西斯，俘虏了埃及法老萨姆提克三世。冈比西斯决心羞辱法老一番，遂下令把萨姆提克放在波斯大军凯旋的路边，并让萨姆提克的女儿用水罐汲水，好让做父亲的亲眼看到。所有埃及人都因受此羞辱而恸哭，只有萨姆提克独立寒秋，一声不吭。甚至，当他又看到了正要受刑的儿子，他依然无动于衷。可是后来，当他在俘虏队伍中看到自己的贫病交加的仆人，他终于哭了起来，双拳捶地，表现出最深切的哀伤。本雅明引用了蒙田的解释：法老早已满腹悲苦，再加上一分就会决堤而出。而本雅明提供的第一个解释是：法老不为皇室成员的命运所动，因为这也是他自己的命运。第二个解释是：看到这个仆人，法老的情绪放松了，因为放松而爆发。本雅明的第三种解释是：贫病交加的仆人，此时就是戏剧中的一个角色，在生活的尘世布景中，那些在实际生活中从来不为我们所动之事，一旦被搬上舞台，我们便会受到深深的震动。这确实是一个有力的解释。不过，同样是入戏过深，埃及法老则没有他的中国同事阿斗精明。在布莱希特之前，阿斗已熟谙间离效果之妙，并且让自己成为乐不思蜀这出历史名剧中的主角。法老的另一个中国同事宋徽宗，则是边奏乐边与妃子们弄璋弄瓦。儒道互补之说对此似乎无法解释，本雅明则为我们理解中国历史名剧提供了思路。其实，按本雅明的思路，这个故事还应该有另外的解释，那就是隐藏在法老内心深处的经验被激活了。他曾经看到过此类情景，只是当初的施虐者是他本人，受虐者是邻邦的国王；现在施虐者是邻邦的国王，受虐者成了他自己。他曾经是这出戏剧最初的作者、最初的导演，现在成了这出戏最好的读者、最好的演员。就这出戏剧而言，世上再没有第二个人如法老这般拥有如此充盈的创作经验和阅读经验。

六

阿斗携带未死的家眷为我们出演了乐不思蜀的名剧，萨姆提克三世的某任祖宗则为我们提供了语言学研究最早的实验报告。老萨姆提兑试图证明埃及民族是世界上最古老的民族。他认为，最古老的民族一定拥有最古老的语言，这是一种人类天生就会说的语言。如果婴儿一出生，就把他们隔离开来，没有机会鹦鹉学舌，那么他们会本能地说出什么样的语言呢？他认为，他们说出的第一个词、第一句话，一定是人类最原始的语言。法老大胆假设，小心求证。两个婴儿有一天突然叫道：贝克斯，贝克斯。语言学家经过详细研究，终于弄明白贝克斯的意思就是面包。设想一下，如果继续把他们隔离下去，在进入青春期之后，他们会说什么呢？这使人想起告子的名言：食色，性也。食色，就是人类最原始的语言。但是，这种原始的语言，虽然携带着生命的气息，但它并不是真正的语言。语言在时间中生成，在时间中被再造出来，与历史构成紧张的互动关系，是一种历史修辞。就这个例子而言，只有记录下这个实验过程，记录下这个从人性出发，却灭绝了人性，最后又说明了人性的实验过程的语言，才是语言。

七

但是，语言，更具体地说是文学语言，不应该仅仅停留在对人性的描述上。人性就在那里，你写与不写，它就在那里，或悲或喜。讲述善与恶的斗争，自有文字以来就从未停止过。一个基本事实是，所有关于善与恶斗争的讲述，都是借上帝之口讲述的，都是替天行道。无论对使徒还是对病人，耶稣的话从来都简单明了，因为他把他们看成了心智不全的儿童，而记录那些讲话的人，也诚恳地把自己当成了儿童。孔子总是用最简单的比喻说话，就像老人在教育一帮孙子，而记录那些言行的人，也亲切地把自己当成了孙子。人类百转千回的历史，在耶稣和孔子看来简直一目了然。你承认，呈现善与恶的斗争是文学的基本母题，与此相关的还有仇与恕。或者说，它们本来就是同一个主题：因为有了善与恶，所以有了仇与恕；仇与恕的演绎，则证明了善与恶的存在。但是有一个疑问：既然有了那么多伟大的作品，在不同时代、不同国度，已经反复地演绎了这个主题，你为什么还要这么写？你是在给古希腊悲剧、古罗马神话或者《论语》《孟子》增添世俗注脚吗？果真如此，历史早就终结了，而事实上历史并没有终结，即便我们今天所处的社会已经被某些人着急地称为后人类社会，历史也并未终结。否则，所谓的三千年未有之大变局，又该从何说起呢？你的兴趣仅仅是喜欢重复萨姆提克实验吗？或许应该记住希尼的嘱托：作诗是一回事，铸造一个种族的尚未诞生的良心，又是另一回事；它把骇人的压力与责任放到任何敢于冒险充当诗人者的头上。

八

人们一次次引用阿多诺的那句格言：奥斯威辛之后写诗是野蛮的。人们记住了他的格言，这是他自己选择格言体写作的结果。但是格言也有它的语境，他的原话又是怎么说的？社会越是成为总体，心灵越是物化，而心灵摆脱这种物化的努力就越是悖谬，有关厄运的极端意识也有蜕变为空谈的危险。文化批判正面临文明与野蛮的辩证法的最后阶段：奥斯维辛之后写诗是野蛮的。这也是对这样一种认识的侵蚀：今日写诗何以是不可能的。绝对的物化曾经把思想进步作为它的一个要素，而现在却正准备把心灵完全吸收掉。只要批判精神停留在自己满足的静观状态，它就不能赢得这一挑战。这段话出自《文化批评与社会》一文，写于1949年。但是，在1966年，阿多诺在《否定辩证法》一书中已经对此做了修正：日复一日的痛苦有权利表达出来，就像一个遭受酷刑的人有权利尖叫一样。因此，说奥斯维辛之后你不能再写诗了，这也许是错误的。阿多诺更愿意选择格言体写作，正如哈贝马斯在一篇讨论卡尔维诺的文章所说，阿多诺认为令人信服的格言，是最恰当的表现形式，因为格言作为形式能够把阿多诺内心的知识理想表达出来，这是柏拉图式的思想，它在论证语言的媒介中无法表达出来，起码不能清楚地表达出来：知识事实上一定会冲破话语思想的牢笼，在纯粹的直观中确定下来。也就在那篇讨论卡尔维诺的文章中，哈贝马斯提到了哲学、科学、文学的作者放弃独立地位的问题：卡尔维诺所讨论的主题，就是文学作者对语言的启蒙力量的依附性，而对于语言，文学作者并不能任意支配，他必须通过与超常事物的联系使自己沉浸在语言当中；科学作者也不能彻底摆脱这种依附性，哲学作者当然更不能了。

九

莎士比亚把《哈姆雷特》的故事安排在8世纪的丹麦，而这个故事的原型其实直到12世纪才被丹麦史学家以文字形式记录下来，但我们都知道莎士比亚真正要写的是16世纪末和17世纪初的资本主义的英国。从故事讲述的时代到讲述故事的时代，哈姆雷特在八百年的时间中慢慢成形，他的身上积聚着八百年的灰尘和光芒。一千个读者就有一千个哈姆雷特，首先说的就是这个人物身上积聚了空前的复杂，同时他又是如此透明，就像琥珀，就像经书中的人物。在他的所有复杂性当中，善与恶的斗争依然存在，他对奥菲莉亚的爱依然光芒万丈，但又绝不仅限于此。甚至在莎士比亚的文体中，你都可以体会到资本主义横扫一切的力量，它类似于马克思对资本主义的批判总是带着无限的柔情。伟大的诗人，让我们认识到他们是辩证法大师。事实上，他们创造了自己的辩证法，同时又穿越了自己的辩证法。

十

无法否认，我们心中确实时常回荡着善与恶斗争的旋律。它仿佛把我们带到了自己的童年和人类的童年，那确实是我们需要不断重临的起点。这个时候，我们视野所及一定有孩子的身影。每当我们给孩子讲故事的时候，我们都在极力抑制怀疑主义的情绪，极力证明故事中的世界是一个真实的世界。然而，当孩子进入青春期、即将踏入成人世界的时候，我们又会格外谨慎地把怀疑主义情绪当作珍贵的经验传递给他们，免得他们上当受骗。华兹华斯在诗里写道：婴幼时，天堂展开在我们身边！在成长的少年眼前，这监房的阴影，开始在他周围闭环。那么，你是要告诉他们，人类的未来就是没有未来的未来吗？显然不是。你带着难言的愧疚，诉说着你的企盼，企盼这个正在听故事的孩子，拥有这样的未来：当他穿越怀疑主义迷雾的时候，心中有善意，那善意不是脆弱的，而是坚韧的，足以抵抗恶的侵蚀。但同时，你又知道，这还不够，你对他还有更高的企盼。虽然，经验告诉我们，苦心托付常常是徒劳的。

十一

索尔·贝娄的一个疑问仿佛是对阿多诺的回应：假设作家对现代科学有了兴趣，他们会拿科学做些什么呢？在19世纪，从爱伦坡到瓦莱里，科学给了作家们一些或兴奋或邪恶的想法。戴上精确、演绎、测量、实验的面具，这假面舞会让他们高兴极了。在那时候，掌握科学这件事情还是可以设想的。但到了20世纪，作家就不能这么指望了。他们多少有些敬畏。他们害怕了。他们提出某些观点，拥有某种印象。他们已经失去了信心，不愿宣称自己掌握了知识。现在的知识是什么？甚至去年的专家如今也不是真正的专家。只有今天的专家才可以说知道一些事情的，而如果他不想被无知压倒，就必须迅速跟进。事实上，一些作家认为，信息是今天唯一的缪斯女神。然而，面对着周日早上的《纽约时报》，我们都开始明白，完全知情也可能是一种错觉。我们必须等待艺术生产出信息的象征等价物，也就是知识的客体或符号，以及超越单纯事实的观念。

十二

然而，人们对作家的要求难道不就是唤出"信息的象征等价物"，创造出"知识的客体或符号"吗？所以，从通常的意义上说，我们对当代作家的要求，可能已经超出了对科学家智力以及对人类想象力的要求。或许，正如哈姆雷特是在慢慢成形一样，那个"信息的象征等价物"，也只有在时间中才能水落石出。作家要做的，就是把可能蕴藏着"知识的客体或符号"的信息，尽量用自己的方式呈现出来，然后等着人发现，让它成为知识系统中的一个链环。那是经验的结晶，得以像晶体一样照亮它自己以及人类的经验世界。那么，在此之前，你的工作仿佛就是把精子和卵子暂时冷藏，等待着它有朝一日能够幸运地进入一个陌生的、温暖的子宫。为了保留信息，使那些有可能蕴藏着"知识的客体或符号"的信息不至于流失，有人倾向于多写，如韩信点兵，多多益善。麦克卢汉的那个著名比喻或可借来一用：我的研究就是盲人的探路手杖，凭借回声来探索周围的环境；盲人的手杖必须来回敲打，如果把手杖固定在某个物体上，手杖就没用了，失去了方向和定位。所以，当有人攻击作家写得太多，只是为了赚稿费的时候，其实忽视了作家寻找那个"知识的客体或符号"的艰辛。策兰在诗里说：清晨的黑牛奶我们薄暮时喝它／我们中午喝它早上喝它我们夜里喝它／我们喝呀喝。这种情况，不仅发生在作家身上，所有从事人文学科的人，都可能遇到此种情绪。索尔·贝娄的情况，也与此相似。在你看来，他的主题总是在不断地重复。每次重复，他都会增加新的案例，他会把那个案例写得栩栩如生，让所有观念和细节同时发言，形成语言的洪流，似乎想以此把那"知识的客体或符号"送入波峰浪谷。还是策兰说得最好：住在屋子里的男人他玩蛇他写信／他写到薄暮降临到德国你的金色头发呀／玛格丽特／他写着步出门外而群星照耀着他。人类学的重要创始人马林诺夫斯基的写作原则就是，快点把所有东西都写下来，因为你永远不知道写下来的东西以后有没有用，说不定那些琐碎记录蕴藏着珍宝。当然了，另一种完全相反的情况，也完全可以成立，比如中国传统叙事美学所谓的"尚简用晦"，比如贝克特的越写越少。贝克特不仅越写越少，还要反复删除，仿佛自我蒸馏，仿佛什么都没有留下，从而形成一个巨大的空无，回荡着空洞的声音。这是不是因为，知识的客体或符号，对他来说就是空无，就是空洞的声音？

十三

想起来了，马林诺夫斯基的经验有可能是对索尔·贝娄的纠正：文学不仅从别的学科那里得到教益，别的学科也从文学那里得到滋养。马林诺夫斯基是个小说迷，但他却把小说看成麻醉剂，终生不能自拔。他说：我发誓再也不读小说了，但这誓言只能保持几天，我就又开始堕落了。马林诺夫斯基的所有研究，在某种意义上都是为了发现贝娄所说的"信息的象征等价物""知识的客体或符号"。而马林诺夫斯基所发现的"信息的象征等价物""知识的客体或符号"就是"库拉"，那是一种广泛、复杂的贸易体系，其基本形式是红贝壳项链和白贝壳臂镯的交换：红项链按顺时针流动，白臂镯按逆时针流动，两种物品在库拉圈中不断相遇、循环互换；一次交换并不意味着你与库拉再无关系，因为库拉的规则是，一次库拉，终生库拉。"库拉"作为马林诺夫斯基理论的关键词，在他的日记中是伴随着对小说的渴念而首次出现的。1917 年 11 月 17 日，他在日记中写到特别想看小说，然后才提到了他一生中最重要的发现：库拉。在小说阅读和人类学发现之间，一定有着某种隐秘的联系：是康拉德笔下的航海冒险和吉卜林笔下的丛林风光，激起了马林诺夫斯基对异域生活的强烈兴趣，而萨克雷笔下的伦敦名利场与库拉一定有着惊人的同一性。

十四

　　"大声地念着他自己"的中秋诗会结束了，晚宴开始了，一切都放松了。你听到了俏皮的指责：文学与社会的关系，就像医生与病人的关系。你不能说病人的病生错了，只能说自己的知识不够。你听到了爱国主义宣言：圆明园的几根柱子，至今支撑着我的精神世界。你听到了一个从海德堡回来的人引用着荷尔德林的诗：人类的语言我一窍不通，在神的臂弯里我长大成人。一个跨界艺术家来了，别人介绍这是中央美术学院的教授，教授立即说道：有人说，那是中央丑术学院，别说，还真对！另一个跨界艺术家紧跟着进来了，别人介绍这是中央音乐学院的教授，教授向众人作揖，坐下，说：来晚了，先自罚三杯。旁边有人悄悄问，他是弄什么乐器的？有人代为回答：是个局级，上面让吹什么，他就吹什么，不过除了口哨，什么都不会。有人谈起，在自家院子里挖了一口井，井水甘洌。莫非打穿了地下岩层？你想起了希尼的诗：所以我写诗，为了凝视自己，为了让黑暗发出回声。一个女人抱着狗来向诗人问好，诗人夸狗长得好，女人说：狗下午出门散步，回来嘴里还叼着一根胡萝卜，您看这狗东西多聪明，还知道自己补充维生素。一个德高望重的老人迟到了，所有人都站了起来，服务员小心地把他的屁股放下，你听他说道：周一过后是周二，周二过后是周三，要是周一喝醉了，醒来就是周三了，老朽以为是周二，下午赶去参加政治学习，闹了个笑话，今天是周四，我可没敢忘，服务员，先来碗酸汤面。接着，你听到了扶老携幼的表扬：文学就是隔代继承，作家就是隔辈儿亲。一位诗人亲自把酸汤面端上来了。你想起了杜月笙的名言：人的一生就是三碗面，体面，场面，情面。几乎同时，你想起了毕肖普的墓志铭：一切乱象都在持续，可怕，但快活。仿佛为了印证毕肖普的诗句，另外一桌的诗人及时地吵了起来，就像垃圾箱着了火。不过，挑事的那个诗人很快认怂了，面对举过头顶的茶几，狠狠地跺着脚说：难道您看不到我在发抖吗？您放下板凳，用手打我，不行吗？你连喝了三杯菊花凉茶才压住火。饭店保安闻声赶来，德高望重的老人看着保安缓缓说道：亲爱的年轻人，这个月明星稀的时刻，你应该到院子里去，看看我为你们写过的月亮多么富有诗意。保安不解风情，问：你谁呀？老人说：我在阳光下的眼泪，为你浇灌了月光中的幸福，你说我是谁？

十五

一个人的眼泪为另一个人浇灌了幸福，当然有诗意。宝玉的前世就曾用甘露浇灌过黛玉的前世，所以黛玉用一世的眼泪来报答。这是真正的诗意。诗意主要是指打开事物缝隙的能力，是以新的感受力刺破观念的能力，它意味着发现和创造，它意味着多重时间、多种感情在你笔下首次交织，然后渗入语言的幽谷。当杜甫说"朱门酒肉臭，路有冻死骨"的时候，"臭"和"骨"就是诗意的源泉，因为在此之前酒都是香的，冻死的只能是人，而不是骨头。骨头就是死了之后再死一次，并因此在诗中永生。当加缪因为外遇而对妻子解释说，"你就像我的姐妹，你很像我，但一个人不应该娶自己的姐妹"，他的话是有诗意的，因为他准确而勇敢地表达了自己的无耻、自己的柔情、自己的认知。特朗普曾在节目里赞美第一夫人梅拉妮娅从来不放屁，主持人问：她是不是也从来不拉屎屁？特朗普说：我想说是的，梅拉妮娅确实如此。主持人问：如果梅拉妮娅因为车祸毁容了，你还会爱她吗？特朗普问：胸怎么样了？主持人说：胸还好。特朗普说：这很重要。你觉得，这就是一个诗意盎然的节目。因为这公然的谎言、无端的诚实、惊人的私密、恐怖的庸俗，都是在电视节目上公然进行的。你想起了希尼描写青蛙的诗句：松弛的脖子鼓动着，用它的大嘴放屁。浪漫主义诗人，很难想象庸俗也可以具有诗意。米尔斯基说：果戈理在现实中所关注的层面是一个很难被翻译的俄语概念，即庸俗。这个词的最佳英译或许可以译为道德和精神的"自足的自卑"，他是一位伟大的禁忌破除者，他使庸俗占据了从前仅为崇高和美所占据的宝座。你得承认，果戈理的写作就是诗意的写作。认识不到这一点，你就无法理解鲁迅小说的诗意。毫无疑问，鲁迅的小说至今仍是中国文学史上最珍贵的诗章。

十六

你的思考多么不成体统，它们是从不同的镜子上滑落的碎片，好在与其相信没有真理，不如相信真理已经被摔成了碎片。当然，你也记得阿多诺嘲讽本雅明的那句名言：真理和以下虚假信念不可分——从这些非真实的形象中，迟早有一天，总会出现真正的救赎。当你因为思考而说话，试图说出你的某个观念，那相反的观念其实已经凌空欲飞。你同时接纳两种或两种以上相反的观念，之所以没有被撕裂，是因为你相信文学的本质就是反对本质主义。你想记录你的话，虽然保持着必要的提防，但并不过于谨慎，因为文学或者谈论文学总是意味着冒犯。你不喜欢谈论自己，试图维持老派的体面，但你喜欢通过品评别人的作品来臧否自己。你意识到，那些思考和絮语一旦落笔，就可能意味着它已离开或将要离开，它将使你的文字宛如刻舟求剑，但是刻舟求剑不正是每个写作者在逝川之上的肖像？

（原载《粤港澳大湾区文学评论》2022年第9期）

李洱，北京大学中文系教授。主要作品：长篇小说《花腔》《石榴树上结樱桃》《应物兄》，中篇小说《导师死了》《缝隙》《现场》《葬礼》等，小说集《饶舌的哑巴》等。

寂静与爆炸：关于短篇小说的随想

◎ 赵　松

鲸头鹳

　　他画的，可能是鹈鹕。我是说康定斯基。在他1916年画的那幅送给未婚妻妮娜的水彩画《致那种声音》里，我最先注意到的就是那个用粗黑线条勾勒的牛角刀般的鸟喙。可在我脑海里浮现的，却是鹳。为了核实是否如此，我就到网上搜索，结果就意外地发现了鲸头鹳。它的喙是刀形的。据说，早在1840年，德国探险家费迪南德·韦恩（Ferdinand Werne）在南苏丹见过一只像骆驼一样大的鸟，而且嘴巴巨大，又有点像鹈鹕。这被视为最早的鲸头鹳发现记录。鲸头鹳能从垂直方向起飞，宽大的翅膀有助于在攀爬移动的潮湿植被时保持平衡。而腿长、脚趾长（趾间没有蹼），则有利于穿越沼泽地。它的嘴巴还能发出像机关枪的"咔嗒咔嗒"的声音。就这样，我认为出现在那幅画里的鸟喙，属于鲸头鹳，而非鹈鹕。

　　我相信康定斯基看到过关于韦恩发现鲸头鹳的报道，并记住了对其声音的描述。尤其是在他这幅水彩画里，他最需要的就是这种足够独特的声音。他把整个城市的声音都放进去了。当他想传达内心深处升腾的爱意时，在那个清晨，他肯定听到了所有醒来的声音，马的，驴子的，鸟的，可能还听到了露珠在草丛里滚落的动静，与此同时，他还想到了鲸头鹳的"咔嗒咔嗒"声，在初升的朝阳一片片染红城市的时候。当他想到未婚妻妮娜时，还能听到自己的心跳声，不管她在哪里，是否醒来，他都想把这清晨所有声音化作的图景献给她，并将心跳声包裹其中。只有这样，鲸头鹳的喙出现在画面中心才不是无缘无故的，因为没有哪种鸟能像它那么独特地发声。

康定斯基知道，人的感官是最容易在教化过程中固化的，在人的视觉、听觉、嗅觉、触觉、直觉甚至幻觉之间生成各种障碍，导致人无法从整体意义上感知世界。他知道各种感觉里必然是同时包含了其他感觉的信息的，而这个世界从来都是在各种感觉信息不断交织中呈现的。当他用黑色来画鲸头鹳的嘴时，就意味着里面不只会出现清晨里那些尚未被阳光染亮的绿意，还有被那"咔嗒咔嗒"声从消退中的黑暗边缘唤醒的一切，而所有的声音又都会与他的心跳声共振和声。

要是你还能从这画面中读出那城市的形状有点像女性人体，那也并不让人意外，康定斯基在画的时候无疑是会想着妮娜的，怎么可能不联想到她的身体呢？他在这座城市里醒来，而这城市就像她的身体也在醒来，此刻，他们一起走过的所有地方留下的印象也会层叠浮现在他的脑海里，那些各色笔触和线条即是与印象有关的种种细节，这是他跟她之间的暗语，是只属于他们的记忆密码符号。而那个出现在上方的黑色长耳的形象，难道不就像一头调皮的小毛驴？他画的时候一定在想对妮娜表白，这就是你的我，它正精神头十足地走入晨光里，不过它并没有叫出声来，因为它听到了别的声音，整个城市醒来的声音，尤其是那"咔嗒咔嗒"声。随之而来的，是各种色彩的淡淡浮现，在黑暗与晨光之间，色彩在悄然相遇、重叠、融合，就像各种声音所做到的那样。

"咔嗒咔嗒"，鲸头鹳嘴里发出的声音把康定斯基的画面分解成了各种色彩和声音，然后又演示了那个相遇、重叠与融合的过程，在那个刚刚脱离梦境的城市里，在那个刚刚苏醒的女人身体里，在康定斯基醒来后涌起的思念与想象里。要是我就此把康定斯基的这幅画归入心理绘画的范畴，是不是也没什么不可以的？只不过，这样又会多少简化了他创作中的丰富感觉与隐秘意图。因为在这里，在这个由色彩、线条、笔触所生成的视界里，除了与各种感觉和想象有关，还隐藏着微妙的叙事，也就是前面所提到的那些符号化的印象细节，它们的存在，不仅在隐秘地叙述他们之间的情感经历，还使得整个城市都成了他们的叙事空间，它是为他们而存在的，它也记录了他们在这里的一切。也正因如此，我觉得，康定斯基的这幅《致那种声音》，其实不只是一幅画，还完全可以当作一个短篇小说来读。

大双心河

在我还不能确定自己是否知道短篇小说到底是什么的时候（其实现在也还是不能完全确定），在很多年以前，当时我的脑袋里已经装满了莫泊桑、契诃夫、杰克·伦敦、鲁迅甚至是欧·亨利的短篇小说，一个偶然的机会，让我看到了海明威的《尼克·亚当斯故事集》，它被收在那本诺贝尔文学奖文丛版的海明威作品里，同时被收入的还有《老人与海》。我得坦白地承认，跟以往读过的那些短篇小说家们的作品相比，尼克故事对我的强烈影响是超乎想象的。而在这个影响状态中的最高光时刻，则是那篇《大双心河》。如果其他篇目已经让我对于海明威的短篇小说风格技法有了足够强烈的印象，并且也在很大程度上更新了我对于短篇小说的认识，那么直到《大双心河》出现时，我才意识到，我对前面那些篇目的阅读，其实只是一个蓄水的过程，是在一个原有的容器里蓄入新鲜的水，但在本质上跟以往阅读其他短篇小说名家们的作品并无区别。等到读完《大双心河》的时候，我呆住了。让我呆住的不只是水忽然溢出了容器，而是随之而来的容器的破裂消解。

这篇小说要是简要复述的话，其实"故事"非常的简单，就是尼克参战后回到故乡，拿起那些钓鱼的工具，带着帐篷、锅具和简单的食物，去山里溪流中钓鳟鱼的事。整篇小说里只有一个人物（回忆中的人不算在内），就是尼克，从始至终再也没有出现其他人。在沿着溪流钓鱼的过程中，尼克几乎是无语的状态，因为没有他人在场，他也不需要说话，顶多就是极少的偶尔自言自语，也是简短到没有想表达什么的地步。夜里他在山里宿营，给自己做吃的东西，然后睡在帐篷里，次日起来，再继续溪钓。从传统的角度来说，这篇小说里近乎没有什么"故事"。这也是为什么即使那些已然接受了海明威式风格的评论家，也觉得这篇小说晦涩难懂到了无以复加的地步。但海明威自己则非常喜欢这篇小说，并自豪地认为，它省略了整个战争。你得承认，他说得对。在这里，他写的一切，山，树，溪流，鳟鱼，无不与冷峻的气息一起笼罩在尼克的个人那幽深隐微的感觉里。他的笔触无论有多么的简练，都是在无声而又准确地触摸到那些事物本身，这种无言的触及在很大程度上是感觉不断累积式的，是人与物的感觉持续交汇融合的过程，在这个过程中，人的意识可以通过视觉的、嗅觉的、听觉的、触觉的等等不断变换着角度来获得幽微的呈现。尼克在做的，不过是试图在重返故境的过程中修复自己在战争中留下的身心创伤，至于究竟能否多少实现这样的意图他自己也并不知道，他只知道，一切都变了，不会再重现了。

跟康定斯基一样，海明威是个感官极其敏锐的人，他能听得懂所有事物的声音，能从那些事物的表象中看出交织其中的一切信息，他知道它们是以什么方式在不断发生关联的，他知道它们是什么，为什么在那里，也正因如此，当他让尼克进入山里，沿溪垂钓的过程，根本不需要再有任何言语，也不需要去描写尼克的内心世界，因为他知道，那山里的一切，都不过是尼克的心灵与感觉的外化并与那些外在事物默契共鸣而已。从这个意义说，他的方式并不是省略，而是以一种貌似寻常实则异常真切深刻的体验去替代或遮蔽另一种同样深刻的体验。这在本质上是跟康定斯基以画面图景传达内心的声音有着异曲同工的效果的。当我们在《尼克·亚当斯故事集》里读到那篇《写作》时，尤其是读到海明威谈及自己如何从塞尚那里学到描写风景的技巧时，就会更容易理解他在《大双心河》里为什么要追求那样的效果。实际上他从塞尚那里学到的，就是如何以最朴素的笔触与色彩去不动声色地生成能够容纳下异常丰富的感觉和意味的图景。尽管他从未有机会成为真正的诗人，但他至少清楚，当短篇小说的写作艺术达到高点时，完全是有可能抵近诗境的。从这个意义上说，《大双心河》即是他用尼克的剧变人生写下的一首充满了沉默、幽暗与生命微光的叙事诗。

　　火车顺着轨道继续驶去，绕过树木被烧的小丘中的一座，失去了踪影。尼克在行李员从行李车门内扔出的那捆帐篷和铺盖上坐下来。这里已没有镇子，什么也没有，只有铁轨和火烧过的土地。沿着森奈镇唯一的街道曾有十三家酒馆，现在已经没有留下一丝痕迹。广厦旅馆的屋基撅出在地面上。基石被火烧得破碎而迸裂了。森奈镇就剩下这些了。连土地的表层也给烧毁了。

　　这个开篇段落，是我所看到过的最为精彩的关于人物内心状态的景物描写，它什么都没有说，却又仿佛已暗示了一切。这就是尼克的全部过去留下的痕迹，也是他在创伤里所能获得的唯一可能是新的出发点，为了活下去。在山里，尼克重复了过去曾做过的一切动作，就像在完成一场复习，并试图以此过程来唤醒自己的感官与濒死的心灵。他清空了自己，仿佛什么都不再去想了，对一切都了无牵挂和羁绊了，他只是要把自己重新融入到山间和溪流里，融入那些散发着微香的松树林里，他把那些新鲜的鳟鱼剖开，就像在剖开自己，但他其实不过就是想着要以这样的过程让自己走出过去并重获生机。或许，在这个充满仪式感的行为里，同样隐藏着短篇小说的一个秘密——钓到鱼，从来不是写作的目的，它不过是个最为恰切的意识临界点，真正重要的，就是在这个临界点的两侧或者说周围，在抵达这个临界点的过程中，那所有的一切事物以何种方式汇聚铺叠出足够的蓄势待发却又始终未发的能量。

香蕉鱼

顺着《大双心河》写作方式的线索延伸出去，我能最容易想到的一种变体，就是塞林格，尤其是《抓香蕉鱼最好的日子》。我从来都不怀疑，在塞林格的写作观念与方法里，海明威的影响是非常深的。如果说在《大双心河》里，海明威是以一种极其克制而又无声的描述创造了一个异常寂静的个人世界，并将死生之间的种种况味悄然灌注其中，那么在《抓香蕉鱼最好的日子》里，塞林格所采取的，恰恰是另外一种别开生面的方式——他用喧闹与寂静形成的对称关系来重重包裹那深陷创伤中的人最后的从精神到肉体的爆炸。

作为虚拟的道具，香蕉鱼的存在，其实不过是塞林格为那最后的爆炸选择的一个极其隐晦的导火索。它所暗示并触及的，其实是主人公西摩内心深处最为隐秘、就连他自己都未必能清晰描述的部分。如果说《大双心河》里的人与世界是一场爆炸后的寂静废墟般的存在，那么塞林格在《抓香蕉鱼最好的日子》里所创造的则是爆炸前的世界所有的喧哗与孤独。做这样的比较当然不是要说明塞林格比海明威更为高明，但我还是想说，在海明威打开的领域里，塞林格所进行的拓展是惊人的、罕有匹敌的。他在海明威通过《大双心河》所划出的短篇小说的一个新边界出发，又走了很远。甚至可以说，他是继海明威之后，真正意义上有能力并且做到了让人重新思考短篇小说这门艺术的作家。如果说海明威在《大双心河》这样的小说里把视界构建在人的意识之海中的星散般的岛屿上，那么塞林格则以《抓香蕉鱼最好的日子》等小说将视界推进到深海里，并在那极为幽深的所在，以不同的方式完成了一次又一次的精神爆破，尽管人们最后看到的可能只不过是些浮到海面上的碎片。

在《抓香蕉鱼最好的日子》里，塞林格所创造的其实是一种小说装置。他把那些貌似无关紧要的琐碎东西慢慢地汇聚在一起，然后在散漫得仿佛没有任何叙事意图的推进中悄悄埋下了一根就像玩具般无害的意念导火索，直到最后的爆炸发生时，你才会忽然意识到它的诡异存在。由这篇小说延伸到塞林格的其他短篇小说，不管那导火索与爆炸的机制是否还会出现，短篇小说这门艺术在很大程度上都像深海探测器或是太空探测器一样，再也不可能回到以往的那种叙事机制范式里了，能够决定它会抵达何种强度和境界的，不可能再是它讲述了什么样的故事，而只能是它触及人的灵魂最幽深处的方式和途径。

（原载《小说界》2022年第1期）

赵松，作家、评论家。主要作品：小说集《伊春》《隐》《积木书》等，志怪赏读《细听鬼唱诗》，随笔集《最好的旅行》《灵魂应是可以随时飞起的鸟》等。

《雪国》的死亡主题

◎ 刘文飞

　　《雪国》的叙事是以女主人公之一叶子的死亡作为结束的。叶子从着火的木楼摔下来，"女人的身体，在空中挺成水平的姿势"，"僵直了的身体在半空中落下，变得柔软了"，"然而，她那副样子却像玩偶似的毫无反抗，由于失去生命而显得自由了"，"在这瞬间，生与死仿佛都停歇了"，"但是她终究还是直挺挺地掉落下来了"，"叶子的腿肚子在地上痉挛"——

　　叶子的痉挛轻微得几乎看不出来，而且很快就停止了。

　　在叶子痉挛之前，岛村首先看见的是她的脸和她的红色箭翎花纹布和服。叶子是仰脸掉落下来的。衣服的下摆掀到一只膝头上。落到地面时，只有腿肚子痉挛，整个人仍然处在昏迷状态。不知为什么，岛村总觉得叶子并没有死。她内在的生命在变形，变成另一种东西。

　　叶子落下来的二楼临时看台上，斜着掉下来两三根架子上的木头，打在叶子的脸上，燃烧起来。叶子紧闭着那双迷人的美丽眼睛，突出下巴颏儿，伸长了脖颈。火光在她那张惨白的脸上摇曳着。(叶渭渠译文，下同)

目睹叶子的死，目睹驹子冲过来紧紧地抱住叶子的遗体，"仿佛抱着自己的牺牲和罪孽"，岛村想冲向她俩，却被一群汉子推开，"这些汉子是想从驹子手里接过叶子抱走"，"待岛村站稳了脚跟，抬头望去，银河好像哗啦一声，向他的心坎上倾泻了下来"。

这个小说结尾，已成为世界文学中描写死亡的最著名段落之一。

《雪国》这个小说题目自身，就是一个关于死亡的隐喻。"穿过县界长长的隧道，便是雪国。夜空下一片白茫茫。火车在信号所前停了下来。"《雪国》这段简洁的开场白，似乎也把读者带入了另一个世界，一个纯净的白色世界，一个寂静的冰冷世界，一个生机被覆盖的世界，"雪的国度"就像是"死亡的国度"。

《雪国》是川端康成最为著名的小说，是川端康成文学创作的巅峰之作，也是使川端康成获得1968年诺贝尔文学奖的三部主要作品之一（另两部作品是《古都》和《千只鹤》）。从1935年开始在文学期刊上发表这部作品的片段，到1948年底最终定稿，这部译成中文只有八九万字的中篇小说，川端康成却写了整整十四年！《雪国》写的是东京一位名叫岛村的中年男子三次前往雪国会见艺妓驹子的故事。小说从岛村的第二次雪国之行写起，写他在火车上遇见贤惠善良的叶子，叶子在车上无微不至地照看一位男性病人。与驹子在雪国的汤泽相见后，岛村才得知火车上的那位女子名叫叶子，她照看的病人是行男。行男是驹子的三弦琴师傅的儿子，也是驹子青梅竹马的准未婚夫，后来患了肺结核，驹子就是为了报答师恩、赚钱给行男看病而做起艺妓的。小说以倒叙的方式描写了岛村的第一次雪国之旅，他在雪国的温泉旅馆邂逅艺妓驹子，被她的纯真和洁净所吸引，他甚至觉得她的"每个脚趾弯都是很干净的"。驹子也深深地爱上了岛村，把自己的生活理想和爱情希望都寄托在岛村身上，可是她依然不得不接待其他客人，陪别人喝酒。岛村是个家境优越的中年男子，也有妻室，他欣赏驹子的美，也接受驹子的风情，却对她的真情投入无动于衷，他还对火车上偶遇的叶子心生好感和依恋。在岛村结束第二次雪国之行返回东京时，驹子深情相送，叶子此时急匆匆赶到车站，说行男即将死去，要驹子赶回去见行男最后一面，却被驹子拒绝。一年后，岛村再次来到雪国，与驹子厮混，其间也多次见到叶子，看到叶子去给行男上坟，听到叶子洗澡时的美妙歌声，还与叶子有了面对面的交谈，叶子甚至请求岛村带她去东京，但叶子也央求岛村要"好好对待驹姐"。在岛村打算悄悄返回东京的时候，驹子又赶来车站，就在这时，他俩看到了着火的蚕房，蚕房里举办一场电影晚会，放映机上的胶片起火，引发火灾。等他俩赶到现场，恰好目睹叶子从蚕房的二楼摔下来。

小说中的四位男女主人公，有两位先后死去，即行男和叶子，剩下的两位，即岛村和驹子，驹子发疯了，也就是说在意识上死亡了，原本就是一位虚无主义者的岛村，从此恐怕也将心如止水，至少在情感上也死去了。小说中有两个相互交叉的三角关系，即驹子—行男—叶子 / 驹子—岛村—叶子，随着行男和叶子的死去，这两个三角也坍塌了。驹子和叶子究竟是什么关系，小说中并未充分交代，但她俩无疑是一对姐妹，是岛村的两个欲望对象，一个是岛村肉欲之爱的对象，一个是岛村精神之爱的对象。

最后，驹子紧紧抱住叶子的身体，象征岛村意识中两个分裂的欲望对象重新合体，也象征着他的精神寄托的最终消亡。象征死亡的白雪，厚厚地覆盖着《雪国》这部小说及其叙事。

　　川端康成之写死亡，是因为他很早就接触到了太多的死亡。生于1899年6月14日的川端康成是个早产儿，仅在母亲的腹中待了七个月，因而他出生后一直身体羸弱。在他出生的第二年，父亲就因肺结核病去世；次年，母亲被同样的疾病夺去生命，三岁的川端康成就成了孤儿，由爷爷奶奶抚养。川端康成刚长到七岁，疼爱他的奶奶撒手人寰，他只能与又聋又瞎的爷爷相依为命。九岁时，他那位在父母去世后被寄养在姨夫家的姐姐也因病死去。川端康成总共只见过姐姐两三面，其中一次是在姐姐被亲戚背着来参加奶奶葬礼的时候，当时的姐姐一身素装，川端康成后来回忆道："这个在空中飘动的白色物体，就是我关于姐姐的全部回忆。"最后，在他十五岁（虚岁十六岁）时，爷爷也去世了。与濒临死亡的爷爷的相守相伴，对于川端康成而言简直就是一场死亡演剧，听不见也看不见的爷爷瘦骨嶙峋，终日躺在床上，唉声叹气，泪流满面。面对这唯一在世的亲人的痛苦弥留，川端康成既伤感又恐惧，为了克服这种感受，他在爷爷的病榻旁搭起一个台子，在昏暗的烛光下一笔一画地描摹祖父的病容，记录一步步走近爷爷的死亡，这份记录构成了他的第一部作品《十六岁的日记》。他在后来写成的《拾遗骨》中这样描述了他送别爷爷的场景："走向墓地的途中，我想起这样一个传闻：据说昨晚守灵的时候，我爷爷变成一缕蓝焰的鬼火，从神社的屋顶飞起，又从传染病医院的病房飞过，村庄的上空飘荡着一股令人讨厌的臭味。"

尚未成人的川端康成，先后送别了父亲、母亲、奶奶、姐姐和爷爷，还有他的几位老师、远亲和朋友。而且，川端康成作为他家的唯一幸存者，在他们家所属的大家族中有人去世时，他还要代表他家参加葬礼，据说他曾在一个暑假里连续参加了三场葬礼。他后来写了一篇作品，题目是《参加葬礼的名人》（1923），这句话就是别人当年对不断出现在葬礼上的川端康成的调侃。所谓"孤儿的情感"和"幸存者的情感"，也就是对死亡的体验，很早就被川端康成写进了他的作品，他1916年发表的处女作就题为《肩扛恩师的灵柩》，是他对中学英语老师仓崎仁一郎的追念。川端康成后来说："这种孤儿的悲哀成为我的处女作的潜流……说不定还是我全部作品、全部生涯的潜流。"从此，死亡主题便持续不断地出现在川端康成的作品中，比如《禽兽》（1933）中主人公目睹他饲养的小鸟一只接一只地死去，随笔《临终的眼》（1933）是为悼念著名画家古贺春江的去世而作，《千只鹤》（1951）中的代田夫人因为乱伦之爱心生的罪孽感而自杀，报告小说《名人》（1938）中的著名棋手秀哉名人最终因棋而死，《睡美人》（1961）写行将就木的老人江口与六名服用安眠药后沉睡不醒的少女（死去的美丽？）同床共枕……小说《山音》（1952）中更是充满着"死亡的声音"（无怪乎这部小说的俄译者把这部小说的题目译为《山的呻吟》），叶渭渠先生在他的《川端康成传》（新世界出版社2003年版）中写道："《山音》除了设置梦之外，还添上死的色彩，譬如鸟山被妻子残酷虐待致死、水田在温泉旅馆里猝死、北本拔白发而死、划艇协会会长夫妻家中的情死、信吾友人患肝癌而死等等，都是企图通过这些死的形象来触发某一个情节发生或发展，与梦相照应地展开以菊治为中心的各种人物的微妙的心理活动。如果说，支撑这部作品的基调是梦与死，恐怕不算言过其实吧。"据有人统计，川端康成全集中有三十四篇作品在开头五行里就提到死亡，占其全集作品近三分之一。死亡的雪不仅覆盖着《雪国》，也飘洒在川端康成的整个创作中。

在《雪国》中，死亡主题的另一个变体就是虚无和徒劳。尽管川端康成一再否认岛村这个小说人物有作家自己的影子，他声称："岛村不是我，他只是陪衬驹子的一个道具。"他说："驹子才是我。"一如福楼拜强调："包法利夫人就是我。"但是，岛村面对一切存在的虚无主义态度却无疑是川端康成赋予的，或者说，岛村是在以《雪国》作者的目光看待世界。岛村拥有丰厚的遗产和圆满的家庭，可是他却对生活提不起精神。他号称在研究欧美舞蹈，想方设法搜集欧美舞蹈方面的书籍、照片和海报，却从不去现场观看西洋人跳的舞蹈，甚至也不看日本人跳的西洋舞，因为，"他所欣赏的，并不是舞蹈家灵活的肉体所表演的舞蹈艺术，而是根据西方的文字和照片所虚幻出来的舞蹈，就如同迷恋一位不曾见过面的女人一样"。他的三次雪国之行其实就是精神和情感上的散心之举，是闲得无聊。他被雪国的美景所吸引，被驹子和叶子的美所迷倒，但是他始终没有倾情投入，因为他认为一切都是徒劳的、虚无的。他完全能感受到驹子对他的一往情深，可他却表现出近乎残忍的冷静。他欣赏驹子的纯净与善良，享受驹子的肉体和美，但他在第一次雪国之行之后并未按照约定给驹子写信，第二次雪国之行之后他再次食言，也没有按时赴约，而且对此没有任何歉意和不安，他甚至转而开始移情于叶子。驹子是一个上进的女子，虽然为了报答师恩做了艺妓，可她却仍然憧憬着自己的美好爱情和幸福未来，她学琴，读书，记日记，学唱歌，练书法，十多年如一日，幻想过上"正正经经的日子"，想"活得干净一些"。但驹子所做的这一切，在岛村看来都是徒劳的、毫无意义的。"即便说，驹子是少爷的未婚妻，叶子是他的新情人，那少爷又将不久于人世的话，这一切在岛村的脑海里，不能不浮现出'徒劳'二字。""她对都会的向往之情，如今也已心如死灰，成为一场天真的幻梦。她这种单纯的徒劳之感，比起都市里落魄者的傲岸不平，来得更为强烈。纵然她没有流露出寂寞的神情，但在岛村眼中，却发现有种异样的哀愁。倘若是岛村沉溺于这种思绪里，恐怕会陷入深深的感伤中去，竟至于连自己的生存也要看成是徒劳的了。"当驹子因为感觉到爱的不可能而痛心疾首地撞击墙壁的时候，这悲愤的声响在岛村听来却寂静无声，"有如雪花落在自己的心田里"。驹子的人生是一个壮烈的悲剧。面对自己的精神之爱对象叶子，岛村也产生出了同样的徒劳感，因为叶子就是驹子的过去，驹子就是叶子的未来。甚至在面对大自然、面对动物的时候，岛村也能感觉到徒劳。他在登山时感到："如今又是秋天登山时节，望着自己屐痕处处的山岭，对群山不禁又心向往之。终日无所事事的他，在疏懒无为中，偏要千辛万苦去登山，岂不是纯属徒劳么？"岛村发现死去的蛾子异常美丽："有的蛾子，一直停在纱窗上不动，其实已经死了，像枯叶似的飘落下来。有的是从墙上掉下来的。岛村捡起来一看，心想，为什么长得这样美呢?"蛾子的美丽,也像驹子的美和叶子的美一样,是一种徒劳的美丽,或者说是美丽的徒劳。美是徒劳的,爱是虚妄的,一切都是虚无的,因此,美和爱都是与死亡密切相关的。

为了凸显美的虚幻和缥缈,川端康成在《雪国》中插入两段关于女主人公肖像的经典描写,一是关于叶子的肖像描写,即"暮景的镜",一是关于驹子的肖像描写,即"白昼的镜"。在小说的开头处,岛村在火车上注意到了坐在他对面的叶子,叶子的美是借助火车车窗上的映像折射出来的:

当他无意识地用这个手指在窗玻璃上划道时,不知怎的,上面竟清晰地映出一只女人的眼睛。他大吃一惊,几乎喊出声来。大概是他的心飞向了远方的缘故。他定神看时,什么也没有。映在玻璃窗上的,是对座那个女人的形象。外面昏暗下来,车厢里的灯亮了。这样,窗玻璃就成了一面镜子。然而,由于放了暖气,玻璃上蒙了一层水蒸气,在他用手指揩亮玻璃之前,那面镜子其实并不存在。

玻璃上只映出姑娘一只眼睛,她反而显得更加美了。

……

黄昏的景色在镜后移动着。也就是说,镜面映现的虚像与镜后的实物好像电影里的叠影一样在晃动。出场人物和背景没有任何联系。而且人物是一种透明的幻象,景物则是在夜霭中的朦胧暗流,两者消融在一起,描绘出一个超脱人世的象征的世界。特别是当山野里的灯火映照在姑娘的脸上时,那种无法形容的美,使岛村的心都几乎为之颤动。

……

这当儿，姑娘的脸上闪现着灯光。镜中映像的清晰度并没有减弱窗外的灯火。灯火也没有把映像抹去。灯火就这样从她的脸上闪过，但并没有把她的脸照亮。这是一束从远方投来的寒光，模模糊糊地照亮了她眼睛的周围。她的眼睛同灯火重叠的那一瞬间，就像在夕阳的余晖里飞舞的妖艳而美丽的夜光虫。

关于车窗之镜子中的叶子形象，《雪国》中有着长达数页的描写，这在以简洁著称的川端康成的小说中十分罕见。相形之下，关于映照在岛村房间里那面梳妆镜中的驹子肖像的描写就要简短多了：

岛村朝她望去，突然缩了缩脖子。镜子里白花花闪烁着的原来是雪。在镜中的雪里现出了女子通红的脸颊。这是一种无法形容的纯洁的美。

也许是旭日东升了，镜中的雪愈发耀眼，活像燃烧的火焰。浮现在雪上的女子的头发，也闪烁着紫色的光，更增添了乌亮的色泽。

这两幅著名的镜中映像是一种巧妙的人物肖像描写手法，即分别通过车窗外的暮色和室外的积雪来映衬和烘托两位女主人公的美，但与此同时，作者把两位女主人公的美置放在两面镜子里，这并不仅仅是为了凸显她俩的朦胧美，可能也是在有意地模糊虚与实的界限，在突出美的超现实性和虚幻性。作者甚至可能是在暗示，真正的美是不真实的，仅仅存在于镜中，而飘忽不定、难以捕捉和稍纵即逝的美，更是与整部作品的虚无主题和死亡主题相呼应的。

《雪国》的死亡主题是与日本文学和文化中的物哀传统一脉相承的。"物哀"这一概念最早由日本国学家本居宣长提出，他在一部关于《源氏物语》的研究著作中写道："世上万事万物的千姿百态，我们看在眼里，听在耳里，身体力行地体验，把这万事万物都放到心中来品味，内心里把这些事物的情致一一辨清，这就是懂得事物的情致，就是懂得物之哀。进一步说，所谓辨清，就是懂得事物的情致。辨清了，依着它的情致感触到的东西，就是物之哀。比如说，看到樱花盛开赏心悦目，知道这樱花的赏心悦目，就是知道事物的情致。心中明了这樱花赏心悦目，不禁感到'这花真是赏心悦目啊'，这感觉就是物之哀。"也就是说，物哀就是人（主体）和物（客体）之间的情感呼应和审美共振。物哀包含多种情感，如同情、感喟、怜惜、忧伤、悲叹等，但首要的还是那种细腻却又恬淡的哀愁，就像本居宣长说的那样："在人的种种感情上，只有苦闷、忧愁、悲哀，也就是一切不能如意的事，才是使人感动最深的。"在日本文学中，物哀成为一个主要的审美传统和美学原则，日本最古老的文学经典如《古事记》《万叶集》《源氏物语》《徒然草》等，都带有浓重的物哀风格。川端康成继承日本文学的这一传统，并在《雪国》中发扬光大。川端康成获得诺贝尔文学奖的缘由，是因为他"以敏锐的感觉、高超的小说技巧表现了日本人的内心精华"。所谓"日本人的内心精华"，一定是与物哀的审美传统相关联的，而川端康成的"敏锐的感觉"和"高超的小说技巧"，在很大程度上就体现为他的物哀审美策略。川端康成说过："平安朝的'物哀'成为日本美的源流。""悲与美是相通的。"在《雪国》中，他把物哀的审美意识与死亡主题结合在了一起。物哀中原本就蕴含着对于死亡的某种特殊审美态度，日本人因此更欣赏夜空边缘的残月、花期很短的素色樱花以及富士山顶的一抹残雪，也就是说，更推崇某种即将灭失的美，物哀由此也成为一种生死观。美是瞬间的，美是短暂的，美在死亡的瞬间获得短暂的最高显现。川端康成认为，死亡是最高的艺术，因为死亡能产生美，就像《千只鹤》中的太田夫人死后，菊治和文子都感到她变得更美了，成了真正的"美的化身"。作家们在描写死亡的时候大多意在凸显死亡的恐怖，渲染死亡的悲剧感，而川端康成之写死亡，却意在揭示死亡之美，他以一种面对死亡的审美姿态来冲淡死亡的悲哀。《雪国》中有这样一段话："一个人如果死得快乐，如果认为死是一种恒久的解脱，世人就不应为他叹息，因为快乐的死亡总好过灵魂里面最深层次的疼痛，有朝一日，对生命也心不在焉了。死亡是极致的美丽，死亡等于拒绝一切理解。"在川端康成看来，美和死同属一个有机整体，死是一种美，甚至比生更美，是美的极致。"'悲哀'这个词与美是相通的。"人生最大的悲哀，即死亡，也就有可能成为至高的美。由于死亡之中所蕴含的美，由于面对死亡的审美态度，《雪国》中的死亡似乎不再令人恐怖，反而洋溢着淡淡的抒情意味。

《雪国》中的死亡还是超脱的、超然的，因为川端康成在其中注入了他的生死轮回思想。小说女主人公驹子的名字，据川端康成说，取自中国古代的蚕马神话。这则神话故事是这样的：父亲出门在外，只剩母女和一匹马在家，母思父，便许诺：谁能找回父亲，就把女儿嫁与他；马听闻之后飞奔而去，载回父亲，父亲却坚决不让女儿嫁给那匹马，那匹马高声咆哮，结果被杀，马皮晾在一旁，突然，那块马皮卷起女儿，飞到一棵树上，女儿最后变成了蚕。蚕有作茧自缚的寓意，也有化蛹成蝶的再生寓意，喻示死亡也是一种蜕变。小说中提到，白净的驹子像蚕茧一样洁白透明。驹子居住的地方原来是蚕室，后来，叶子葬身火海的地方也是一间蚕室。面对叶子的死亡，岛村似乎并没有表现出应有的悲痛，相反却从叶子的升天般的死亡之中得到精神的升华与心灵的彻悟。他感到叶子的死如银河一般壮丽，这不过是她"内在生命在变形"，叶子会"由于失去生命而显得自由了"。在壮美的火海中，叶子完成了生命的超度。《雪国》中的死亡是美丽的死亡，也是死亡的美丽；它是对死亡的审美化，也是对死亡的生命属性的论证。川端康成生前多次重复自杀身亡的古贺春江的一句口头禅："再没有比死亡更高的艺术了，死就是生。"川端康成在《雪国》中艺术地论证了这样一种"死就是生"的美学观和世界观。

关于川端康成创作中死亡、虚无、轮回和美之间的关系，川端康成的中译者叶渭渠先生在他的《川端康成传》中这样写道：

他说过："在个世界上，没有什么比轮回转世的教诲交织出的童话故事般的梦境更丰富多彩的。"所以，川端以为艺术的虚幻不是虚无，是来源于"有"，而不是"无"。从这种观点出发，他认为轮回转世，就是"生死不灭"，人死灵魂不灭，生即死，死即生，为了要否定死，就不能不肯定死；也就是把生和死当做一件事，不能不把生和死总括起来感受。他认为生存与虚无都具有意义，他没有把死视作终点，而是把死作为起点。从审美角度来说，他以为死是最高的艺术，是美的一种表现。也就是说，艺术的极致就是死灭。他的审美情趣是同死亡联系着的，他几乎三分之一强的作品是同死亡联系在一起的。作家将美看作只存在空虚之中，只存在幻觉之中，在现实世界是不存在的。青少年时期，川端在他的世界观、人生观形成过程中接触的死亡实在是太多了。他在日常生活中"也嗅到死亡的气息"，产生了一种对死亡的恐惧感，更觉得生是在死的包围中，死是生的延伸，生命是无常的，似乎"生去死来都是幻"，更加着力从幻觉、想象中追求"妖艳的美的生命"，"自己死了仿佛就有一种死灭的美"。在作家看来，生命从衰微到死亡，是一种"死亡的美"，从这种"物"的死灭才更深地体会到"心"的深邃。就是在"无"中充满了"心"，在"无"表现中以心传心，是一种纯粹精神主义的美。

维特根斯坦说："死亡不是生活中的事件，我们难以活着体验死亡。"布罗茨基用一句诗重复了这句话："死亡就是经常发生在别人身上的事情。"但是，布罗茨基也说过另一句名言："写诗就是死亡的练习。"一个人无法在活着的时候体验死亡，但一位诗人或作家却可以通过写作来体验死亡，并让读者通过他的作品获得关于死亡的体验和感受。文学作品中关于死亡的描写可能是现实生活的反映，也可能是作家的文学想象，是作家死亡意识的艺术显现，在川端康成这里，可能是这三者的合成。文学作为一种想象，一种猜谜方式，一种接受天启的手段，可能最能揭示死亡的本质。文学描写死亡，同时也在解构死亡，作为人类面对死亡的一种最坦然的姿势，文学能在与死亡的游戏中获得快感和美感。诉诸死亡的文学，说到底是对死亡的抗争。孔子说："未知生，焉知死。"其实反过来一样："未知死，焉知生。"人类因为对死亡的恐惧而创造了艺术，而艺术却能把死亡审美化，在一定程度上减缓甚至克服人对于死亡的恐惧。

1972年4月16日，川端康成离开家去工作室，他在出门之前对家人说："我去散步了。"当晚，他的助手赶到工作室，发现川端康成躺在卫生间的一床棉被上，嘴里含着煤气管，早已没有生命体征。川端康成的身边放着一瓶打开的威士忌，还有一个酒杯。他没有留下遗书，因为他早在1962年就说过："自杀而无遗书，是最好不过的了。无言的死，就是无限的活。"川端康成用他一生中的最后一个举动，为《雪国》中的死亡主题添加上了最后一个注脚。

（原载《十月》2022年第4期）

刘文飞，中国俄罗斯东欧中亚学会副会长。主要作品：《二十世纪俄语诗史》《阅读普希金》《文学的灯塔》等；译有《普希金诗选》《俄国文学史》等。

得书记

◎ 张新颖

　　我曾经写过一篇短文《失书记》，一位朋友说，何不再写一篇《得书记》？

　　这如何写法？我不是藏书家，没有什么珍稀的宝贝；普通的书又不算太少，不可能也没有必要一一交代。就挑几本，说说来历和相关的人事吧。

　　其实也不是挑，不需要在书架前逡巡，它们就在记忆里，牵连着不同时期的经验涌出，漫过书的形式和内容本身。

　　一九八五年上大学，中文系男生宿舍在复旦东区的十五号楼，我住三楼，对着楼梯口。八三级住二楼，有我的一个中学校友，也住对着楼梯口这间。我赶紧来见他。他读高中时就在《青春》上发表了小说，这可不是件小事，马上传遍整个学校。两个人坐在桌子和床之间的窄道里说话，说得磕磕绊绊，倒不觉得尴尬——原来他是和我一样不善言谈的人。沉默的间隙，他伸手从床上靠墙放着的一排书里抽出一本，送给我。

　　《麦田里的守望者》，施咸荣译，漓江出版社，一九八三年第一版。封面上作者的名字印成"塞格林"，我用钢笔给"格"和"林"画了个对调符号。要到后来我才知道，一九六三年作家出版社以内部资料的形式出过这本书，就是施咸荣翻译的。我们大学时代读的塞林格，除了这本，还有《九故事》，班里那几个写小说的兄弟，差不多把《九故事》当成了短篇写作的秘笈，说起来，那可真是"抓香蕉鱼的日子"。

《麦田里的守望者》到现在出了很多版本，我自己就有不少，但一直保存着师兄送的那本。我们凑在一起的时候很少，都不是爱交际的人。回想起来，有两个很深的印象。一是某天傍晚远远地看见他，一个人踢足球，对着一面墙，踢过去，弹回来，再踢过去；再就是，有回不知道怎么聊起写作，他说，如果写八十年代中国文学和文化的变化，就要写成《伊甸园之门》这样的东西。

我在中央食堂前的书报亭买了Morris Dickstein这本书，有些激动地读过一遍，上面画满了直线和波浪线。很多年之后，有一次我代陈思和老师当代文学史的课，一个学生录了音，整理成文，题目是《重返八十年代：先锋小说和文学的青春》，开篇讲的却是《伊甸园之门》这本书，以及二十世纪八十年代中后期它在校园里的风行。

师兄毕业后回山东，在省广电中心工作。我大三下学期实习，他那时候下淄博记者站锻炼，我联系了他，就到淄博去跟他同吃同住，跟着出去采访，过了很快乐的三个月。

大概是读研究生期间吧，我在老孙头的宿舍看他买的英文旧书，看的时间有点长，猛然听到他说："这本送你了。"

我略有吃惊，却也没客气，带回了自己的宿舍——兰登书屋出版的《弗罗斯特诗选》(*The Poems of Robert Frost*, First Modern Library Edition, 1946)。

老孙头和我同班，从本科到研究生，所有人第一次见他，先注意的一定是他的高，而且瘦。这么一个挺拔的内蒙古小伙，不知道怎么被喊成老孙头。读研期间我在台湾文学上花过一些工夫，那时候最大的困难是找台版书，图书馆要么没有，要么有，你也得开了证明才能看。幸亏老孙头，我沾他的光，读到不少。他的导师专研台湾文学，他从导师那里借来，看完了我看，还回去再借。王文兴的短篇集《玩具手枪》和《龙天楼》、长篇《家变》和《背海的人》，欧阳子的短篇集《秋叶》，等等，就是这样有借有还，匆忙认真地读来的。我有一阵子写过几篇台湾作家作品论，所以动笔，其中的一个心理原因或许是，看了要赶快记下来，否则就忘了，没法重新读；假设这些书是我自己的，未必能产生这样的紧迫感。

老孙头读完研究生到上海大学教书，我和同学小乔骑自行车去看他，他的宿舍前有个院子，院子里竟然有口水井。大夏天，我们汗淋淋地找到他，他从水井里提上来一个大西瓜。现在想不起那个地方的具体位置了，当年隔不远就是农村，如今自然是被城市覆盖了。

很多年过去了，那本《弗罗斯特诗选》依然是我常常翻阅的书，随手翻开，读三五页，放回去；下一次，也许一两页。好像从来没有一次从头读到尾。几年前在我的"中国新诗"课堂上，讲到卞之琳的《鱼化石》，第一句"我要有你的怀抱的形状"，忽然想起弗罗斯特的Devotion，拿起粉笔在黑板上写这首短诗：

The heart can think of no devotion

Greater than being shore to the ocean-

Holding the curve of one position,

Counting an endless repetition.

写完了，才松一口气：万一写到一半忘记了怎么办？定了下神，对学生说，参照一下，这也是一种"怀抱的形状"——海岸朝向大海的"怀抱的形状"。

一九九二年夏天我进《文汇报》当记者，万般不舍学校生活，一有空就往导师家里跑，坐在贾植芳先生的书房兼客厅里，听先生聊天，仿佛还停留在学生时代。

有一天，先生送我德国传记名家爱米尔·路德维希的《人之子》英文本（*The Son of Man*, Liveright Publishing Corporation, 1945），说他年轻时候读过这本耶稣传，他同时代的留日学生孙洵侯一九三七年出过一个译本，希望我能重新译出来。

先生一向重视翻译，二十世纪四十年代末译恩格斯《住宅问题》，五十年代初译《契诃夫手记》；他也一向喜欢推荐书给身边的年轻人翻译，我随手就能举出几个例子，如任一鸣译《勃留索夫日记钞》，谈蓓芳译《晨曦的儿子——尼采传》，陈广宏译《一个中国人的文艺观——周作人的文艺思想》。《晨曦的儿子》先生自己早年翻译过，译稿却在动荡的生活中丢失，谈蓓芳的译本出版后，我见过先生的兴奋。

《人之子》也就十四五万字，我用了将近一年半时间。整个过程都是在一个近二十人共用的办公室里进行，在写完新闻稿之后人来人往的喧闹中，或是晚上空荡荡的安静里。那时候的电脑，DOS系统，文字处理用WPS，输入法正处于初期的竞争状态，我学的是报社推行的一种，现在都记不起来叫什么名字。译稿完成，打印在分页折叠、两边有洞眼的打印纸上，叠起来很厚实，拉开来很长，像一条窄窄的道路。

书在一九九八年初出版，那时候我已经回学校读博士快两年了。

外滩那座文汇报社大楼，后来消失了；那个几乎占半层楼面的办公室，我工作了四年的地方，想起来很是怀念，那里的同事一位位都那么善良，宽容地看着新进来的小青年拿着一本英文书对着电脑打字。先生离世已经十多年，他给我那本书，是将近三十年前的情景了。

二〇〇二年春天，我去韩国釜山大学做交换教授，住学校的国际公寓。房间干干净净，没有多余的东西，桌子上却端端正正放着一本厚厚的书，夹着一张英文手写字条："如果你喜欢，请收下。祝生活愉快！住在这里很不错。我是你来之前的房客。"

——挺让人温暖的，是吧？

书是 *Three Novels of Ernest Hemingway*（Charles Scribner's Sons，1962），包括《太阳照常升起》《永别了，武器》和《老人与海》。这三部小说，我大学时都读过中译本，没想到英文本还能合成一本书。既然不期而遇，闲着的时候就随手翻翻，翻到哪页读哪页，断断续续消磨掉不少时光。

认真读的，倒是导言。每部作品都有一篇导言，作者依次分别是Malcolm Cowley, Penn Warren, Carlos Baker，这三个人，哪一个我敢轻忽懈怠？更何况，Malcolm Cowley，看到这个名字我立即想到年轻时读他的《流放者的归来》——眼前展开他为《太阳照常升起》写的"Commencing with the Simplest Things"，时时唤起当年读那本书的印象，感受交织叠印，惊奇莫名：仿佛时间掉了个头，去捡拾起将近二十年前的几片光影。

《流放者的归来》与上面提到过的《伊甸园之门》是同时出版的，一九八五年上海外语教育出版社出了一套"美国文学史论译丛"，其中的这两本，最受年轻读者欢迎，那些年读中文系的，不少人到现在应该还有印象吧。如果你注意细节，会发现这套书作者的名字，都直接写英文，并不译成对应的汉字（我这篇短文有意照此处理），仅此也透露出一点点时代氛围。

二〇〇六年秋，我到芝加哥大学做访问教授，讲两门课之外，空余时间大多在图书馆里闲散打发。Regenstein图书馆门口，常有剔除注销的书，免费给读者。我有时会翻上一会儿，但考虑到回国行李的重量，没有拿走的念头。有一次忽然想，做个纪念也好啊，就挑了两本：

Memoir of Thomas Bewick, Written by Himself 1822—1828, Southern Illinois University Press, 1961. 选这本，是因为里面有多幅木刻，动物和鸟，一刀一刀精细不苟；

Memories of Scarritt, by Maria Layng Gibson, Cokesbury Press, 1928. 这个年份的出版物，在国内的图书馆，还不能随便看

呢。拿回去一翻，发现里面夹着一张明信片，笔迹和邮戳都清晰可辨，时间更早：一九〇六年圣诞节。

某年宋明炜回国，送我一本埃德蒙·威尔逊的文集，*The American Earthquake*, First Da Capo Press, 1996，说是花一美元买的。明炜知道我的阅读喜好，他不知道的是这本书还被我派了别的用场。

据说很久以前，中文系研究生的专业英语，以《阿克瑟尔的城堡》（*Axel's Castle: A Study of the Imaginative Literature of 1870—1930*）作教材，但没几年这位老师出国了，后来的老师有后来的教材和教法。我自己学专业英语课用什么教材，已经完全记不起来。到我招博士生的时候，面试有一个环节是英语口试，我用一个简单的方法：考生面前放一本《阿克瑟尔的城堡》，请他随便翻开一页，读一段，然后翻译成中文。

明炜送我这本书之后，考生面前放的就是两本威尔逊了。

有那么几次，我忍不住问了一个我其实知道答案的问题：你看看这两本书的作者，你知道他吗？知道多少？

感谢他们中大多数人的诚实：不知道。

一个大批评家，但现在过时了。

前几年我开一门读书的课，恰逢他的《到芬兰车站》中译本出版，就让学生读这本书，讨论了一次。但也就只此一次而已。

明炜任教的韦尔斯利，我去过两次，每次他都会谈到纳博科夫，还带我去看纳博科夫当年在此教书的研究室。到他家里，他从书架上抽出一本书送我，《劳拉的原型》（*The Original of Laura*,

Alfred A. Knopf，2008），纳博科夫最后一部小说，写在卡片上的原稿，书即由手写卡片影印而成。明炜指指书架，说自己还有一本；然后又抽出一本《布罗茨基英语诗集》（*Collected Poems in English*，Farrar，Straus and Giroux，2002）给我，说这个他也还有一本。他喜欢一本书买好几本，似乎时刻准备送朋友。

二〇一五年秋天，明炜带我逛哈佛周边的书店，他选了一本波拉尼奥的小说：*Woes of the True Police-man*，Farrar，Straus and Giroux，2012. 结完账出来，他把书递给我："送你的。"

（原载《长城》2022年第3期）

张新颖，复旦大学中文系教授。主要作品：《沈从文的后半生》《沈从文的前半生》《栖居与游牧之地》《斜行线》《读书这么好的事》《不任性的灵魂》等。

废墟与狗

◎ 王彬彬

　　数年前，我在生活方式上奉行的是"四不主义"，即不戒烟、不戒酒、不节食、不锻炼。奉行到五十多岁时，终于觉得应该把"主义"调整一下，变"四不"为"三不"，开始节食了。那原因，就是胖得实在有些难为情；尤其是肚腹，"便便"得自己都不忍低头看一眼。到个地方去，无论怎么做收腹运动，也是肚子先进门。买条裤子，营业员拿个软尺量了腿长再量腰围，总是轻声惊呼。也难怪，两者实在不成比例。终于决心进行瘦身运动，其实就是节制主食。数月下来，效果是显著的。体重减少了十来公斤，其中自然有一部分是从腹部消失掉的。于是惊喜地发现，几条多年不能穿的裤子，又勉强可穿了。

　　体重降了十来公斤后，再降就难了。虽然离标准体重还有一定的努力空间，但终于小瘦即安，满足于将体重维持在一个差强人意的水平。就这样维持到了二○二○年的一月，新冠疫情暴发，于是过了几个月足不出户的生活。到了四月初，百花盛开了，莺飞草长了，我又开始了肚肥裤瘦；好几条裤子，又扣不上裤腰扣了。于是决定再对"主义"进行调整，变"三不"为"二不"：我要开始运动了。

　　我唯一能坚持的运动，是走路。我居住的小区，十多年前还是山地。周边都是山，虽然不算大山，但也不能说是丘陵，且草木茂盛。山上山下，时有野猪出没。在四月初的一个下午，午睡起来后，我开始了走路运动。出得小区南门，任意往一处山边走去，有一点探险的刺激。我想，春天了，应该有蛇了，于是捡了一根木棍，边走边击打着前面的草丛。最初几天，是在离小区比较近的区域转悠。几天后，想走得远些，翻过一座山梁，走完一条山间小道，眼前突然一亮：一树桃花在眼前盛开着。这是野桃树，很大的一棵。每一朵桃花都像一个笑靥。一大棵桃树就这样在春风里欢笑着，笑得疯疯癫癫的。桃树后面，是一口池塘。池塘也很大。池塘的那一面，有人家了。那前面，应该是一个村庄。

我于是沿着塘坝向似乎是村庄的方向走。拐过一个弯，出现了一座小院，院门左侧竖挂着一块木牌，写着"废品收购站"，白底黑字，十分醒目。我好生纳闷：在这样的山野之地，怎么会有废品收购站？

继续往前走，开始看见正在拆除中的房屋。沿着进村的小路，两边的房子房顶都没有了。有的内墙外墙都拆得只剩矮矮的一截；有的则刚刚拆除房顶，窗户还在，只是窗门窗棂都没了。继续往前走，突然一阵狗叫声响起，便见十几只狗向我扑来。大多数是黑狗，有几只是黄的、白的或花的。我是不怕狗的。藏獒一类特别凶猛的犬类，我没有遇上过，不敢说。至于中国农家养的土狗，我很懂得它们的习性。只要你做个下蹲的动作，它便以为你是在捡石头，就会停下扑来的脚步，至少是放慢扑来的速度，显出后退、逃跑的姿态。如果你手里有一根棍子样的东西，哪怕是一根芦秆，只要朝它比画着，它就绝不敢真的近你的身。

十几只狗叫喊着向我扑来，我于是举起木棍，迎着它们冲过去，显得比它们更为愤怒。它们立即向四处散去。大多数停止了吠叫。也有几只，退到自以为安全的距离后，仍侧着身子，盯着我，嘴里还发出叫声，但已经像嘟囔了，声音里表达的像是委屈、疑惑，而不是护家的正义、御敌的激昂。

把这群愤愤不平的狗扔在身后，我往前走着，又见一处院落，周边的房子都半拆了，这个院子里的房子还完好着。从开着的院门，可以看见系在两树之间的绳子上晒着衣服。刚才那些狗，便是从这家门前向我发起冲锋。又走了几步，拐过一个弯，一大片断壁残垣在我眼前支棱参差，让我不禁停住脚步。一户又一户，两层或三层的没有房顶的房子，鳞次栉比着，整体上呈半圆形，四周是山。这些房子，有的被拆除得多一些，剩下的少一些；有的被拆除得少一些，剩下的多一些。在忽高忽矮的断壁之间，夹杂着些片瓦未损的人家。片瓦未损的人家，墙上都写着两个字："有人"。有的是红色，有的是绿色，也有的是褐色。字体各个不同，有的长长的，有的扁扁的；有的好看些，有的难看点。但"有人"两字都很大，且都一笔一画地写着，没有一丝潦草，显然是有意让人远远就能看清。我驻足观看了良久。一幢两幢房子的倾圮形成的废墟，当然不难见到。但如此大面积的废墟，我此前只见过汶川地震后的县城。汶川地震后，那县城原样保留着。面对那样的废墟，任何语言都难以表达心中的感受。现在眼前的这片废墟，是拆迁造成的。毫无疑问是政府行为。在性质上，当然与汶川县城没有可比性。只是这片废墟之大，自然令人想到四川山区的那座曾经的县城。

往前走一段，又见路边一座小院，在四周的颓败中兀自齐全着：顶是顶，墙是墙；门仍然是门，窗依旧是窗。里面的房子好像有两三进。最前面进大门后的第一进，靠墙是货架，货架上是各种日常生活用品。当然也有玻璃柜台横在离大门很近处，隔着玻璃可以看见香烟之类的物品。这是村中的小卖部了。院门外，竹制躺椅上坐着一位男子，年龄与我相仿。见我走来，似看我非看我地微笑着。我于是与他聊了起来。终日枯坐在这里，难得遇到一个人，也很寂寞吧，他很愿意解答我的疑问。原来，这是一个大村子，有五百多户人家。政府要把此处建成科技园，便要把村民迁走，在别的地方建造安置房，村民三年后可去领房。在这三年里，村民自行到外面租房过渡。租房费用当然由政府出。基本上都搬走了。但还有十多家没有与政府谈妥，他便是这十多户之一。这我就明白了，那些写着"有人"的墙壁，便表达着与政府的僵持，也就是通常所谓的"钉子户"了。在墙上写着"有人"二字，是防止各种各样的人把这房子当成了无主的弃物。当然，主要是防止负责拆房子的工人把这房子也一起拆了。

我向来时的方向望去，见刚才试图围剿我的那群狗，有几只在路上半卧着，也就是腰以下侧身贴地，以两条前腿支撑着前半身；有几只站立着，或慢慢移动脚步，鼻子在路边的杂碎物什上嗅来嗅去；还有几只站在那里，愣愣地、一动不动地看着远方。我指着那群狗，问这小卖部的主人："这些狗是留下来的啊？""是的，外面租房子，狗带不走，就丢下了，成了流浪狗。"小卖部主人以轻描淡写的口气回答了我。我这才意识到，它们刚才扑向我时，叫声和姿态都缺乏一点力度。狗毕竟是狗。身后没有了主人，身后的家已成废墟，它们哪里还有底气。

　　告别小店主人，往前走着。我想，大概村中被留下的狗都集中在路边那家仍然有人生活的院子前面了。说它们是流浪狗，并不贴切。它们没有流浪。它们仍然固守在自己的村子里。它们只是没有了主人。对于狗来说，没有了主人就是没有了家，何况，本来的家也的确面目全非了。我一直以为丧家犬与流浪狗是差不多的意思。见到这群废墟边的狗，我才知道二者意思并不一样。丧家犬未必是流浪狗，流浪狗也未必是丧家犬。第一代流浪狗当然是丧家犬，但"流二代""流三代"，则是母亲在流浪中产下，在母腹中便流浪着，从来就无家可丧。

　　边走边想着，见有一条支路，也是通往废墟。我走上支路，往废墟深处走，忽然又响起一阵稚嫩的狗叫，便见两只小狗，兔一般大，从乱砖中站起，慌乱地跑着，在砖块和水泥块的羁绊下，跑得跌跌撞撞，叫得奶声奶气。我想，它们卧着的地方，就是本来的家了。原来，并非村中所有的丧家犬都集中到了那一处人家，还有仍然不肯离开原来的窝者。

　　折回本来的路，走到尽头，是一条国道，于是往回走。路过那已经无人问津的小店，朝仍然坐在那里似笑非笑着的主人摆摆手，便又走到了那群狗的聚集处。这回，它们已经布不成阵了。在路上半卧着的，站起身，哼哼着走开；原来在路边的，也悻悻地躲闪着走开。虽然也有几只低吼着作跃跃欲试的扑咬状，见没有追随者，也就作罢，低吼几声走开。我旁若无狗地走过它们的聚集地，只把手中的棍子在脚边拖着，防止它们从身后突然袭击。我知道，只要有一根棍子在路面吱吱作响，它们就绝不敢扑上来。走过了这群狗，我仍然想着它们。我想，它们的主人扔下它们，那实在是正常不过的事情。政府按人口支付了租房费，至于租了什么样的房子，政府当然不管。最大限度地节省租房的钱，当然是村民们自然而然的选择。一家人挤到不能再挤地挤在一起，也就可以把租金缩到不能再缩。没有哪家会考虑狗的生存而把房子租得大一点，从而把租金花得多一点。在这样的时候将狗扔下，那是无须考虑的做法。如果有哪家为带上狗而多付一点租金，就违反了固有的伦理观念，就不合乎情理了，甚至要受到村人的责难。政府是按人口给钱，没有把狗口算在内。即便政府也给了狗口一份钱，这钱也一定不会花到狗身上。狗仍然会被遗弃。那么，这些狗如何生存下去？答案是：如果它们固守这里，它们只能饿死。虽说村民们养狗不会每日特意喂食，但五百多户人家的村子，狗每天总能在地上找到些吃的。但如果一旦这里没有人生活了，狗也就断了粮源。它们唯一可能活下去的方式，是实现从丧家犬到流浪狗的转型，沿着我来的道路走出村子，走出群山，到城市里加入流浪狗的行列。然而，看起来没有这种可能。

此后，我隔三差五还到这废墟村走走。已经有人在清理垃圾了。与政府僵持的人家在缓慢减少着。写着"有人"的墙在艰难地倒塌着。但那小店还在，主人依然每日坐在那里，作开店状。这家小店，可能是最难与政府达成协议的了。这家的事情应该特别令政府头痛。他开个小店，每日有一定收益，这笔账，算起来实在烦难。一定是卡在那小店的赔偿上了。那些狗，仍聚集在那里，但狗毛一天比一天长，狗身则一天比一天瘦，身上也越来越脏，渐渐地透过长长的狗毛能看见狗骨了。但是，它们没有显露出任何离开这片废墟的迹象。从这个村子进入城市，像我这样的人，走起来也就个把小时；像它们这样的狗，小跑起来大概只需几十分钟吧。然而，要让它们完成从丧家犬到流浪狗的身份转换，似乎比登天还难。这不只是生活方式的转变，更是思维方式和价值观念的更新。是什么妨碍了它们完成一次必须的蜕变呢？或许有人认为是对原来主人的依恋，其实并不是，不能认为它们固守在这里就是在等待主人的归来。我后来从它们身边走过时，它们看我的眼神里已经基本没有了敌意。仍然有一丝警惕，但也有些许期待。它们中有几只，还会尾随着我，迟迟疑疑地走几步。我知道，它们绝不是要找机会咬我一口，而是试探着是否能跟我回家。我确信，只要我扔掉手中的棍子，再扔一点面包馒头之类在地上，它们就会跟上我。我从它们的眼神，从它们的身体语言中获得了这份确信。只要我把它们带回家，我就成了它们新的主人，很快就会对我忠心耿耿。所以，它们依恋的并非某个唯一的人，而是任何人。那种只认一个主人的狗，在一些故事中永生着。这样的狗，即便真有，也绝对是狗中的极其另类者。绝大多数的狗，是只要有人就行，是随时可以换个主人的。

对人的依恋、依赖，是人喜欢狗的根本原因；对人的依恋、依赖，却又是狗被抛弃、被杀戮的根本原因。据说，狗是从狼"进化"而成。我以为，"进化"这个词肯定用反了。从狼到狗，分明是生命的退化。我不清楚狗与人之间的亲密关系是如何建立起来的。狗与人之间，相互十分信任。人是极其信任狗的。人对狗的信任，远远超过人对人的信任。而狗确实是值得人无限信任的。狗会更换主人，前提是原来的主人已经消失。如果仅仅是被主人抛弃而主人仍然在那里，狗是赶不走、打不跑的。狗如此黏着人，也是因为对人的无条件信任。而它们不知道，人是多么不堪信任的东西。抛弃狗算得了什么？抛弃父母、抛弃孩子，在人类那里，也不算稀奇事。狗如果有思想，早就应该对狗与人的关系进行深刻的反思。

　　沿那口池塘的塘坝走到底，往右拐，是废墟村；往左，则是一条山路。我有时往左拐，顺着山路走上一阵。这条路，与废墟村之间，隔着一座山。一天，走着走着，忽然山上传来狗吠，不是一只狗在吠，是好多只狗在一起吠。这比听见狼嗥或猿啸还让人惊讶。狼呀，猿呀，毕竟是山上可有之物，虽然这山上不大会有。但群犬却不应该生活在山上，除非山上有人家。但我知道，山上绝无人居住。我明白了，这废墟村的丧家犬，并非都聚集到那条路边。应该是靠近那条路边的人家搬走后，狗都聚集到那一处。而靠近后面山边人家的弃狗，则结伴儿跑到了山上。这一天，我只闻狗吠，没见狗影。它们也是冲着我而吠叫的吗？如果是，那意味着它们本来的家，就在那边的山脚下，离它们现在宿营的地方不太远。我对狗的认知之一，是狗是否冲着生人叫喊，取决于生人所在的位置与它的家之间的距离。在它的警戒距离内，有生人出现，它要叫喊；如果生人靠近家，它还要扑上去，那是它的天职。但如果离它的家远些了，超出了它的保安范围，它就管不着了，也就不叫了。没有见过哪只狗在离家很远的地方还冲人叫的。现在这山上的狗，如果是冲着我叫，那至少是听见了我的动静。不过，它们也并没有冲下山来。那又说明，它们本来的家，离得虽不算太远，但也不是很近，那距离，在只需叫喊不必撕咬的程度上。

　　一天下午，我走过那座有群犬扎寨的山，又翻过一道梁，是一条平坦的路。走着走着，前面的一幕又令我有些吃惊：一条灰黑色的狗站在路的正中间，屁股对着我来的方向，而后腿两侧，一边站着一只小狗，也是灰黑色，比猫短一点，又比猫横一点。两只小狗都昂着头，伸着脖子在吃奶。这真有点颠覆我对狗的认知。我记忆里，母狗喂奶，总是侧卧在地上，小狗则趴着吸吮。哪有狗站着喂奶和吃奶的？除非是母狗此刻无心喂奶而被小狗纠缠，但眼前的情形显然不是这样。牛站着喂奶吃奶，眼前这狗喂奶吃奶的姿态，像极了牛的此种行为。莫非这狗看见牛从不被主人抛弃而刻意模仿牛？莫非它们想让自己变成牛？站着就站着吧，路两边就是草地，是灌木丛，为何要站在路上呢？路上就路上吧，为何要在路的正中间呢？这姿态，像是抗议，像是在示威。以狗的灵敏，早该知道有人来了。但母狗喂得太专心了，小狗吃得太投入，我走得很近了，它们才察觉到警情。母狗慌乱地跑向路边草丛，但并不跑远，在离我十多米处停下，扭头斜视着我。两只小狗，在瞬间惊慌后便恢复镇定，不但没有跑开，还试探着往我脚边接近。我迈步走，它们竟有跟着的意思。我只得把手中的棍子在地上顿了几顿，把它们赶回母亲的乳头下。

　　又一天下午，我在废墟村口向左拐，刚走到那座曾经发出群吠的山脚下，远远地看见一群狗聚集在路上，仿佛在寻觅着什么。我知道，这就是那群在山上安营扎寨的狗了。与我初次遇见的那一群狗不同，这群里，以白色者居多。远远地感觉到我来了，它们一起往山上跑，眨眼间不见。此后，群狗下山的情形虽然没见过，但时常能看到零星的狗踪犬影。有时候，是一只，狗影一闪便消失；有时候是两三只，在前面的路边不紧不慢地走着。不知道它们是否熟悉了我，我是很熟悉它们了。同废墟村前面的那群狗一样，这后山上的狗，也一日瘦似一日。到后来，则时常能在山路上看到新鲜的狗屎。这山上的狗，特意把此物拉到山下的路上，而且也总是在路中间，这又让我十分费解。我分明记得，狗不是这样处理问题的。立秋了，树上的野果在掉落。有一种树，满树挂着鲜红色的果实，一簇一簇的。于是，路上的狗屎里，便时常显露着这红色山果的残渣。狗之吃山果，恰如人之吃树皮、草根、观音土吧？

　　天越来越凉了，狗越来越瘦了。越来越瘦的狗，行动也渐渐迟缓起来。我还惊奇地发现，它们越来越不把人当人了。狗，即便那种家庭温馨的狗，离了主人，离家远一点，就总是怕人的，尤其怕手持棍状物的人。有一次，天似乎要下雨。我手拿一把长柄伞外出散步，出了家门，与一位手牵着狗的女士走成了并排，于是，那狗便惊恐地叫着，拼命要挣脱狗绳。我先未在意，听狗叫得怪，扭头看看，那女士说："它怕你手上的伞！"我立马一溜小跑，跑出那宠物的恐惧范围。这山上的狗，起先也是怕我这个手持木棍的人的，但渐渐地，不以我这个人为意了。有时候，肯定知道后面有人来了，而且离得不远了，仍继续在路边走几步，才转身钻进树丛。要是以往，意识到后面有人，会闪电般消失。更有甚者，知道我从后面走来了，根本不躲避。一只狗，在山路上与我并排走着，相距只有一米，这样的情形也有过。当然，它会微微斜眼盯着我，身体是时刻逃窜的姿势。更有甚之又甚者，是我有时候朝它挥舞手中的木棍，它仍然不跑，只是腰身上所剩不多的肌肉会抖动抖动。如果拍个视频发到朋友圈，没有人会不认为我遛狗遛到山上去了。我能做出的唯一解释，是饥饿已经部分地改变了这些狗的本性，或者说，饥饿已经让这些狗变得不完全是狗，成了一种新的动物。

遇到次数最多的，是一只半大的狗，毛色黑白相间着。在村前山后的狗里，这一只最瘦，瘦得已经脱了形，狗体两边的肋骨，根根可数。四条细腿，已经不能完全直立，总是微微弯曲着，蹒跚前行。最不把我当人的，也是这一只。有时候，我从后面赶上它，腿脚几乎擦着它的肋骨而过，它眼睛斜都不斜一下；有时，我与它迎面相遇，故意把木棍在地上顿着，它头抬都不抬一下。每次看见它，我都想，这山上山下所有被遗弃却不肯离去的狗，迟早都会饿死在这山上山下。别的狗或许还能撑得久点，但这一只黑白相间的半大狗，一定熬不过这个冬天。

必须依附人才能活，狗是如何走到这一步的呢？或者说，本来吃人的狼，是如何变成了只有与人在一起才能生存的狗的呢？这山上，其实除了山果，可吃的东西很多。在山上山下，我也经常看见野猫。我丝毫不担心野猫会饿死。猫辈还没有彻底丧失捕猎的能力。山上老鼠应该不会很少，鸟类就更多了。一只猫，哪怕出击一百次才成功地捕获一只鼠或鸟，也不会饿死。我几次在山上山下看见野猪。还有比野猪体型小许多的猪獾。野兔在草丛中隐现。野鸡多得三步两步就惊飞一只两只。但凡还有一点点的狩猎能力，但凡还保留一丝丝狼性，这些狗都不至于活活饿死。

我又想，假如这山上山下的狗里，在长久的饥饿后出现了一只两只觉醒者，明白了只要依附人类，任何一只狗，包括那些正被抱在怀里、拥在被里、贴在唇上、被万分宠着的狗，都有沦为丧家犬和流浪狗的可能；要让丧家犬和流浪狗不再出现，必须彻底改变狗人关系，必须彻底放弃对人的信任。觉醒了的它或它们，先觉觉后觉，在狗界里发起启蒙运动，呼吁所有的狗撤离人的世界，重返丛林。那结果会怎样？

我想，那结果，应该是它或它们被群狗活活咬死。

（原载《收获》2022 年第 1 期）

王彬彬，南京大学文学院教授。主要作品：《在功利与唯美之间》《为批评正名》《往事何堪哀》《并未远去的背影》《顾左右而言史》等。

往水里加水

◎ 傅　菲

　　峡口溪从罗家墩潺湲而出，注入泊水河，冲出一个鳡鱼形的大滩头。我天天傍晚去滩头看乡民钓鱼。有三五个钓客，在16：30，骑电瓶车带着渔具，来到入河口，支起钓竿，垂钓鲤鱼、鲫鱼、鳡鱼、白鲦，也垂钓夕阳、蛙声、鸟鸣、树影。钓客坐在自带的凳子或草堆，前倾着身子，握着钓竿，专注地看着红白绿相间的浮标。他们大多不说话，静默地守着竿，留心水面的动静。河水流到这个河段，已经流不动了，河面闪着波光。波光鱼鳞形，闪得眼发花。下游百米的红山水坝传来哗哗哗的流泻声。

　　滩头是一块杂草地，芒草、菟丝子、芭茅、荻，在疯长。钓客隐身在芒草丛里，如一截树桩。矮山冈叫虎头岭，被人推去了半个山头，裸露出褐黄色的积岩土；余下的半个山头，乔木灌木茂密，葛藤四处攀爬。鸟将归，嘘嘘叽叽，叫得荒山野岭生出一份黄昏的冥寂。

　　泊水河暗自汹涌。河流到了这里，如同一个中年人，面目平静，内心却随时翻江倒海。我看他们钓鱼，也看暮色将临时的河流。在旷野之中，河流与天空是我们永远无法透视的。它们不让人捉摸。河流之低与天空之高，是我们目视世界的两极，它们吸纳一切，却又空空如也。看了几次，我便和他们相熟了。一个做工业油漆的钓客，见我很娴熟地给他抄鲤鱼，问我：你会钓鱼吗？

手生了，我在10年前钓过。我说。

那我给你一副钓竿，练练手。钓客说。

就给我一副机动竿吧。我说。

我拉了一下鱼线，嘶嘶嘶嘶，线油滑，鱼线低鸣如弓弦颤动。呼呼呼，我转了转滑轮，轮子兀自空转，轮把划出圆形的线影，如飓风吹动水面树叶。"好机动竿。"我说。我从竿头抽出鱼线，绷紧竿头，往河面外抛鱼线。绷成半弧形的竿头，弹出"咚"的一声，弹射出鱼线，鱼线呈大弧形，往河面一圈圈扩大，轻轻地落在河的中央。鱼钩拖着鱼饵，钻入水面，"咕咚"一声，慢慢往下坠，水波漾起了涟漪。轮子还在呼啦啦地转，鱼线继续外抛下滑，阳光照在鱼线上，闪着明亮炫目的白光。浮标慢慢浮出水面，露出红头，摇摆不定。

你抛线，抛得优雅，抛得又远又准，你教教我抛线。钓客说。

动作和程序都是一样的，没什么窍门。我说。

他看着我，有些失望。我又说：钓鱼的关键在于是否钓上鱼，不在于怎么抛线、下钩，谁知道鱼在哪儿上钩呢？

话不是这样说的，钓鱼是享受过程，不在于鱼钓了多少。想要鱼，不如拉网捕捞。钓客说。

钓鱼是一种体育运动，也是一种内心活动，卸除了内心的渣滓，人就安静了下来，那么你的钓鱼动作会很从容，力道拿捏到位，抛线、提竿、遛鱼，就不会手忙脚乱，自自然然。我说。

要做到这样，好难好难。钓客说。

在河边，你一个人坐半年，你就做到了。这就是造化。我说。

当然，我看钓鱼，也仅仅是我去河边溜达的由头之一。初夏时节，河湾有许多鹭鸟来，一行行，从大茅山之北的峡谷低低斜斜地飞过来，栖在峡口溪的淤泥滩觅食鱼虾螺蚌。鹭鸟以白雪为墨，在河水上空写诗。它是南方的鲜衣怒马，是杨柳岸的明月。它们散在溪边，嘎嘎嘎，叫得芦苇摇曳。在洎水河边，有很多鸟是我百看不厌的。越冬的小鹛鹛、燕鸥、斑头秋沙鸭，四季的蓝翡翠，从春分至秋分的白鹭，它们扮演着河流的主角。河里有非常丰富的白鲦、鳊鲅、黄颡、鲃鱼、鲫鱼，以及白虾、黑虾、米虾和螺蛳。妇人下河摸螺蛳，一个上午，摸一大脚盆。螺蛳吃浮游生物，吃脏污之物，繁殖量大。

　　有一次，做工业油漆的钓客问我：你夜钓吗？我们约一次夜钓。

　　我说：夜钓选月圆之夜，河鱼活跃。

　　为夜钓，我做了准备：泡了5斤酒米、螺旋藻配鱼肉配油菜饼制鱼饵、睡了一个下午。

　　我和钓客戴着夜灯，在滩头静坐。我用手竿钓鲫鱼和鲳鳊鱼，钓客用路亚钓鲩鱼和青鱼。至22:15，我收了竿，没心思钓了。月亮上了中天，油黄黄，像一块圆煎饼。月光却莹白，河水生辉。凤凰山的斜影倒沉下来，虚晃晃。树影投射在河面上，被水卷起皱纹。树影不沉落水底，也不浮在水面，也不流走。树叶树枝剪碎的月光，以白色斑纹的形式修饰树影。这古老的图案，在月夜显现，还原了我们消失的原始记忆。

　　河是世间最轻的马车，只载得动月色；河也是世间最重的马车，载着遗忘，载着星辰，载着天上所有的雨水。我听到了马车的毂轮在桑桑琅琅地转动，在砾石和鹅卵石上，不停地颠簸。马匀速地跑，绕着河湾跑，马头低垂，马蹄溅起水线，车篷插着芒花和流云……

一条被河水带走的路，水流到哪里，路便到了哪里。水有多长，水印的路就有多长，月色就有多缠绵。远去的人，是坐一根芦苇走的，被水浪冲着颠着，浮浮沉沉。坐芦苇走的人，如一只孤鸟。

河水其实很清瘦，但月光很深。水就那么亮了，与月光一样亮。或者说，河水是月光的一个替身。只有月光消失之后，河水恢复了身份。月亮离我们并不遥远，河把月亮送到了我们身边。月色把逝去的事物，又带了回来——我们曾注目过的事物，只是退去，而并未消失。

月亮搬运来了浩繁的星宿，由马车驮着。星宿那么重，马车哪驮得动呢？一路洒落，沉没在深水里，成为星光的遗骸。每一具遗骸，都留存了星际的地址。

我第一次在泊水河边独坐，是在1993年春。我在长田（隶属德兴市黄柏乡）饶祖明家做客，时两个月余。饶祖明是个出色的诗人。我和诗人以徒步或骑自行车的方式考察了泊水河、永乐河。那是我人生困顿、迷惑、彷徨的阶段。我不知未来的路在何方。我觉得人活着没有任何价值，对人生怀疑。从本质上说，我是个内心阴郁的人，幸好我生性豁达，把很多事情看得很开。我是一个活在自己思想体系中的人。他者很难对我造成影响。因此，有时候，我显得较偏执。杜鹃花开了，一天（3月10日），我莫名其妙地坐上班车，去市郊，独坐红山桥下的泊水河边。我望着茫茫的春水，肆意西去，内心莫名伤痛。我写下《洎水河：流动》：

多舛。无依。九曲回肠

在事物深处含而不露

你呼吸凝重

剩下荒芜的秋色

黑烟。废沙。一如姐姐布满铜漆的脸

在美好中沦丧

少女骑凤凰降临民间

飘落的灰尘是我们世世咏唱的光辉

琴手以爱抚摧残生命的钢骨

兀自打开残废的诗篇

把脸退到书的背后

一会儿动。一会儿静。

谁能把握。谁就是节日簇拥的神

命运的逃亡者

郁结的心诉说不尽的沧桑：

河水可能会枯竭

但河的名字源远流长

当然，这是一首蹩脚的诗，但很体现我"为赋新词强说愁"的心境。一个略显青涩的人，哪懂得壮阔的河流呢？现在，我几乎每天生活在洎水河边，出了村口（横穿公路）便是红山桥。这是一座老公路桥，有些破败。桥下是泪水河。河水浊浪滔滔。桥上游200米，红山水坝以三股水柱从坝中间喷射出来。雨季，河水漫过坝顶，泄出帘幔。

河浑浊，是因为上游的龙头山乡有人在开采大理石。大茅山山脉自东向西蜿蜒，地势东高西低，北部山系有数十支涧溪，与三清山北部溪流汇流而成泪水河。龙头山处于河流上游，大理石厂磨浮出来的污水，含石尘，部分污水排进了河里，石尘部分沉淀，部分被水冲刷，带入几十华里外的下游。大理石厂却始终关停或搬迁不了。为了开采最大量的石材，大茅山（非核心地带）被炸烂了花岗岩山体，成片成片的原始次生林毁于一旦。我看着那些碎石覆盖的山体，觉得那不是一座山，而是人（破坏者和合污者）的耻证。耻证将告示：一小撮人欠下的生态之债，需要几代人去偿还。

1998年秋，我第一次去了龙头山乡南溪。枫叶欲燃，万山苍莽。泪水河清澈如眸，河床铺满了鹅卵石，鱼虾掬手可捉。一架木桥横到村前。2018年，我再去南溪，往日淳朴、洁净的伊甸园式景象，荡然无踪。河道被挖砂人掏得鸡零狗碎。木桥改为公路桥，车辆咆哮。我不知道，这个时代，带给了我们什么，又从我们身上带走了什么？泪水河也无法告诉我。虽然仅仅时隔20年，却是农耕时代跨到了工业时代，每一个人被席卷，大茅山脚下的偏僻小村也不能幸免。作为个体的人，作为最基层的管理者，远远没有准备好进入工业文明时代。

桂湖是大茅山东部小山村，是泪水河源头之一。桂湖有十余户人家，仅剩两户老人居住。他们砍茅竹、摘菜叶、种香菇为生。幽深的山垄苍翠如洗，一溪浅流从竹林斜出。十余棵枣树老得脱皮，枝丫遒劲，米枣坠枝，雀鸟起鸣。我赤足下溪，慢跑，水花四溅。水清冽，掬水可饮。今年深冬，我又去了一次，两户老人闭户了，不知是因为外出还是别的原因。我在石巷走，风呼呼地捶打破败的木门板。久无人居的瓦房，墙体爬满了苔藓、爬墙虎、络石藤。十里之外的高铁站运送来来往往的人，有的人前往异乡，有的人回归故里。对在高铁线奔忙的人而言，故里即异乡。

泊水河奔流百里，最终在香屯镇注入乐安河（赣东北主要河流之一）。自海口镇而下的乐安河，饱受铜矿重金属污染，河鱼不可食，河水不可浇灌农田。那是一条死亡之河。花斑鲤鱼在河里闲游，斑斓的鱼鳞如七彩之花在水中绽开，当我们想到游鱼含有那么多重金属，不寒而栗。

乐安河的鲩鱼、鲤鱼、鳙鱼、鲫鱼、鳜鱼、鲳鳊鱼等，在春季，洄游到泊水河产卵，在草丛结窝。桃花水泛滥了，柳叶青青，芦荻抽芽。鹭鸟栖满了河边的樟树、枫杨树、朴树、洋槐。北红尾鸲忙着在淤泥吃虫卵、幼虫。白额燕尾从山溪来到了河石堆叠的河道，追逐鱼群。斑胸钩嘴鹛在柳树上专注地筑窝。钓客过了一冬，背起钓具，坐到河边放线。

钓上来的鱼，他们又放生回河里。我也逆河而上，在草滩、树丛、荒滩等无人之地，自得其乐地闲走。我期望有自然奇遇，如遇见从未见过的鸟，如遇见蛇吞蛇，如遇见鹞子猎杀野兔。但很少有奇遇。哪有那么多奇遇呢？若说奇遇，花一夜开遍枝头也算，鸟试飞掉下来也算，蛇蜕皮也算。是否属于奇遇，由自己界定。在9月的一次暴雨中，在虎头岭滩头，我站了半个下午。暴雨从发生至高潮至结束，我全程观察河面。河水被暴雨煮沸，并喷式的水泡覆盖了河面。雨歇，河水止沸，复归平静。这是一个跌宕起伏、酣畅淋漓的过程。这就是奇遇。

红山水坝抬高了水位，有了一处河中之湖。水幽碧，浸染着山色。傍晚来河边，可见夕阳降落西山。夕阳在水里一漾一漾，被水淹没，留下一河夕光。鹭鸟晚归，架着清风，低低飞过。它不仅仅是鸟，也是逆水而上的轻舟。白帆摇摇。

洎，本义：往锅里添水。河谷就是斜深锅。大茅山北部数十条小溪注入斜深锅，有了洎水河。水加入了水，水有了汤汤之流。

洎水河是有咕噜噜水声的河，往水里加水的河。是众声合唱的河，万古长流，生生不息。河在日夜淘洗，一年又一年的鹭鸟，何尝又不是一茬茬的人呢？人到了中年，才会懂得河。懂得河，人就不会痴妄不会纠结。其实，我常去洎水河边，并非为了什么自然奇遇，而是我内心的深井，需要被河流周遭的气息填满。野性的、灵动的、悠远的、纯粹的、内化的气息。这种气息，让我感到自己活得无比真实。

（原载《北京文学·精彩阅读》2022年第7期）

傅菲，专注于乡村和自然领域的散文写作。主要作品：散文集《元灯长歌》《深山已晚》《我们忧伤的身体》等20余部。

汪家竹园记

◎ 舒飞廉

  这几年，我在乡下打转，爱去这几个地方。往东是肖港镇与邹岗镇交界的牛迹山，青松俨俨的山丘，不远处是薄霜轻雪下的大别山诸峰。往南是往朋兴乡去的官家河，深秋乌桕变色，赤橙黄绿青蓝紫，好像是用葡萄酒与绍酒浇出来的丛林。往西是胜利桥，夏天枫杨如冠，白杨如伞，阴凉里蝉声如雨。往北，我最近常去的是汪家竹园村，没错，那里春天的油菜花、秋天的红蓼花都很好看。

  开车的话，是由我们农四村小学，上宝成路，拐入保光村，由殷家砦小心翼翼爬小澴河东堤，跨金神村的南门桥，穿过一个名叫"大路张"的乡塆，由它们背后翻河堤过革新村桥，重上细长的小澴河西堤，经"裤子塘张"，在弯曲如蛇的水泥堤面上再走一二公里，西堤下田畈便是汪家竹园。不是我故意"调妖"兜圈子，是因为福银高速由金神村上空掠过，将从前的径直的河堤路阻断了。好处是，河堤分成两截，不通车马，穷巷隔深辙，倒是在川流不息的公路之下，造出了一个小小桃源。

  保光村拐弯处七棵枫杨长得丰茂挺拔，像人家斩齐的叔伯七兄弟，能够低眉顺眼去迎娶七仙女。殷家砦的马尾松也不错，八九岁的松树童子，像蜡烛一行插在稻田间。金神村河堤上白杨夹道，清风飒飒，喜鹊跳枝，树洞就是风洞，已经成为附近乡民饭后散步的第一去处。大路张村前是新房，村后有不少废弃的旧屋，红砖褐苔，断墙破瓦，门廊下仿罗马柱的砖柱犹存，这是上世纪七十年代的乡村美学。革新桥下的小澴河湿地风景，已经很可观了。之前初冬时节，有人将桥上下三四里河道，用绿网绳拦起来，在网罗里建了一个鸭子国，数千上万只鸭子，或聚或散，或游或立，都是白颜色，长得像野天鹅的堂兄妹，河洲边是红蓼如锦，青草犹荣，再向上，是一排稠密的枫杨，彼时已经到雨中黄叶树的时节，革新桥下的旧石桥磊磊还在，我一眼望去，心里想，也不知道是哪一位学到了隐士陆龟蒙，养出鸭园，这怕是要去东京，将宋徽宗一轿子抬来，由蔡京那家伙伺候着写生，画出个《寒江红蓼白鸭图》才好。

　　但这些行路的序曲，都还比不上汪家竹园。他们村的标志，是两棵朴树，并肩高高地立在堤边，各有一人多怀抱，秋冬木叶尽脱，飘然高举，姿态最美，不比好莱坞西部电影里隐喻着牛仔们老家乡的那些朴树差，也不比东湖磨山公园里那两棵挤挤挨挨的参参婆婆树差。区里林业局来人给它们挂上了"古树名木"的蓝牌子，说明已经有一百余年的树龄，挂牌后上交国家，得以休养生息。它们应见证过我曾祖父母一辈的老人家，打从树下过，树阴里歇歇脚，用袱子擦擦汗，抽一袋水烟，然后由这里下堤，过桥，去往肖港镇。汪家竹园当然也有竹子，由村东下堤，走入村巷，路边丛生着三五米高的毛竹，竹丛间竹箭怒发，麻黄母鸡"咯咯咯"领着小鸡在腐叶褐土间翻找着红绿蚯蚓。童年时候，方圆五六里的乡塆，只有汪家竹园长竹子，作为炮制钓鱼竿的首选，它刚需的程度，大概就是今天世界诸国翘首以盼中东、俄罗斯的石油。那时候我会想，就是为这几蓬竹子，屁股上挨巴掌，求转轮王托生到汪家竹园，也是值得的。这个实用的痴念，与东坡"宁可食无肉，不可居无竹"的美学境界差太远了，何况，今天村村种竹，就像村村种香樟树与桂花树，已经司空见惯。父亲在家门口也种了一大蔸竹子，十余年过去，根根都长成做钓鱼竿的良材，只是当日，急急如律令寻杉树杈做弹弓架、削毛竹条做钓鱼竿的少年，他去了哪里？

三月温和的春风将竹子吹得瑟瑟作响，灌满村巷，风中是村头油菜花海澎湃的花香，群蜂嘤营，油菜花的气味混合着十字花科植物芥子油的辛辣，冲鼻子，闻起来是一股"腊味"，好像除夕春节元宵节绵延出来的新年，久久不愿由乡村消散。村外是黄金围城，村内的房屋间的空地，绿油油地长满野菜。蒲公英有，车前子不少，接骨草、商陆、最多的却是荠菜，大叶荠、碎米荠，一汪一汪，连绵不绝，有的已经抽薹，有的还未出莛，茎叶舒展肥美，正是挑拨割摘的上好时机。从前我们在田野上走路，看到荠菜，就想跑回家找小镰刀，将它剜到菜篮子里，现在它们已经自由自在地长到了家门口……真是——夺笋少年今何在，挑菜姐妹也未还。哗啦哗啦搓揉麻将的声音显示出她们的踪迹。春日闲闲，伢们都上了学堂，打打麻将怎么啦，上海的太太小姐们打得，我们老姊妹伙的打不得？

一防田园犬，二防大白鹅，三防鸡鸭屎。我小心翼翼地在曝晒春阳的老头子老太太们好奇的目光里走。村巷曲折迂回，好像是由小麦、油菜、林树与野草中间长出来的，交织着种种蛋白质的气味，又熟悉，又陌生。而造出这些村巷的屋宇，一是在外打工的青壮年小伙由各地抄回来的小洋房，一是从前他们的父亲辈爷爷辈盖起来的平房与瓦屋，几代人的梦想与见过的世面，通过建筑的图式，投射出来，错综在一起。二十世纪七十年代的"公社建筑"比"大路张"也要多。村子的中间，还完整地留存有从前的队部，红墙、黑瓦、屋脊、木窗、砖柱，入口的大门之上，还有简单藻饰的水泥匾，两只和平鸽托起来木刻的五角星，中间用明黄色油漆刷出来四个新宋体字："大立四新"，已经是上世纪六十年代的遗蜕了。走进队部，正屋蛛丝连连，堆积废弃的农具，水车、风车、犁、石磨，两边的厢房，却有新鲜稻草与牛粪的气味，说明从前梁生宝们乡建的会所，还在荫蔽着迭代的黄牛与水牛。

那天我由村里出来，翻过河堤，去小澴河河滩。小澴河由邹岗、肖港二镇交界的牛迹山发源，蜿蜒十余公里，往中心闸注入澴河，沿途乡埮，予汪家竹园得天独厚。它行路中途，在这里停滞，徘徊，曲堤回岸，犬牙差互，有草滩，也有河洲，夏天有可能没入大水，其他三季，可以翻耕作田，也可以听任其长满青草，给牛羊啃吃。汪家竹园自南往北，共有三座石桥通向河洲与对岸。南桥是新修的水泥拱桥，油黑细长，轻盈如虹，桥那头是油菜早稻田，我就是在这个拱桥上遇到村队部里的新主人的，一头黄牛在背后埋着头朝我俯冲过来，吓得我赶紧跑进桥边的白杨树林里，躲闪不迭，其实是已过茧栗、牛角如匕的"半糙子"黄牛，屁股后面，走出来一个四十多岁的中年男人，清清瘦瘦，我跟他打招呼，说这头牛值两万多块钱吧，他点头，说他共有九头，说完又有一点后悔炫富失言的样子，埋头匆匆过桥。我站在桥上，看小黄牛灵巧地跳上跳下河边吃草，它也好奇地回看我。我明白了，这个值两只苹果手机的家伙，刚才是想与我玩耍，并不是要打魔兽，只是我这个中年大叔，已经不太能理解它春天里奔向田野的一片童心了。

中桥是由从前的古石桥翻新的，在老桥墩与青石条上新铺了石板，平整宽敞，走拖拉机没有问题，过桥是十余亩滩涂，已经被开垦成田地，春夏收油菜，秋冬种红薯。去年初冬的时候，我见过经营这个小小农场的一家人，奶奶、父母，两个孩子，姐姐十五六岁，弟弟十二三岁，坐在小板凳上，白霜里，一畦一畦地收挖着红薯，两条狗在他们身边蹦来蹦去，他们一线排开，身侧是正在簌簌落叶的枫杨树，乍看上去，好像是劳作在梵高的油画里。他们在田地东南临近河岸的高地搭出了简易的棚屋，棚屋边陈列着三四十余只蜂箱，我估计之前河下宋徽宗风格的鸭子国，也是由他们家来维持的。我与他们搭话，奶奶健谈，邹岗镇人，以前念过高中的，儿子做工，儿媳读过中专，现在回村里来了，孙女考进孝感高中读理科，孙子在肖港念初中，孙女的成绩比孙子好，所以一边挖红薯，一边给弟弟讲数学题。他们的父亲，沉默着挥铲，与用围巾严实地护着头脸的妈妈一起，不动声色地撬拨着沙壤中的"宝库"。

北桥最美。它其实就在从前我们沿河堤去肖港镇，骑自行车由汪家竹园下堤，往镇西去的主路上，只是这条路在过去三十年间，已经完全荒废了。我考证很多次，才确定这条吞没在枫杨丛、苍耳棵与芦荻荡中的沙土路，就是当日我们千百次翻山越河去往肖港镇的干道。桥有两米多宽，二十余米长，两边桥墩，中间四根桥柱，由二十五根红褐色长条石拼搭起来，条石中间，有从前马车、手推车、板车、自行车的车轮往来磨出的辙痕，深浅不一，深刻的地方，有十余厘米，其宽狭能搁下拳头，可以推想此桥大概已有数百年的历史，谁说不是皱纹越深，年岁越长呢？将赵匡胤推车、张果老骑驴故事和它连接起来，妥妥的。缕缕春晖，洒上条石石面，中间嵌入的石英、玛瑙熠熠烁烁，说明这是由大别山的玛瑙堆里开采出来的石材，石面上斑斑草屑与团团牛粪，说明小黄牛们在河洲间漫游，日之夕矣，也会分花拂柳，披荆戴棘，选中北桥返回它们的队部。桥面上尚有不少刻痕，好几个"成三"的棋盘，纵横淋漓，来自当年放牛娃无聊的消遣，一行"中国人民大桥"，说明刚刚读到小学二三年级的小男生，又掌握了磨制小刀的技术，一时技痒，在家乡的石桥上留下了难以磨灭的"文本"与幽灵般的"踪迹"。不过话说回来，这座桥，的确是童年的我，我们的父亲、祖父、曾祖父，往上回溯无数世代的少年们，走过的最长的一座桥，桥下小澴河，曾是古澴河的故道，往东，往北，是肖港、邹岗、丰山镇的山丘，大别山的峰岭，往西，往南，则是云梦、沔阳，一直到西洞庭的平原与川泽。所以这座古桥与小澴河上尚存的其他五六座石桥一样，其实是在汉东淮南，豫章故郡，古荆州与扬州的分野之上。

　　相比初冬时节，繁霜、枯草、红蓼、芦苇之中的冷寂，当下春日中的古桥，自然是别有一番生气。三月湛湛青天在上，油菜花献出黄金，小澴河流来碧玉，枫杨树新发翡翠，芦苇抽出绿箭，这些景观予荒凉怀古的石桥以安慰。桥头处，野豌豆苗蓬勃葳蕤，交织成为嫩绿的草浪，这是它们轮值到的生态区位，不久就要依次让位给狗尾草、苍耳与红蓼。这是它们的"时间的绽放"，紫花点点，豆荚离离，茎叶中汁液饱满，清甜柔脆，就是跑来一堆采薇的隐士，一群挑食的黄牛，也尽可供养得住。野豌豆的浪涛里，蒲公英一泡一泡地顶着黄花，另外还有一种草本的开紫红花的植物，一蓬一蓬，挺立在桥墩周围，有一点像大蓟，其实是飞廉草。它与大蓟一样，都排在菊科里，花形花序也差不多，但与仅仅叶片上有小刺的大蓟不同的是，飞廉草浑身上下长满了尖刺，它武装的程度，不亚于苍耳与枸骨，估计隐士与黄牛们，是不太敢招惹它们的，哪怕《本草》上讲，飞廉草可以清利湿热、健脾益肾云云。或者，它在野豌豆中间，扮演的本来就是草木中的隐士与黄牛的角色，绿衣紫冠，遗世独立，"内皆武器，来者小心"，人不犯我，我不犯人？

桥墩下的草滩，蜿蜒起伏，往西南接住河边梵高一家人的红薯地，草滩中央，还有一个小小的池塘，大概是夏季河水潴留后，来往的水牛又轮番跳进去洗澡，无数个夏日午后的躺平打滚，无意间将它拓展成一只眼睛的形状，镶嵌在新草离离的湿地中间。那天上午站在桥上，我将目光由崖岸下翠鸟出没的河面移开，去眺望这只惟妙惟肖的"眼睛"，它周围四合的眼睫一般的春草，它中间粼粼的波光，十余条鲦鱼大小不一，在浅水里自由自在地纵浪，忽而悬空停泊，忽而折转俯冲，白云苍狗，分合无定。是什么样的生命的意志造出了它们，将它们抛入这个池塘的呢？之前，它们在哪里？之后，它们去哪里？就像前面那些油菜花田里的蜂群，汪家竹园村中的老姐妹，河岸上吃草的小黄牛，水面上巡逻的翠鸟，生发，存在，亲在，活泼泼的，万类春天竞自由，切切各为此地的主人，但在乡村谁又在乎"主人"这个能指呢？

这些鲦鱼应去游过柳宗元的小石潭。"永州八记"的前头几记，《始得西山宴游记》《钴鉧潭西小丘记》《至小丘西小石潭记》，多半在摹写柳宗元移家卜居的愚溪上下微小细致的景观。潇水为湘水的一条支流，愚溪又为潇水的一条支流，自愚泉"屈曲而南"，凡十数里而已。小澴河由牛迹山下的八汊洼小水库发源，屈曲而"西南"，也不过是十余里水路入澴水，澴水入涢水（府河），涢水从前入汉水，现在是在天兴洲附近径入长江。长江流域中的一条毛细血管，宇宙之大，江湖之远，愚溪也好，小澴河也好，已经是由都市而省城而府县而乡邑，航船能行到的尽头，是源流，也是归途。牛迹山黑石红壤，池潭罗列，小丘簇簇，再远处的双峰山坟起如乳，周边九嶷山林壑之美，固然是不如九嶷诸山大舜归葬，神荒绵延，却也灵秀深杳，颇可一观。柳宗元"漱涤万物，牢笼百态"，共情于"似与游者相乐"的潭中鱼，他的心思，终究还是系在长安曲江池中摇头摆尾的锦鲤之上吧。我们的好处，大概是或留守，或返回到家乡的"小石潭"，风和日丽，水土服我，"悄怆幽邃"的情绪固然是少有，永州司马可怕的他乡"脚气病"，自然也不会缠上我们"在家乡"的身体。

也游过普里什文"大地的眼睛"？普里什文来到莫斯科郊外的杜布纳河，他重新去发现这条河流两岸"诗意盎然的科学现象"，与作为"无名幻想家"的普通居民们。我特别喜欢他收在《大自然的日历》中的一篇短文，题目是《大地的眼睛》。他以"眼睛"

来比喻村外的湖泊，"在这百花飘香的夜里，令人难以入眠，大地母亲的眼睛一宿未合"。一个小男孩想往湖水里撒尿，被他妈妈喝止了，因为往大地母亲的眼睛里撒尿，会让小男孩与他的妈妈日后害眼病。之前我在金神村，也听过一位黄姓的大哥讲，童年时与一位小伙伴到金神庙玩，那时候庙还在的，小伙伴爬上神像尿尿，成人后即不幸成为盲人。比较起来，人家俄罗斯的大地母亲脾气还是不错的。那是俄罗斯的上世纪五十年代，村庄多半是热闹的，玛丽亚们，德米特里们，他们成群的牛马与孩子，汗津津的，一股子泥腥气，出没在田野与池塘。今天的杜布纳河边，百花飘香的春天犹在，但孩子们的踪迹，估计已很难找到了。小澴河也是，从前河中的鱼虾，河畔的野菜林果，堤林中的鸟雀与野兔，多半是为堤下村庄中的孩子们预备的，他们有渔猎与采集的天赋，是预备役的猎人与渔夫，是挑菜的行家，也是结伴荡路，到处捣蛋的专门家，现而今，零星的几个孩子，由镇小学里坐黄色校车放学回来，被爷爷奶奶督促着，关电视，收手机，作业都写不完，恐怕是没得余暇来河岸边闲逛，摸鱼弄虾，撵兔赶鸟，"撩起小衫"，往小池塘与河水里比试撒尿了，他们与妈妈们的眼睛，都是安全无虞的。

也光顾过兰姆梦中的池塘？《梦幻中的孩子们》是兰姆随笔的名篇，中年之后，兰姆与姐姐玛丽相依为命，文章记载兰姆坐在炉火边圈手椅上的一段梦境：他向一双小儿女艾丽丝与约翰讲述外祖母的故事，在外祖母照看的英国乡间古旧的大花园里，童年的他与哥哥、姐姐，与少年时代的女友一起漫游，栽满油桃、橘子、水松树、枞树、菩提树的大花园，他常常走到花园深处的鱼池边，"去看那些鲦鱼穿梭般地游来游去，说不定还会发现一条很大的梭子鱼，阴阴沉沉、冷冷清清地停在深水之中，一动也不动，好像对于那些小鱼们的轻狂样儿暗中表示鄙夷——我更喜爱像这样无事忙的消遣……"老兰姆打了一辈子光棍，并无自己的子女，他梦见的这两个天使或者幽灵，是谁？文中讲："我们不是艾丽斯的孩子，也不是你的孩子，我们压根儿就不是小孩子。艾丽斯的孩子们管巴特姆叫爸爸。我们只是虚无，比虚无还要空虚，不过是梦幻。我们仅仅是某种可能性，要在忘川河畔渺渺茫茫等待千年万代，才能成为生命，具有自己的名字。"

兰姆鱼池中的鲦鱼与我眼前池塘中的鲦鱼，并无不同，一样在澄澈的时光里，"俶尔远逝，往来翕忽"。用粳稻饭粒或蜘蛛丝团，挂上由母亲那里偷来的缝衣针弯成的鱼钩，系住何砦来的货郎担上的尼龙线，缚在汪家竹园砍到的竹竿梢头，右手轻抖青竹竿与渔线，就可以将这些鲦鱼银闪闪地钓起来。小澴河里也有一种梭子鱼，五彩缤纷，就像兰姆文中小艾丽斯们穿着花花绿绿的小裙子的模样，学名是斗鱼，有一些地方，也叫花手帕、鬼拍手之类，个头并不大，可以躺在掌心里。所以彼梭子鱼，并非此梭子鱼，他提到"很大……阴阴沉沉停在深水"的样子，其实像小澴河中的黑鱼或者鳜鱼。相信不久，就会有小梭子鱼生出来，陪伴这个眼睛一般的池塘中的鲦鱼们，还会有小鲫鱼、鳝鲅、蝌蚪、土伏子、肉股棱……小澴河何尝又不是一条忘川河？我们在它的河畔渺渺茫茫等待千年万年，才能成为生命，我们可能有自己的名字，也可能连名字都来不及有，可能是孩子，也可能是草木、牛马、鸡鸭与鱼虫，也可能在这些种类里循环往复。

那天我由石桥上走下来，走过野豌豆与飞廉草交缠的草丛，分开枫杨树新发的枝条，树下青绿的小麦田，沿着三十年前常常走过的路、冲过的坡，又重新回到小澴河堤上，好像也是由一段奇想，或者睡梦一场里走出来的。将我惊醒的，不仅有河面上鼓翼的翠鸟，还有不远处京广铁路上旋风般的动车，福银高速上的滚滚车流。我在小澴河的中游，京广福银通路的交点，国家地理的中腹，我一个倦勤的中年人，哀乐交集，尚在人生之中，世界之中。往前走，往上走，往外走，回到"珍贵的人间"。青青园中葵，朝露待日晞。阳春布德泽，万物生光辉。在千万亩油菜花海里，汪家竹园与其他百十座村落阡陌交通，港渠勾连，麻将声中，鸡犬相闻，高树回风，历历坟茔，这是活色生香的田园，也是再日常不过的景观。

（原载《长江文艺》2022年第8期）

舒飞廉，曾任《今古传奇·武侠版》杂志主编，现任教于华中师范大学。主要作品：《飞廉的村庄》《射雕的秘密》《草木一村》《万花六记》《云梦出草记》《芳菲已满襟》等。